NOS ÉTOILES CONTRAIRES

Design original de couverture : © Rodrigo Corral

L'édition originale de ce livre
a été publiée pour la première fois, en 2012,
par Dutton Books, sous le titre *The Fault in Our Stars*.
© 2012 par John Green

Traduction française
© 2013 Éditions NATHAN, SEJER,
25 avenue Pierre de Coubertin, 75013 Paris

© 2015 Éditions NATHAN, SEJER,
25 avenue Pierre de Coubertin, 75013 Paris
pour la présente édition

Loi n° 49-956 du 16 juillet 1949
sur les publications destinées à la jeunesse,
modifiée par la loi n° 2011-525 du 17 mai 2011.

ISBN 978-2-09-256396-0

NOS ÉTOILES CONTRAIRES

JOHN GREEN

Traduit de l'anglais (États-Unis)
par Catherine Gibert

Nathan

À Esther Earl

«Tandis que la vague déferlait sur la grève, Monsieur Tulipe se tourna vers le large.

– Entremetteur, cajoleur, empoisonneur, dissimulateur, révélateur. Non mais regarde-le monter et descendre, entraînant tout sur son passage.

– Qui ça ? demanda Anna.

– L'océan, répondit Monsieur Tulipe. Enfin, l'océan et le temps.»

Une impériale affliction – Peter Van Houten

Note de l'auteur

Plus qu'une note de l'auteur, il s'agit d'une simple petite précision : ce livre est une œuvre de fiction.

Ni les romans ni leurs lecteurs ne gagnent à ce que l'on cherche à savoir si des faits réels se cachent derrière une histoire. Ce genre de tentative sape l'idée que les histoires inventées peuvent avoir de l'importance, ce qui est pourtant un des postulats fondamentaux de notre espèce.

Je compte sur vous pour ne pas l'oublier.

Chapitre un

L'ANNÉE de mes dix-sept ans, vers la fin de l'hiver, ma mère a décrété que je faisais une dépression. Tout ça parce que je ne sortais quasiment pas de la maison, que je traînais au lit à longueur de journée, que je relisais le même livre en boucle, que je sautais des repas et que je passais le plus clair de mon immense temps libre à penser à la mort.

Quoi qu'on lise sur le cancer (brochures, sites Internet ou autres), on trouvera toujours la dépression parmi les effets secondaires. Pourtant, la dépression n'est pas un effet secondaire du cancer. C'est mourir qui provoque la dépression (et le cancer, et à peu près tout, d'ailleurs). Mais ma mère, persuadée que je devais être soignée, a pris rendez-vous chez mon médecin, le docteur Jim, qui a confirmé que je nageais en pleine dépression, une dépression tétanisante et tout ce qu'il y a de plus clinique. Conclusion : il fallait modifier mon traitement, et je devais m'inscrire à un groupe de soutien hebdomadaire.

Le groupe mettait en scène des personnages plus ou moins mal en point et sa composition changeait régulièrement. Pourquoi changeait-elle ? C'était un effet secondaire de mourir.

Inutile de préciser que ces séances étaient déprimantes au possible. Elles avaient lieu tous les mercredis dans la crypte en forme de croix d'une église épiscopale aux murs de pierre. On s'asseyait en cercle au centre de la croix, là où les deux morceaux de bois auraient dû se croiser : pile où le cœur de Jésus aurait dû se trouver.

Je le savais parce que Patrick, l'animateur, qui était aussi la seule personne du groupe à avoir plus de dix-huit ans, nous bassinait à chaque réunion avec le cœur de Jésus, au centre duquel nous, jeunes survivants du cancer, étions littéralement réunis.

Voilà comment ça se passait au cœur du cœur de Dieu : notre groupe de six, sept ou dix arrivait à pied ou en chaise roulante, piochait dans un malheureux assortiment de biscuits et se servait un verre de limonade, avant de prendre place dans le cercle de la vérité et d'écouter Patrick débiter pour la millième fois le récit déprimant de sa vie – comment il avait eu un cancer des testicules et aurait dû en mourir, sauf qu'il n'était pas mort et que maintenant il était même un adulte bien vivant qui se tenait devant nous dans la crypte d'une église de la 137ᵉ ville d'Amérique la plus agréable à vivre, divorcé, accro aux jeux vidéo, seul, vivotant du maigre revenu que lui rapportait l'exploitation de son passé de super-cancéreux, futur détenteur d'un master ne risquant pas d'améliorer ses perspectives de carrière, et qui attendait, comme nous tous, que l'épée de Damoclès lui procure le soulagement auquel il avait échappé des années plus tôt quand le cancer lui avait pris ses couilles, mais avait épargné ce que seule une âme charitable aurait pu appeler « sa vie ».

ET TOI AUSSI, TU PEUX AVOIR CETTE CHANCE !

Après quoi, chacun se présentait : nom, âge, diagnostic et humeur du jour. Je m'appelle Hazel, avais-je dit quand mon tour était arrivé. J'ai seize ans. Cancer de la thyroïde à l'origine, mais mes poumons sont truffés de métastases depuis longtemps. Sinon ça va.

Une fois que tout le monde avait décliné son pedigree,

Patrick demandait toujours si quelqu'un voulait partager son expérience avec les autres. S'ensuivait une séance de masturbation collective censée nous remonter le moral : tout le monde racontait ses batailles, ses victoires, ses psys et ses scanners. On pouvait aussi parler de la mort, ce qui est à mettre au crédit de Patrick. Mais la plupart des participants n'allaient pas mourir. Ils deviendraient des adultes, comme Patrick.

(Ce qui signifiait que la compétition était rude, chacun voulant non seulement vaincre le cancer, mais ses petits camarades aussi. J'ai bien conscience que c'est irrationnel, mais quand on vous annonce que vous avez, disons, vingt pour cent de chances de vivre encore cinq ans, vous vous livrez à un rapide calcul et vous arrivez à la conclusion que ça fait une personne sur cinq… alors vous regardez autour de vous et vous vous dites, comme toute personne saine d'esprit : je vais gratter quatre de ces tocards.)

Le seul participant qui rendait ces séances supportables s'appelait Isaac, un maigrichon au visage long, aux cheveux raides et blonds qui lui cachaient un œil.

Car le problème d'Isaac, c'étaient les yeux. Il avait un cancer improbable de l'œil. Son premier œil lui avait été retiré quand il était petit et, maintenant, il portait des lunettes avec des verres super épais, qui lui faisaient des yeux énormes (le vrai comme le faux), si bien que sa tête semblait se réduire à deux soucoupes au regard intense. Les rares fois où Isaac avait «partagé son expérience» avec le groupe, j'avais compris qu'une rechute menaçait de lui faire perdre son deuxième œil.

Isaac et moi communiquions par soupirs interposés. Chaque fois que quelqu'un parlait de régime anticancéreux ou de sniffer de l'aileron de requin en poudre ou de je ne sais quel remède miracle, il se tournait vers moi et laissait échapper un microscopique soupir. Et je lui répondais de la même façon, en secouant la tête en même temps.

Tout ça pour dire que j'en avais marre de ce groupe et qu'au bout de quelques semaines je me suis mise à freiner des quatre fers pour y aller. En fait, le mercredi où j'ai fait la connaissance d'Augustus Waters, je m'étais même démenée pour me désinscrire. Assise sur le canapé avec ma mère, je regardais la troisième manche de la dernière saison de *Top Model USA* rediffusée en intégralité au cours d'un marathon de douze heures. Oui, je le reconnais, j'avais déjà vu tous les épisodes, mais je les re-regardais quand même.

Moi : Je refuse d'aller au groupe de soutien.

Maman : Un des symptômes de la dépression est de ne plus avoir envie de faire quoi que ce soit.

Moi : Je t'en supplie, laisse-moi regarder *Top Model USA*. C'est une activité.

Maman : Regarder la télévision est une activité passive.

Moi : Maman, s'il te plaît.

Maman : Hazel, tu n'es plus une petite fille. Il faut que tu te fasses des amis, que tu sortes de la maison, que tu vives ta vie.

Moi : Dans ce cas, ne m'oblige pas à aller au groupe de soutien. Achète-moi plutôt une fausse carte d'identité pour que je puisse aller en boîte, boire de la vodka et prendre de l'herbe.

Maman : Pour commencer, l'herbe ne se « prend » pas.

Moi : Tu vois, c'est le genre de trucs que je saurais si j'avais une fausse carte d'identité.

Maman : Tu vas au groupe de soutien. Point final.

Moi : AAAAAAAAAAAAAH!

Maman : Hazel, tu mérites de vivre ta vie.

Ça m'avait cloué le bec, même si je ne voyais pas le rapport entre la fréquentation d'un groupe de soutien et le fait de vivre ma vie. Bref, j'ai accepté, après avoir négocié le droit d'enregistrer l'épisode et demi de *TMU* que j'allais rater.

Je suis allée au groupe de soutien pour la même raison qui m'avait déjà poussée à accepter d'être empoisonnée par des produits chimiques aux noms exotiques administrés par des infirmières formées en moins de dix-huit mois : faire plaisir à mes parents. La seule chose qui craint plus que de mourir d'un cancer à seize ans, c'est d'avoir un gosse qui meurt d'un cancer.

Maman s'est garée dans l'allée en arc de cercle à l'arrière de l'église à 16 h 56. J'ai tripoté ma bombonne d'oxygène, histoire de gagner du temps.

– Tu veux que je la porte ?

– Non, ça va aller, ai-je dit.

Cette bombonne cylindrique de couleur verte ne pesait que quelques kilos et, de toute façon, j'avais un petit chariot métallique à roulettes pour la trimballer partout derrière moi. Elle m'alimentait en oxygène à raison de deux litres par minute via une canule, un tube transparent qui se divisait en deux à la naissance de mon cou, passait derrière mes oreilles et se rejoignait sous mes narines. Ce bidule m'était indispensable car mes poumons étaient hors service.

– Je t'aime, m'a-t-elle dit quand je suis sortie de la voiture.

– Moi aussi, Maman. On se retrouve à 18 h.

– Essaie de te faire des amis ! a-t-elle lancé par la vitre baissée alors que je m'éloignais.

Je ne voulais pas prendre l'ascenseur, parce que, au groupe de soutien, prendre l'ascenseur signifiait qu'on était dans la phase Derniers Jours. Je suis descendue par l'escalier, j'ai pris un biscuit, je me suis servi de la limonade dans un gobelet en carton et je me suis retournée.

Un garçon me regardait.

J'étais certaine de ne l'avoir jamais vu auparavant. Grand, musclé, tout en longueur, il semblait immense comparé à la petite chaise d'écolier sur laquelle il était assis. Les cheveux acajou, raides et courts. Il devait avoir mon âge, un an de plus peut-être, il se tenait mal, au bord de sa chaise, une main à moitié enfoncée dans la poche de son jean noir.

J'ai détourné les yeux, soudain consciente de ne pas être à la hauteur. Je portais un vieux jean autrefois moulant mais qui flottait maintenant à des endroits bizarres, plus un T-shirt jaune, le T-shirt d'un groupe que je n'écoutais même plus. Sans parler de mes cheveux. Ils avaient beau être courts, un coup de peigne ne leur aurait pas fait de mal. Et pour couronner le tout, j'avais des joues de hamster, un effet secondaire du traitement. J'avais un corps plutôt bien proportionné, mais un ballon en guise de tête. Et je vous épargne mes chevilles d'éléphant. Je lui ai néanmoins jeté un coup d'œil. Il me regardait toujours.

J'ai compris alors ce que veulent dire les gens quand ils parlent de courant qui passe par le regard.

J'ai rejoint le cercle et je me suis assise à côté

d'Isaac, à deux places du garçon en question. Je lui ai jeté un nouveau coup d'œil. Il me regardait toujours.

Je dois préciser quelque chose : il était canon. Si un garçon pas canon ne vous quitte pas des yeux, au mieux, c'est bizarre, au pire, c'est une forme d'agressivité. Mais un garçon canon…

J'ai sorti mon portable pour voir l'heure : 16 h 59. D'autres malchanceux âgés de douze à dix-huit ans ont rejoint le cercle, puis Patrick nous a mis en jambes avec la prière de la sérénité : *Mon Dieu, donne-moi la Sérénité d'accepter les choses que je ne puis changer. Le Courage de changer les choses que je peux et la Sagesse d'en connaître la différence.* Le garçon me regardait toujours. J'ai failli rougir.

Pour finir, j'ai décidé que la meilleure stratégie était de le regarder aussi. Après tout, les garçons n'ont pas le monopole en la matière. J'ai levé les yeux vers lui au moment où Patrick faisait état de son absence de couilles pour la millième fois et bientôt, entre le garçon et moi, ce fut à qui flancherait le premier. Après quelques instants, il a souri et a fini par détourner les yeux, qu'il avait très bleus. Quand il m'a regardée à nouveau, je lui ai fait comprendre d'un mouvement de sourcils que j'avais gagné.

Il a haussé les épaules. Patrick a poursuivi, puis le moment des présentations est arrivé.

– Isaac, tu veux peut-être commencer. Je sais que tu traverses un moment difficile.

– Exact, a répondu Isaac. Je m'appelle Isaac. J'ai dix-sept ans. Et je vais passer sur le billard d'ici quelques semaines. Après quoi, je serai aveugle. Je ne vais pas me plaindre, pas mal d'entre vous en bavent encore plus que moi, mais être aveugle, ça craint un peu, quand même. N'empêche, j'ai une copine qui m'aide et des amis, comme Augustus.

Il a fait un signe de tête vers le garçon, qui avait désormais un prénom.

– On ne peut rien y faire, a conclu Isaac, les yeux fixés sur ses doigts entrelacés qui formaient comme un tipi.

– On est avec toi, Isaac, a dit Patrick. Faisons-le savoir à Isaac!

Sur ce, tout le monde a entonné d'une voix monocorde :

– On est avec toi, Isaac.

Celui qui a pris la parole ensuite s'appelait Michael. Il avait douze ans et il était leucémique, il l'avait toujours été. Et il allait bien. (Du moins, c'est ce qu'il prétendait. Il avait pris l'ascenseur.)

Lida avait seize ans et elle était assez mignonne pour attirer le regard du garçon canon. C'était une habituée, en longue rémission d'un cancer de l'appendice, dont j'ignorais l'existence avant qu'elle en parle.

Lida a déclaré, comme chaque fois qu'elle venait, qu'elle se sentait forte – facile à dire quand on n'a pas un truc dans le nez qui vous chatouille les narines en permanence.

Il restait cinq participants avant le garçon. Quand son tour est arrivé, il a souri. Il avait une voix grave de fumeur, très sexy.

– Je m'appelle Augustus Waters. J'ai dix-sept ans. J'ai eu un petit début d'ostéosarcome il y a un an et demi, mais je suis ici à la demande d'Isaac.

– Et comment te sens-tu ? a demandé Patrick.

– Au top, a répondu Augustus Waters avec un sourire en coin. Je suis sur des montagnes russes qui ne font que monter !

– Je m'appelle Hazel, ai-je dit, quand ce fut mon tour. J'ai seize ans. Cancer de la thyroïde avec des métastases dans les poumons. Ça va.

L'heure s'est déroulée rapidement : récits de combats ; batailles gagnées sur des guerres qui seraient forcément perdues ; espoirs auxquels se raccrocher ; familles à la fois vantées et accusées ; accord général sur le fait que les amis n'y pigeaient rien ; larmes versées ; réconfort prodigué. Ni Augustus Waters ni moi n'avons repris la parole jusqu'à ce que Patrick dise :

– Augustus, peut-être aimerais-tu partager tes peurs avec le groupe ?

– Mes peurs?

– Oui.

– J'ai peur de l'oubli, a-t-il répondu sans attendre. J'en ai peur comme un aveugle que je connais a peur du noir.

– Futur aveugle, a précisé Isaac avec une ébauche de sourire.

– Je suis trop dur? a demandé Augustus. C'est vrai qu'il m'arrive d'être aveugle aux sentiments des autres.

Isaac s'est bidonné, mais Patrick a levé un doigt réprobateur.

– Augustus, s'il te plaît. Revenons à toi et à ton combat. Tu as dit que tu avais peur de l'oubli?

– C'est ça, a répondu Augustus.

Patrick était perdu.

– Quelqu'un aimerait rebondir là-dessus?

Cela faisait trois ans que je ne fréquentais plus d'établissement scolaire. Mes parents étaient mes deux meilleurs amis, le troisième était un écrivain qui ne connaissait même pas mon existence. J'étais plutôt timide, pas du genre à lever la main.

Et pourtant, pour une fois, j'ai décidé de m'exprimer. J'ai levé à demi la main, ce qui a rendu Patrick fou de joie.

– Hazel! s'est-il aussitôt écrié.

Il devait croire que j'allais enfin parler à cœur ouvert, entrer vraiment dans le groupe.

Je me suis tournée vers Augustus Waters, et il s'est tourné vers moi. Il avait des yeux d'un bleu translucide.

– Un jour viendra, ai-je dit, où nous serons tous morts. Tous. Un jour viendra où il ne restera plus aucun être humain pour se rappeler l'existence des hommes. Un jour viendra où il ne restera plus personne pour se souvenir d'Aristote ou de Cléopâtre, encore moins de toi. Tout ce qui a été fait, construit, écrit, pensé et découvert sera oublié, et tout ça, ai-je ajouté avec un geste large, n'aura servi à rien. Ce jour viendra bientôt ou dans des millions d'années. Quoi qu'il arrive, même si nous survivons à la fin du soleil, nous ne survivrons pas toujours. Du temps s'est écoulé avant que les organismes acquièrent une conscience et il s'en écoulera après. Alors si l'oubli inéluctable de l'humanité t'inquiète, je te conseille de ne pas y penser. C'est ce que tout le monde fait.

Je tenais ça de mon troisième meilleur ami cité plus haut, Peter Van Houten, le mystérieux auteur d'*Une impériale affliction*, le livre qui était ma bible. À ma connaissance, Peter Van Houten était la seule personne qui a) semblait comprendre ce que ça faisait de mourir alors que b) il n'était pas mort.

Mon intervention a été suivie d'un long silence au cours duquel j'ai regardé se dessiner sur le visage d'Augustus un grand sourire, pas le petit sourire boiteux du garçon qui se la joue sexy, mais son vrai sourire, trop large pour sa figure.

— Mince, a-t-il dit tout bas. Tu n'es pas banale, toi, comme fille.

Nous n'avons plus parlé, ni lui ni moi, jusqu'à la fin de la réunion. Avant de se séparer, l'usage voulait qu'on se prenne tous par la main pendant que Patrick récitait une prière.

— Notre Seigneur, Jésus-Christ, nous sommes réunis ici, *littéralement dans Ton cœur*, en tant que survivants du cancer. Toi et seulement Toi nous connais comme nous nous connaissons. Dans les épreuves, montre-nous le chemin de la vie et celui de Ta lumière. Nous prions pour les yeux d'Isaac, le sang de Michael et de Jamie, les os d'Augustus, les poumons de Hazel, la gorge de James. Nous prions pour que Tu nous guérisses et que nous sentions Ton amour et Ta paix, qui dépassent l'entendement. Nous gardons dans nos cœurs ceux que nous connaissions et aimions, et qui ont rejoint Ta maison : Maria, Kade, Joseph, Haley, Abigail, Angelina, Taylor, Gabriel…

La liste était longue. Le monde est peuplé de morts. Pendant que Patrick débitait les noms inscrits sur une feuille de papier, car trop nombreux pour être mémorisés, j'ai gardé les yeux fermés. Je m'efforçais de m'unir à la prière, mais j'imaginais surtout le jour où mon nom apparaîtrait tout en bas de la liste, avec ceux que plus personne n'écoutait.

Une fois la litanie de Patrick terminée, on a scandé un mantra débile – « VIVRE AUJOURD'HUI LE MEILLEUR DE NOTRE VIE » – et c'était terminé. Augustus Waters s'est extirpé de sa chaise et s'est avancé vers moi, d'une démarche bancale comme son sourire. Il me dominait de toute sa hauteur mais, sans doute pour m'éviter de me tordre le cou si j'avais voulu le regarder dans les yeux, il est resté à bonne distance.

– Comment tu t'appelles ? a-t-il demandé.

– Hazel.

– Non, ton nom entier.

– Hazel Grace Lancaster.

Il s'apprêtait à ajouter quelque chose quand Isaac s'est approché.

– Attends une seconde, m'a-t-il dit en levant le doigt, puis il s'est tourné vers Isaac. En fait, c'est pire que ce que tu m'avais raconté, ce groupe.

– Je t'avais prévenu, c'est sinistre.

– Pourquoi tu t'embêtes avec ça, alors ?

– Je ne sais pas. Peut-être que ça m'aide quand même un peu.

Augustus s'est penché vers Isaac, il pensait que je ne l'entendais pas.

– C'est une habituée ?

Je n'ai pas compris la réponse d'Isaac. En revanche, j'ai entendu le commentaire d'Augustus.

– Je ne te le fais pas dire.

Il a posé une main amicale sur l'épaule d'Isaac avant de lancer :

– Allez, raconte-lui le coup de la clinique.

Isaac a pris appui sur la table où se trouvaient les biscuits et il a braqué ses gros yeux dans ma direction.

– Ce matin, je suis allé à la clinique et j'ai dit au chirurgien : « Je préférerais être sourd qu'aveugle. » Et lui m'a répondu : « Ça ne marche pas comme ça. » Et moi : « Oui, je sais que ça ne marche pas comme ça. Je disais juste que, si j'avais le choix, que je n'ai pas, je préférerais être sourd qu'aveugle. » Et lui : « La bonne nouvelle, c'est que vous ne serez pas sourd. » Et moi : « Merci de m'expliquer que mon cancer de l'œil ne va pas me rendre sourd. J'ai vraiment de la chance qu'une sommité intellectuelle telle que vous daigne m'opérer. »

– Il a l'air génial, ce chirurgien, ai-je dit. Je devrais essayer de me choper un cancer de l'œil, histoire de le rencontrer.

– Je te souhaite bien du plaisir. Bon, il faut que j'y aille. Monica m'attend. Je veux la regarder tant que je peux encore.

– Contre-Attaque, demain ? a demandé Augustus.

– Ça marche.

Isaac nous a quittés et il a remonté l'escalier quatre à quatre.

Augustus Waters s'est tourné vers moi.

– Littéralement, a-t-il dit.

– Littéralement ?

– On est littéralement dans le cœur de Jésus, a-t-il expliqué. Je croyais qu'on était dans la crypte d'une église, mais on est littéralement dans le cœur de Jésus.

– Quelqu'un devrait prévenir Jésus, ai-je dit. C'est dangereux de stocker des gamins cancéreux dans le cœur de quelqu'un.

– Je le Lui dirais bien en personne, a répliqué Augustus, mais je suis littéralement coincé à l'intérieur de Son cœur, je ne crois pas qu'il puisse m'entendre.

J'ai ri. Il a secoué la tête et m'a regardée.

– Quoi ? ai-je demandé.

– Rien, a-t-il répondu.

– Pourquoi tu me regardes comme ça ?

Augustus a eu un petit sourire.

– Parce que tu es belle. J'aime regarder les gens beaux et, depuis un certain temps, j'ai décidé de ne me refuser aucun petit plaisir de la vie.

Un drôle de silence s'est installé. Augustus a poursuivi dans la même veine.

– D'autant plus que, comme tu l'as délicieusement fait remarquer, tout ceci tombera dans l'oubli.

Je me suis esclaffée, à moins que je n'aie soupiré ou repris ma respiration, le tout dissimulé derrière une quinte de toux.

– Je ne suis pas bel...

– Tu es belle comme mille Natalie Portman. Natalie Portman dans *V pour Vendetta*.

– Je ne l'ai pas vu, ai-je dit.

– Ah bon? s'est-il étonné. Fille sublime, cheveux courts, déteste l'autorité et ne peut s'empêcher de craquer pour le garçon qui ne lui apportera que des ennuis. Ta bio, en somme.

Le dragueur dans toute sa splendeur. À vrai dire, il me faisait de l'effet. J'ignorais jusque-là que des garçons pouvaient me faire de l'effet, du moins dans la vraie vie.

Une fille plus jeune est passée devant nous.

– Ça va, Alisa? a demandé Augustus.

La fille a souri et marmonné:

– Salut, Augustus.

– Elle est à Memorial, a-t-il expliqué.

Memorial était le CHU de la ville.

– Et toi, tu vas où?

– À l'hôpital des Enfants malades, ai-je répondu d'une toute petite voix qui m'a surprise.

Il a hoché la tête. La conversation semblait terminée.

– Bon, ai-je dit en indiquant l'escalier qui conduisait littéralement hors du cœur de Jésus.

J'ai fait basculer mon chariot sur ses roues et j'ai commencé à m'éloigner. Il m'a suivi en boitant.

– À la prochaine, peut-être ? ai-je lancé.

– Tu devrais le voir. Je parle de *V pour Vendetta*.

– D'accord, j'essaierai de le trouver.

– Non, chez moi. Tout de suite.

Je me suis arrêtée net.

– Je te connais à peine, Augustus Waters. Si ça se trouve, tu es un serial killer.

Il a acquiescé.

– Bien deviné, Hazel Grace.

Il est passé devant moi, son polo vert tendu sur ses larges épaules, le dos droit. Il boitait légèrement en raison d'une prothèse dont j'avais déjà deviné l'existence. L'ostéosarcome vous prend généralement une jambe, histoire de vous tester. Si vous lui plaisez, il prend le reste.

Je l'ai suivi dans l'escalier. Je perdais du terrain. J'étais lente, monter les escaliers n'entrait pas dans le champ de compétences de mes poumons.

On a quitté le cœur de Jésus et on s'est retrouvés sur le parking, l'air vif printanier touchait à la perfection, la lumière de cette fin d'après-midi était douloureusement divine.

Maman n'était pas encore là, ce qui était étrange, dans la mesure où elle m'attendait toujours. J'ai regardé autour de moi. Une grande brune aux formes généreuses avait plaqué Isaac contre le mur de l'église et l'embrassait avec fougue. Ils étaient assez près de moi pour que j'entende les bruits bizarres que faisaient leurs bouches, et aussi Isaac dire : « Toujours », et elle répondre : « Toujours. »

Augustus a surgi à mes côtés en chuchotant :

– Ils sont fans des démonstrations d'affection en public.

– Et « toujours », c'est un code ?

Les bruits de succion se sont amplifiés.

– C'est leur truc. Ils s'aimeront « toujours », et patati et patata. À vue de nez, je dirais qu'ils se sont envoyé le mot « toujours » par SMS quatre millions de fois depuis le début de l'année.

Deux voitures sont arrivées pour prendre Michael et Alisa. Il ne restait plus qu'Augustus et moi qui regardions Isaac et Monica se peloter, sans se soucier du lieu de culte contre lequel ils étaient appuyés. Isaac a pris le sein de Monica dans sa main et l'a malaxé par-dessus son T-shirt, la paume immobile, les doigts en mouvement. Je me demandais si c'était agréable pour elle. Ça n'en avait vraiment pas l'air. En tout cas j'ai pardonné à Isaac parce qu'il allait devenir aveugle.

Il faut que les sens s'en donnent à cœur joie tant que l'appétit ou je ne sais quel truc est encore là.

– Imagine que tu ailles pour la dernière fois à l'hôpital, ai-je dit tout bas. Que tu conduises pour la dernière fois…

– Tu casses l'ambiance, Hazel Grace, a répondu Augustus sans me regarder. J'étais en train d'observer un jeune couple d'amoureux dans toute sa resplendissante maladresse.

– À mon avis, il lui fait mal au sein, ai-je dit.

– Disons qu'on ne sait pas trop s'il la caresse ou s'il lui fait un examen mammaire.

Sur ce, Augustus Waters a mis la main dans sa poche et il en a sorti, contre toute attente, un paquet de cigarettes! Il l'a ouvert d'un coup de pouce et en a glissé une entre ses lèvres.

– C'est une blague, ou quoi? Tu trouves ça cool, peut-être? Tu as tout fichu en l'air! me suis-je écriée.

– Comment ça, «tout»? a-t-il demandé en se tournant vers moi, sa cigarette éteinte pendant au coin de ses lèvres qui ne souriaient plus.

– Tout, c'est un garçon pas moche, pas bête et qui ne présente a priori aucun défaut inacceptable, qui me regarde, souligne l'usage incorrect de «littéralement», me compare à une actrice et me demande de venir voir un film chez lui. Mais, bien sûr, il y a toujours une *hamartia* et la tienne, c'est que… J'y crois pas! Tu t'es CHOPÉ UNE SALOPERIE DE CANCER et tu paies quand même pour avoir le plaisir de t'en CHOPER UN AUTRE. J'y crois pas! Et laisse-moi te dire que ne pas pouvoir respirer, ÇA CRAINT! Je suis vraiment déçue. Vraiment.

– Une *hamartia*? a-t-il demandé, la cigarette toujours à la bouche, la mâchoire crispée; une mâchoire bien dessinée, très sexy, force était de l'admettre.

– Une faute impardonnable, ai-je expliqué, et je me suis éloignée.

J'ai marché jusqu'au trottoir, laissant Augustus Waters derrière moi. C'est alors que j'ai entendu une voiture démarrer au bout de la rue. C'était ma mère. À tous les coups, elle avait attendu un peu plus loin, voyant que j'étais en train de me faire un ami ou je ne sais quoi.

J'ai senti monter en moi un mélange étrange de déception et de colère. Je n'aurais pas su dire quel était ce sentiment, mais il m'a submergée. J'avais envie de gifler Augustus Waters et aussi de faire remplacer mes poumons hors service par des poumons qui fonctionnent. J'attendais au bord du trottoir, ma bombonne d'oxygène comme un boulet dans son chariot à côté de moi, quand, au moment où ma mère tournait dans l'allée, j'ai senti une main prendre la mienne.

Je me suis dégagée d'un coup sec. Mais, je me suis quand même tournée vers lui.

– Tant qu'on ne l'allume pas, la cigarette ne tue pas, a-t-il déclaré, quand maman est arrivée à ma hauteur. Et je n'en ai jamais allumé une seule de ma vie. C'est une sorte de métaphore. Tu glisses le truc qui tue entre tes lèvres, mais tu ne lui donnes pas le pouvoir de te tuer.

– C'est une métaphore ? ai-je répété, dubitative.

Ma mère a laissé tourner le moteur.

– C'est une métaphore, a-t-il confirmé.

– Donc, tout ce que tu fais dans la vie renferme une métaphore…

– Oh que oui !

Il a souri, de son énorme et vrai sourire béat.

– Je suis un grand fan de métaphores, Hazel Grace.

J'ai toqué à la vitre de la voiture, et ma mère l'a fait descendre.

– Je vais voir un film avec Augustus Waters, ai-je dit. Tu veux bien m'enregistrer les prochains épisodes de *TMU* ?

Chapitre deux

AUGUSTUS Waters conduisait comme un pied. S'arrêter, démarrer, tout se faisait dans une énorme SECOUSSE. Je volais vers l'avant de son 4 × 4 Toyota à chaque coup de frein et ma nuque basculait vers l'arrière à chaque coup d'accélérateur. J'aurais pu être inquiète : après tout, j'étais dans la voiture d'un type bizarre et on allait chez lui. Autant dire que ce n'était pas avec mes poumons hors service que j'allais repousser d'éventuelles avances non désirées. Mais Augustus Waters conduisait tellement mal que je ne pensais à rien d'autre.

On devait avoir parcouru plus d'un kilomètre dans un silence en dents de scie quand Augustus a dit :

– J'ai raté trois fois mon permis.

– Sans blague.

Il a ri et a hoché la tête.

– Je ne sens pas la pression avec cette bonne vieille prothèse et je n'arrive pas à conduire du pied gauche. Mes médecins prétendent que la plupart des amputés n'ont pas de problème pour conduire. En tout cas, moi, si. Bref, je l'ai passé une quatrième fois et ça s'est passé un peu comme maintenant.

À cinq cents mètres devant nous, le feu est passé au rouge. Augustus a pilé net et j'ai été projetée dans les bras de la ceinture de sécurité.

– Désolé. Je te jure que je fais tout ce que je peux pour conduire en douceur. Donc, à la fin de l'examen, j'étais persuadé d'avoir encore échoué, mais le moniteur m'a dit : « Votre conduite est plutôt désagréable, mais elle n'est pas dangereuse. »

– Je ne suis pas tout à fait d'accord avec lui, ai-je dit. Ça sent le bon vieux cadeau cancer, ton truc.

Les cadeaux cancer sont ces petits privilèges que seuls les gamins atteints d'un cancer obtiennent : un ballon de basket dédicacé par un grand sportif, pas de punition pour les devoirs rendus en retard, un permis de conduire qui n'est pas mérité, etc.

– C'est possible, a-t-il admis.

Le feu est passé au vert. Je me suis préparée. Augustus a écrasé le champignon.

– Il existe des commandes manuelles pour les gens qui ne peuvent pas se servir de leurs jambes, lui ai-je fait remarquer.

– Oui, un jour peut-être, a-t-il répondu.

Et dans le soupir qu'il a poussé juste après, j'ai senti un doute quant à l'avènement de ce « un jour ». L'ostéosarcome se soigne très bien, mais quand même.

Il existe plusieurs façons de mesurer les attentes d'un individu en matière de survie sans avoir à poser la question directement. J'ai opté pour le classique :

– Et sinon, tu vas au lycée ?

La plupart du temps, s'ils ont de bonnes raisons de penser que vous allez y passer, les parents vous retirent du système scolaire.

– Oui, a-t-il répondu. À North Central. Mais, j'ai un an de retard, je suis en seconde. Et toi ?

J'ai envisagé de lui mentir. Personne n'aime les macchabées. Mais je lui ai dit la vérité.

– Non, je ne vais plus à l'école depuis trois ans.

– Trois ans ? a-t-il demandé, sidéré.

Je lui ai raconté dans les grandes lignes l'histoire de mon miracle : cancer de la thyroïde stade 4 diagnostiqué à l'âge de treize ans (je n'ai pas précisé que le diagnostic était tombé trois mois après mes premières règles. En mode : Bravo ! Tu es une femme. Maintenant, meurs), cancer déclaré incurable.

J'avais subi une opération appelée « dissection radicale du cou », à peu près aussi agréable que son nom l'indique. Puis on m'avait fait une radiothérapie, et ensuite une chimio pour les tumeurs aux poumons. Les tumeurs ont rétréci, puis augmenté. Là, j'avais quatorze ans. Ensuite mes poumons se sont mis à se remplir d'eau. J'avais l'air d'une vraie morte : les pieds et les mains enflés, la peau crevassée, les lèvres bleues en permanence. Je recevais par cathéter des litres d'un médicament qui m'empêchait d'être trop paniquée par le fait que je ne puisse pas respirer, plus une douzaine d'autres. Mais même avec ça, l'impression de se noyer reste super désagréable, surtout quand elle dure pendant des mois. J'ai finalement atterri en soins intensifs avec une pneumonie, et ma mère agenouillée au pied de mon lit qui me disait : « Tu es prête, mon cœur ? » ; moi qui répondais « oui » ; mon père qui me répétait qu'il m'aimait d'une voix brisée ; moi qui lui disais que je l'aimais aussi ; tout le monde qui se tenait la main ; moi qui ne trouvais plus ma respiration ; mes poumons qui puisaient dans leurs dernières forces, suffoquaient, me tiraient du lit pour que je trouve une position susceptible de leur insuffler de l'air ; moi qui avais honte qu'ils s'accrochent, qui étais écœurée qu'ils ne lâchent pas prise. Je me rappelle ma mère m'assurant que tout allait bien, que c'était bien, que je serais bien, mon père se retenant comme un fou de ne pas éclater en sanglots et qui avait fini par le faire plus d'une fois, dans des proportions cataclysmiques. Je me rappelle que j'aurais préféré ne pas être consciente.

Tout le monde me croyait condamnée, mais le docteur Maria, ma cancérologue, avait réussi à retirer du liquide de mes poumons et, peu de temps après, les antibiotiques prescrits pour la pneumonie avaient fait effet.

Je m'étais alors vite retrouvée dans un de ces programmes réputés dans la république de Cancervania pour ne jamais marcher. Le médicament en question s'appelait Phalanxifor, une molécule conçue pour se fixer sur les cellules cancéreuses et ralentir leur progression. Sur soixante-dix pour cent des malades, le traitement ne donnait rien. Sur moi, il a donné quelque chose. Les tumeurs ont rétréci.

Et elles sont restées petites. Vive le Phalanxifor ! Au cours des dix-huit derniers mois, mes métastases n'avaient pas évolué, mes poumons étaient toujours hors service, mais, grâce à l'oxygène et à ma prise quotidienne de Phalanxifor, il n'était pas impossible qu'ils résistent *ad vitam aeternam*.

En réalité, ce miracle n'avait fait que m'accorder un délai supplémentaire (dont j'ignorais encore la durée). Mais pour Augustus Waters, j'avais préféré dresser un tableau idyllique, ajouter du miracle au miracle.

– Alors maintenant il faut que tu retournes au lycée, a-t-il dit.

– Je ne peux pas, ai-je expliqué, j'ai déjà mon bac. Je suis des cours à MCC.

C'était la fac de la région.

– Une étudiante, a-t-il dit en hochant la tête. Ça explique ce mélange de raffinement et de maturité.

Il m'a décoché un sourire, et je lui ai donné un petit coup dans le bras pour rire. J'ai senti ses muscles sous son polo.

On a tourné sur les chapeaux de roues devant l'entrée d'une résidence protégée par des murs de plus de deux mètres cinquante de haut. Sa maison, d'inspiration coloniale, était la première sur la gauche. On s'est garés dans l'allée en faisant une embardée.

J'ai suivi Augustus à l'intérieur. Dans l'entrée, une plaque de bois portait une inscription gravée en lettres manuscrites : « Le vrai foyer est là où se trouve le cœur. » En fait, toutes les pièces étaient agrémentées de maximes du même ordre. Sous un dessin accroché au-dessus des patères, on pouvait lire : « Les bons amis sont difficiles à trouver et impossibles à oublier. »

«Le grand amour naît des temps difficiles», assurait un coussin brodé au point de croix dans le salon garni de meubles anciens. Augustus m'a surprise en train de les lire.

— Mes parents appellent ça des Encouragements, a-t-il expliqué. Il y en a dans toute la maison.

Ses parents l'appelaient Gus. Ils étaient dans la cuisine en train de préparer des enchiladas (à côté de l'évier, un bloc de verre teinté annonçait en grosses lettres rondes : «La famille, c'est pour la vie»). Sa mère garnissait des tortillas de poulet que son père roulait, puis plaçait dans un plat transparent. Mon arrivée n'a pas semblé les surprendre. Mais après tout, ce n'était pas parce qu'Augustus me donnait l'impression d'être spéciale pour lui que je l'étais forcément. Peut-être ramenait-il une nouvelle fille chez lui tous les soirs pour lui montrer des films et la peloter.

— Voici Hazel Grace, a-t-il dit en guise de présentations.

— Hazel tout court, ai-je précisé.

— Comment ça va, Hazel ? a demandé le père de Gus.

Il était grand, presque aussi grand que Gus, et maigre. Ce qui n'est pas courant chez les pères.

— Bien, ai-je répondu.

— Comment s'est passé le groupe de soutien d'Isaac ?

– Du délire, a dit Gus.

– Tu es vraiment un rabat-joie, s'est moquée sa mère. Et toi, Hazel, ça t'a plu?

J'ai réfléchi une seconde, je ne savais pas si je devais concocter une réponse susceptible de plaire à Augustus ou une réponse susceptible de plaire à ses parents.

– La plupart des gens sont sympas, ai-je fini par dire.

– C'est exactement ce que nous avons pensé des familles à Memorial au plus fort du traitement de Gus, a dit le père. Tout le monde était si gentil, si fort aussi. Aux heures les plus sombres, le Seigneur met toujours les bonnes personnes sur notre route.

– Vite, donnez-moi un coussin et du fil, on tient un super Encouragement! a lancé Augustus, puis, voyant que son père avait l'air contrarié, il lui a entouré les épaules de son long bras. Je plaisante, papa. J'adore les Encouragements, je te jure. Mais, comme je suis un ado, je ne peux décemment pas avouer un truc pareil.

Son père a levé les yeux au ciel.

– Tu restes dîner avec nous, j'espère? m'a demandé sa mère, une petite femme brune, un peu effacée.

– Je crois, ai-je répondu. Mais il faut que je sois rentrée à 22 h. Et, euh, je ne mange pas de viande.

– Pas de problème. On te fera quelque chose avec des légumes, a-t-elle dit.

– C'est parce que les animaux sont trop mignons ? a demandé Gus.

– Je préfère réduire au minimum le nombre de morts dont je suis responsable, ai-je expliqué.

Gus a ouvert la bouche pour répondre, puis il s'est ravisé. Sa mère a comblé le silence.

– Je trouve ça merveilleux.

Ses parents m'ont ensuite raconté que les enchiladas étaient leur spécialité, que Gus devait lui aussi rentrer à 22 h le soir, qu'ils se méfiaient d'ailleurs des parents qui autorisaient leurs enfants à rentrer après 22 h, puis ils m'ont demandé si j'étais au lycée. Non, j'étais étudiante, a précisé Augustus. Ils ont enchaîné en disant que le temps était vraiment splendide pour un mois de mars, au printemps, tout se renouvelait. Et ils ne m'ont posé aucune question ni sur ma bombonne d'oxygène ni sur ma maladie, c'était à la fois étrange et formidable. Puis Augustus a déclaré :

– On va regarder *V pour Vendetta* avec Hazel. Comme ça, elle pourra voir son double cinématographique, la Natalie Portman du milieu des années 2000.

– La télé du salon est à votre disposition, a dit son père d'un ton joyeux.

– Je préférerais qu'on regarde le film en bas.

Son père a éclaté de rire.

– Bien essayé, mais c'est non.

– J'aimerais bien faire visiter le sous-sol à Hazel Grace, a répliqué Augustus.

– Hazel-tout-court, ai-je précisé.

– Eh bien, fais visiter le sous-sol à Hazel-tout-court, a dit son père. Et ensuite, vous remonterez voir le film au salon.

Augustus a soupiré, pris appui sur sa jambe valide, fait pivoter ses hanches et balancé sa prothèse en avant.

– D'accord, a-t-il marmonné.

Je l'ai suivi dans l'escalier moquetté qui descendait à une chambre gigantesque. Une étagère courait tout autour de la pièce, surchargée de récompenses et autres souvenirs de basket : des trophées surmontés de joueurs en plastique doré immortalisés dans toutes les positions, en train de tirer, de dribbler, de sauter vers un panier invisible, sans compter d'innombrables ballons et chaussures de sport.

– Je jouais au basket, a-t-il expliqué.

– Tu devais plutôt bien te débrouiller.

– Je n'étais pas mauvais, mais les chaussures et les ballons sont des cadeaux cancer.

Il est allé jusqu'à la télé au pied de laquelle des dizaines de DVD et de jeux vidéo formaient une sorte de pyramide. Il s'est plié en deux et a attrapé *V pour Vendetta*.

– J'étais le sportif dans toute sa splendeur. Je rêvais

de redonner ses lettres de noblesse à l'art perdu du tir à mi-distance. Et puis, un jour, dans le gymnase du lycée, je faisais des lancers quand, tout à coup, je n'ai plus su pourquoi je balançais une sphère dans un anneau. J'ai trouvé ça complètement stupide. Ça m'a fait penser aux enfants qui mettent un objet de forme géométrique dans une découpe de même forme et ne peuvent plus s'arrêter une fois qu'ils ont compris comment ça marche. Le basket, c'était pareil, en plus sportif. Mais j'ai quand même continué à faire des lancers. J'en ai réussi quatre-vingts d'affilée, mon record absolu. Et, pourtant, plus je marquais, plus j'avais l'impression d'avoir deux ans. Ensuite, va savoir pourquoi, j'ai pensé aux coureurs de haies. Ça va ?

Je m'étais assise au bord de son lit défait. Pas pour lui donner des idées, mais parce que je fatiguais vite. J'étais restée debout dans le salon, puis j'avais descendu l'escalier, puis j'étais encore restée debout. Ça faisait beaucoup. Et je n'avais aucune envie de m'évanouir. Côté évanouissement, j'étais plutôt du style théâtral.

– Oui, ai-je répondu. Je t'écoutais. Les coureurs de haies ?

– Oui, les coureurs de haies. J'ai pensé à leur course semée d'obstacles. Est-ce qu'ils se demandaient parfois : « Ça n'irait pas plus vite si on enlevait les haies ? »

– C'était avant le diagnostic ? ai-je demandé.

– Hum, disons, plutôt au même moment, a-t-il avoué avec un sourire en coin. Le jour de cet entraînement à haute teneur existentielle se trouve étrangement être aussi mon dernier jour sur deux jambes. Je n'ai eu qu'un week-end entre l'annonce de mon amputation et le jour où elle a eu lieu. J'ai un petit aperçu de ce qu'Isaac est en train de vivre.

J'ai acquiescé. Augustus Waters me plaisait. Il me plaisait vraiment, vraiment beaucoup. Le fait qu'il termine son histoire par quelqu'un d'autre me plaisait. Sa voix me plaisait. Qu'il fasse des « entraînements à haute teneur existentielle » me plaisait. Qu'il soit professeur titulaire de la chaire du Sourire en coin et de celle de la Voix qui fait frissonner ma peau me plaisait. Qu'il ait deux noms me plaisait. J'ai toujours aimé les gens qui ont deux noms parce que cela vous oblige à choisir : Gus ou Augustus ? Moi, je n'ai jamais été qu'Hazel, point.

– Tu as des frères et sœurs ? ai-je demandé.

– Hein ? a-t-il répondu d'un air distrait.

– Tu disais que tu regardais jouer les enfants.

– Ah oui. Non. J'ai des neveux, les enfants de mes demi-sœurs. Mais elles sont beaucoup plus âgées que moi. Elles ont genre… PAPA, ELLES ONT QUEL ÂGE JULIE ET MARTHA ? a-t-il crié.

– Vingt-huit ans !

– Elles ont vingt-huit ans. Elles habitent Chicago. Elles se sont toutes les deux mariées avec un super avocat ou un super banquier. Je ne me rappelle pas. Et toi, tu as des frères et des sœurs ?

J'ai secoué la tête.

– C'est quoi, ton histoire, alors ? a-t-il demandé en s'asseyant à côté de moi, mais à une distance raisonnable.

– Je te l'ai déjà racontée. J'ai été diagnostiquée à…

– Non, pas l'histoire de ton cancer. *Ton* histoire ! Centres d'intérêt, loisirs, passions, fétichismes bizarres, etc.

– Hum.

– Ne me dis pas que tu fais partie de ces gens qui deviennent leur maladie. J'en connais plein. C'est désespérant. C'est la grande spécialité du cancer d'engloutir les gens. Mais je suis sûr que tu ne l'as pas déjà laissé te faire ça.

En fait, c'était peut-être le cas. Je me suis creusé la tête pour trouver comment me décrire à Augustus Waters, quels traits de ma personnalité mettre en valeur, et dans le silence qui a suivi, je me suis rendu compte que je n'étais pas intéressante du tout.

– Je n'ai rien de spécial.

– Je réfute ça d'emblée. Pense à quelque chose que tu aimes. Dis le premier truc qui te passe par la tête.

– Hum. La lecture.

– Qu'est-ce que tu lis?

– De tout. Du roman d'amour immonde au roman prétentieux en passant par la poésie. N'importe quoi, en fait.

– Tu écris des poèmes?

– Non.

– Voilà! a presque crié Augustus. Hazel Grace, tu es la seule adolescente d'Amérique qui préfère lire de la poésie plutôt que d'en écrire. C'est très révélateur. Je suis sûr que tu lis plein de livres géniaux.

– Possible.

– Lequel tu préfères?

– Hum.

Mon livre préféré, et de loin, était *Une impériale affliction*, mais je n'aimais pas en parler. Il arrive qu'à la lecture de certains livres on soit pris d'un prosélytisme étrange, tout à coup persuadé que le monde ne pourra tourner rond que lorsque tous les êtres humains jusqu'au dernier auront lu le livre en question. Et puis, il existe des livres, comme *Une impériale affliction*, des livres particuliers, rares et personnels, pour lesquels on ne peut pas manifester son attachement sans avoir l'impression de les trahir.

Ce livre n'était même pas un chef-d'œuvre. Il se trouvait juste que l'auteur, Peter Van Houten, semblait me comprendre d'une manière inexplicable. *Une impériale affliction* était *mon* livre, au même titre que mon corps était mon corps, mes pensées étaient mes pensées.

Je l'ai quand même dit à Augustus.

– Mon livre préféré est *Une impériale affliction*.

– Il y a des zombies? a-t-il demandé.

– Non.

– Des soldats de l'Empire galactique?

J'ai secoué la tête.

– Ce n'est pas ce genre de livre.

Il a souri.

– Je vais lire ce livre qui a le titre le plus ennuyeux du monde et dans lequel il n'y a même pas de soldats de l'Empire galactique, a-t-il promis.

J'ai regretté aussitôt de lui en avoir parlé. Augustus s'est tourné vers le tas de livres au pied de sa table de nuit. Il en a pris un et il a écrit quelque chose sur la page de garde.

– Tout ce que je te demande en échange, c'est de lire celui-ci, il s'agit de la fascinante novélisation de mon jeu vidéo préféré.

J'ai rigolé et j'ai pris le livre qu'il me tendait, intitulé *Le Prix de l'aube*. Dans le feu de l'action, nos mains se sont maladroitement rencontrées, et il a saisi la mienne.

– Froid, a-t-il dit en appuyant un doigt sur mon poignet livide.

– Plutôt sous-oxygéné.

– J'adore quand tu utilises des termes techniques, a-t-il dit.

Il s'est levé, m'a aidée à me remettre debout et n'a pas lâché ma main jusqu'au bas de l'escalier.

***

On a regardé *V pour Vendetta* sur le canapé, à bonne distance l'un de l'autre. J'ai fait le truc préféré des collégiennes : poser la main entre nous deux pour lui faire comprendre que je ne voyais pas d'inconvénient à ce qu'il la prenne, mais il n'a pas essayé. Au bout d'une heure de film, les parents d'Augustus sont venus nous apporter des enchiladas que nous avons mangées sur le canapé, elles étaient délicieuses.

V pour Vendetta racontait l'histoire d'un type héroïque qui portait un masque sur la figure et mourait de façon héroïque pour les beaux yeux de Natalie Portman. Cette dernière jouait le rôle d'une vraie casse-cou hyper sexy. Autant dire que je ne lui ressemblais pas du tout avec ma tête bouffie par les corticoïdes.

– Super, non ? a demandé Augustus quand le générique a défilé.

– Super, ai-je confirmé, bien que j'aie pensé le contraire. Il faut que je rentre. J'ai cours demain, ai-je ajouté.

Je suis restée sur le canapé le temps qu'Augustus retrouve ses clefs. Sa mère s'est assise à côté de moi.

– J'adore celui-ci, pas toi ?

Je devais avoir le regard posé sur le dessin d'un ange qui surplombait la télé et qui était agrémenté de l'Encouragement suivant : « Sans souffrance, comment connaître la joie ? »

(Un point de vue que j'avais toujours trouvé d'une stupidité et d'un manque de finesse inouïs. Pour le démontrer, il suffisait de dire que, même si le brocoli existait, ça n'empêchait pas le chocolat d'être bon.)

– Oui, ai-je répondu. Une bien belle pensée.

C'est moi qui ai conduit la voiture d'Augustus au retour. Il m'a fait écouter plusieurs morceaux, excellents d'ailleurs, d'un groupe qui s'appelle The Hectic Glow, mais je ne les ai pas autant appréciés que lui, pour la simple et bonne raison que je ne les connaissais pas encore. Je n'arrêtais pas de lancer des coups d'œil vers sa jambe, ou plutôt vers l'endroit où elle aurait dû se trouver, et j'essayais d'imaginer à quoi ressemblait la fausse. J'aurais préféré que ça ne me dérange pas de savoir qu'il avait une prothèse, mais en fait, ça me mettait un peu mal à l'aise. Lui aussi devait être gêné par mes tubes et ma bombonne d'oxygène. La maladie est repoussante. Je l'avais compris depuis longtemps, et il y avait fort à parier qu'Augustus l'avait compris également.

Je me suis garée devant chez moi et il a éteint la musique. L'atmosphère est devenue pesante. Il pensait peut-être à m'embrasser. En tout cas, moi, j'y pensais, même si je n'étais pas sûre d'en avoir envie. J'avais déjà embrassé des garçons, mais c'était avant.

J'ai coupé le moteur et je me suis tournée vers lui. Il était très beau.

– Hazel Grace, a-t-il dit, mon nom paraissait plus joli, comme neuf dans sa bouche. Je suis très content d'avoir fait ta connaissance.

– De même, Monsieur Waters.

J'étais intimidée. Je ne pouvais soutenir l'intensité de son regard bleu azur.

– Je peux te revoir ? a-t-il demandé d'un ton qui trahissait une inquiétude charmante.

J'ai souri.

– Bien sûr.

– Demain ?

– Attention, ai-je rétorqué. Tu risques de passer pour un impatient.

– C'est pour ça que j'ai dit demain, a-t-il répliqué. J'ai déjà envie de te revoir maintenant. Mais je vais m'obliger à attendre *toute la nuit et une bonne partie de la journée de demain.*

J'ai levé les yeux au ciel.

– Je ne blague pas, a-t-il insisté.

– Tu ne me connais même pas.

J'ai pris le livre qu'il avait calé entre les deux sièges.

– Et si je t'appelais quand j'ai fini ça ? ai-je proposé.

– Tu n'as pas mon numéro.

– Je te soupçonne fortement de l'avoir écrit dans ce livre.

Il s'est fendu de son sourire béat.

– Et tu oses dire qu'on ne se connaît pas.

Chapitre trois

J'AI LU *Le Prix de l'aube* jusque tard dans la nuit. (Attention, spoiler : le prix de l'aube, c'est le sang !) On était loin d'*Une impériale affliction*, mais le personnage principal, le sergent-chef Max Mayhem, était assez attachant, même s'il dégommait cent dix-huit personnes en deux cent quatre-vingt-quatre pages.

Le lendemain, un jeudi, je me suis levée tard. Ma mère avait pour principe de ne jamais me réveiller, car une des missions du malade professionnel était de dormir beaucoup. Du coup, j'ai été plutôt surprise qu'elle vienne troubler mon sommeil en me touchant l'épaule.

– Il est presque 10 h, a-t-elle dit.

– Le sommeil aide à lutter contre le cancer. Et je me suis couchée tard pour finir un livre, ai-je répondu.

– Il devait être passionnant, ce livre.

Elle s'est agenouillée au pied du lit et m'a débranchée du gros concentrateur d'oxygène rectangulaire que j'appelais Philip, parce qu'il avait une tête à s'appeler Philip. Puis elle m'a branchée sur une bombonne portable et m'a rappelé que j'avais cours.

– C'est par ce garçon que tu l'as eu ? a-t-elle demandé tout à coup.

– Quoi ? Tu parles de mon herpès ?

– Tu exagères, a dit ma mère. Le livre, Hazel. Je parle du livre.

– Oui, c'est lui qui me l'a prêté.

– Je crois qu'il te plaît, a-t-elle dit en levant les sourcils, comme si seul l'instinct maternel pouvait permettre une telle justesse d'observation.

J'ai haussé les épaules.

– Je t'avais dit que ce groupe de soutien valait le coup.

– Tu as attendu près de l'église pendant toute la séance ?

– Oui. J'avais apporté de la paperasse. Bref, il est temps d'affronter ta journée, jeune fille.

– Maman. Sommeil. Cancer. Lutter.

– Je sais, ma chérie, mais tu as cours. Et aujourd'hui, c'est… ? dit-elle avec une joie non dissimulée.

– Jeudi ?

– Ne me dis pas que tu as oublié ?

– C'est bien possible.

– On est jeudi 29 mars ! a-t-elle hurlé, le visage illuminé par un sourire extatique.

– C'est génial que ça te rende aussi heureuse de savoir la date d'aujourd'hui ! ai-je hurlé à mon tour.

– HAZEL ! C'EST TON TRENTE-TROISIÈME DEMI-ANNIVERSAIRE !

– Ohhhhhhhhhh ! me suis-je exclamée.

Pour ma mère, toute occasion de célébration était bonne à prendre. C'EST LA FÊTE DES ARBRES ! VITE, IL FAUT QU'ON AILLE SERRER LES MARRONNIERS DANS NOS BRAS ET QU'ON MANGE DES GÂTEAUX ! C'EST L'ANNIVERSAIRE DU JOUR OÙ CHRISTOPHE COLOMB A REFILÉ LA VARIOLE AUX AUTOCHTONES D'AMÉRIQUE ! FORMIDABLE ! JE T'EMMÈNE FAIRE UN PIQUE-NIQUE POUR FÊTER ÇA, ETC.

– Alors je me souhaite un joyeux trente-troisième demi-anniversaire !

– Qu'est-ce que tu veux faire pour fêter cette journée ? a demandé ma mère.

– Pulvériser le record mondial du nombre d'épisodes de *Top Chef* regardés à la suite ?

Maman a pris Bleu sur l'étagère au-dessus de mon lit. Je précise que Bleu est le nounours bleu que j'ai reçu pour mon premier anniversaire, un âge où personne ne voit d'inconvénient à ce que vous appeliez vos copains en fonction de la couleur de leur peau.

– Tu n'as pas envie d'aller au cinéma avec Kaitlyn ou Matt ?

Kaitlyn et Matt étaient mes amis. C'était une bonne idée.

– Pourquoi pas ? ai-je répondu. Je vais proposer à Kaitlyn d'aller au centre commercial après les cours.

Maman a souri, le nounours serré contre son ventre.

– C'est toujours aussi *sympa* d'aller au centre commercial ?

– Je mets un point d'honneur à ne pas savoir ce qui est cool ou ce qui ne l'est pas, ai-je rétorqué.

***

J'ai envoyé un texto à Kaitlyn, j'ai pris une douche, puis je me suis habillée, et ma mère m'a accompagnée à la fac. J'avais un cours de littérature américaine sur Frederick Douglass dans un amphi aux trois quarts vide et j'avais du mal à garder les yeux ouverts. Au bout de quarante minutes de cours qui m'ont semblé durer le double, Kaitlyn m'a répondu.

Génial. Bon demi-anniversaire. Centre commercial à 15 h 32?

Kaitlyn avait une vie sociale très active qu'elle était
obligée de programmer à la minute près. Ma réponse :

Ça me va. Je serai à l'aire de restauration.

À la sortie des cours, ma mère m'a emmenée à la
librairie du centre commercial, et j'ai acheté les deux
tomes qui précédaient *Le Prix de l'aube* : *Les Aubes de
la nuit* et *Requiem pour Mayhem*. Puis je me suis rendue à l'immense aire de restauration où j'ai com-
mandé un Coca light. Il était 15 h 21.

Je lisais, un œil sur les enfants qui jouaient dans le
bateau pirate de l'aire de jeux. Deux gamins ne se las-
saient pas de passer et de repasser dans un tunnel. Ils
m'ont fait penser à Augustus Waters et son entraînement à haute teneur existentielle.

Maman était elle aussi dans l'aire de restauration,
assise dans un coin où elle pensait que je ne la voyais
pas. Elle mangeait un sandwich jambon-fromage en
parcourant des papiers de nature médicale, sans
aucun doute. Elle croulait sous la paperasse.

À 15 h 32 pile, j'ai aperçu Kaitlyn qui passait avec

assurance devant le Wok House. Elle ne m'a vue qu'au moment où j'ai levé la main, et elle m'a souri. Elle avait des dents parfaitement alignées et d'un blanc éblouissant depuis qu'on lui avait retiré ses bagues. Elle est venue vers moi. Elle portait un manteau gris anthracite très bien coupé et des lunettes de soleil qui lui mangeaient le visage. Elle les a repoussées sur le haut de sa tête pour m'embrasser.

– Ma chérie, comment vas-tu? m'a-t-elle demandé d'une voix à intonation vaguement *british*.

Kaitlyn était une jeune Anglaise de vingt-cinq ans, mondaine et sophistiquée, prisonnière du corps d'une Américaine de seize ans. C'est pourquoi tout le monde acceptait ses manières et son accent.

– Je vais bien. Et toi?

– Je ne sais même plus. C'est du light?

J'ai hoché la tête et lui ai tendu la canette. Elle en a bu une gorgée à la paille.

– Dommage que tu ne sois plus au lycée. Certains garçons sont devenus tout à fait *comestibles*.

– Ah bon? Qui ça? ai-je demandé.

Elle a énuméré les noms de cinq types avec lesquels on avait été en primaire et au collège, mais je n'ai pas réussi à mettre de visage sur leurs noms.

– Je sors avec Derek Wellington depuis quelque temps, mais ça ne va pas durer, a-t-elle annoncé. Il est

trop *mec*. Mais assez parlé de moi. Quoi de neuf du
côté de chez Hazel ?

   – Rien, ai-je répondu.

   – La santé, ça va ?

   – Pareil.

   – Phalanxifor ! s'est-elle écriée, enthousiaste. Alors,
tu vas vivre pour toujours ?

   – Peut-être pas pour toujours, ai-je dit.

   – Mais presque. Quoi d'autre ?

   J'ai eu envie de lui dire que moi aussi je sortais avec
un garçon. Enfin, que j'avais regardé un film avec un
garçon. Parce que j'étais sûre qu'elle serait sidérée
qu'une fille aussi mal fringuée, gauche et rachitique
que moi puisse plaire à un garçon, ne serait-ce que
brièvement. Mais je n'avais pas vraiment de quoi fri-
mer, alors j'ai simplement haussé les épaules.

   – Mon Dieu, mais qu'est-ce que c'est que *ça* ? a
demandé Kaitlyn en montrant le livre.

   – De la science-fiction. J'accroche bien. C'est une
série.

   – Là, tu m'inquiètes. On fait les boutiques ?

   On est entrées dans un magasin de chaussures où
Kaitlyn n'a pas arrêté de me choisir des sandales
plates à bouts ouverts.

   – Elles seraient adorables sur toi, disait-elle.

Je me suis rappelé qu'elle ne portait jamais de chaussures à bouts ouverts parce qu'elle détestait ses pieds, elle prétendait que son deuxième orteil était trop long et qu'il dévoilait son âme ou je ne sais quoi. Quand, à mon tour, je lui ai montré une paire de sandales qui allaient très bien avec son teint, elle m'a répondu :

– Oui, mais…

Le « mais » sous-entendait : « Elles exposeraient mes orteils hideux aux yeux du monde entier. »

– Kaitlyn, tu es la seule fille que je connaisse qui ait une dysmorphophobie de l'orteil.

– Une quoi ?

– Tu sais, quand tu te regardes dans la glace et que tu vois autre chose que la réalité.

– Oh, a-t-elle dit. Qu'est-ce que tu penses de celles-ci ?

Elle a brandi une paire de babies qui n'avaient rien d'extraordinaire. J'ai hoché la tête. Elle a trouvé sa taille et s'est mise à déambuler dans l'allée en regardant ses pieds dans les miroirs. Après quoi, elle a jeté son dévolu sur une paire de chaussures à talons assez vulgaires.

– C'est impossible de marcher avec des trucs pareils ! s'est-elle exclamée. Je crois que je mourrais…

Elle s'est arrêtée au milieu de sa phrase et m'a

regardée avec des yeux implorants, comme si c'était un crime d'évoquer la «mort» en ma présence.

– Tu devrais les essayer, a-t-elle continué pour dissimuler son malaise.

– Je préférerais mourir, lui ai-je assuré.

J'ai fini par choisir une paire de tongs en plastique, histoire de prendre quelque chose, puis je suis allée m'asseoir sur un banc en face d'un présentoir et j'ai regardé Kaitlyn virevolter dans les allées. Elle faisait du shopping avec la même détermination, la même concentration, qu'un joueur d'échec professionnel. J'avais envie de sortir *Les Aubes de la nuit* et d'en lire un passage, mais ça aurait semblé vraiment malpoli, alors j'ai continué à observer Kaitlyn. De temps à autre, elle revenait vers moi en serrant une nouvelle trouvaille sur son cœur.

– Et ça?

J'essayais chaque fois de trouver une remarque intelligente à faire sur les chaussures qu'elle me présentait.

En fin de compte, elle a acheté trois paires, et moi mes tongs en plastique.

– Fringues? a-t-elle lancé quand on est sorties du magasin.

– Je ferais mieux de rentrer. Je suis fatiguée, ai-je répondu.

– Bien sûr, je comprends, a-t-elle dit. Il faut qu'on se voie plus souvent, ma chérie.

Elle a posé ses mains sur mes épaules, m'a embrassée sur les deux joues et elle est partie en balançant ses hanches étroites.

Sauf que je ne suis pas rentrée à la maison. J'avais demandé à Maman de venir me chercher à 18 h et, même si je me doutais qu'elle était quelque part dans le centre commercial ou sur le parking, j'avais envie de profiter des deux heures qui me restaient pour être seule.

J'aimais bien ma mère, mais, parfois, le fait qu'elle soit tout le temps dans les parages me rendait bizarrement nerveuse. J'aimais bien Kaitlyn aussi. Mais comme j'avais été retirée de la vie scolaire depuis trois ans, je sentais un gouffre infranchissable se creuser entre nous. Je sais que mes petits copains de classe avaient voulu m'aider à surmonter mon cancer, mais ils avaient fini par comprendre que ce n'était pas possible. Tout simplement parce que mon cancer ne « se surmontait » pas.

Alors j'ai prétexté la douleur et la fatigue, comme je l'avais souvent fait au cours des dernières années quand je voyais Kaitlyn ou un autre ancien camarade. À vrai dire, je souffrais tout le temps. Ça fait mal de ne pas pouvoir respirer comme une personne normale, d'être obligée de rappeler sans cesse à ses poumons de faire leur boulot de poumons, de se forcer à accepter qu'il n'y a rien à faire contre cette douleur déchirante qui entre et sort inlassablement de votre poitrine sous-oxygénée. Conclusion, je ne mentais pas vraiment. Je choisissais juste une vérité parmi d'autres.

J'ai trouvé un banc entre un magasin de souvenirs irlandais, une papeterie et un stand de casquettes de baseball, autant dire une zone du centre commercial où même Kaitlyn ne risquait pas de s'aventurer, et j'ai commencé à lire *Les Aubes de la nuit*.

La moyenne était d'environ un cadavre par phrase. J'ai dévoré le livre sans lever les yeux une seconde. J'aimais bien le sergent-chef Max Mayhem, même s'il n'avait pas de personnalité à proprement parler. Ce qui me plaisait par-dessus tout, c'était que ses aventures se succédaient à l'infini. Il y avait toujours plus de méchants à tuer et plus de gentils à sauver. De nouvelles guerres étaient déclarées avant même que les précédentes soient terminées. Cela faisait longtemps que je n'avais pas lu de séries, et j'étais contente de me replonger dans une histoire sans fin.

Il me restait vingt pages des *Aubes de la nuit* quand les choses ont commencé à se gâter pour Mayhem. Il avait pris dix-sept balles dans le corps en sauvant une otage (blonde, américaine) des griffes de l'ennemi. Mais en tant que lectrice, je n'étais pas inquiète. La guerre pouvait se poursuivre sans lui. Il y avait fort à parier que de nouveaux tomes mettraient en scène ses camarades : l'expert Manny Loco, le soldat Jasper Jacks et les autres.

J'avais presque terminé quand une petite fille avec des nattes a surgi devant moi.

– T'as quoi dans le nez ? m'a-t-elle demandé.

– Ça s'appelle une canule, ai-je répondu. C'est un tube qui m'apporte de l'oxygène et qui m'aide à respirer.

Sa mère s'est précipitée sur elle.

– Jackie ! s'est-elle écriée d'un ton réprobateur.

– Tout va bien, elle ne me dérange pas, ai-je dit parce que c'était vrai.

– Ça m'aiderait à respirer, moi aussi ? a demandé Jackie.

– Je n'en sais rien. On n'a qu'à essayer.

J'ai retiré la canule de mes narines et laissé Jackie la mettre dans son nez et respirer.

– Ça chatouille, a-t-elle déclaré.

– Je sais. Ça va ?

– Je respire mieux, on dirait, a-t-elle annoncé.

– C'est vrai ?

– Oui.

– J'adorerais pouvoir te donner ma canule, mais j'en ai vraiment besoin.

Je commençais déjà à sentir le manque d'oxygène.

Je me suis concentrée sur ma respiration et j'ai repris la canule des mains de Jackie. Je l'ai essuyée sur mon T-shirt, j'ai fait passer les tubes derrière mes oreilles et j'ai remis les embouts en place.

– Merci de m'avoir laissée essayer, a dit Jackie.

– De rien.

– Jackie! a appelé sa mère, et cette fois je l'ai laissée partir.

Je me suis replongée dans ma lecture, c'était le moment où le sergent-chef Max Mayhem regrettait de n'avoir qu'une seule vie à offrir à son pays. Pourtant je ne pouvais pas m'empêcher de repenser à la petite fille, je l'avais vraiment trouvée chouette.

L'autre inconvénient avec Kaitlyn, c'était que je ne pouvais plus avoir de conversation normale avec elle. Chaque fois que j'essayais, ça me déprimait. Je ne pouvais pas ne pas voir que toutes les personnes à qui je parlais se sentaient mal à l'aise en ma présence, à part peut-être les enfants comme Jackie qui restaient spontanés, et que ça serait comme ça jusqu'à la fin de ma vie.

Bref, j'aimais être toute seule, seule avec ce pauvre sergent-chef Max Mayhem, qui… non, il n'allait quand même pas s'en sortir avec dix-sept balles dans le corps?

(Attention, spoiler: il survit.)

Chapitre quatre

CE SOIR-LÀ, je me suis couchée tôt. J'ai enfilé un caleçon et un T-shirt, et je me suis glissée sous la couette, dans mon grand lit plein d'oreillers, un de mes endroits préférés au monde. Et j'ai relu *Une impériale affliction* pour la millionième fois.

UIA raconte l'histoire d'Anna (c'est la narratrice) et de sa mère borgne, jardinière de métier, qui a une passion pour les tulipes. Elles ne sont ni riches ni pauvres et mènent une petite vie tranquille au cœur d'une ville modeste du centre de la Californie, jusqu'au jour où elles apprennent qu'Anna est atteinte d'un cancer du sang.

Mais ce n'est pas un livre sur le cancer, je déteste les livres sur le cancer. Dans ces bouquins, vous pouvez être sûrs que le cancéreux crée une fondation destinée à rassembler des fonds pour la lutte contre le cancer. Puis, grâce à son engagement solidaire, il/elle prend conscience de la bonté fondamentale de l'homme et se sent aimé/e, soutenu/e. Tout ça parce qu'il/elle lègue de l'argent qui servira à la recherche contre le cancer. Mais dans *UIA*, Anna trouve que créer une fondation contre le cancer quand on a le cancer, ça frise le narcissisme. Alors, elle décide de créer une fondation qu'elle appelle Fondation Anna pour les Cancéreux qui veulent soigner le choléra.

Et puis, elle fait preuve d'une honnêteté rarissime à propos de ce qu'elle vit : tout au long du livre, elle se désigne elle-même comme « un effet secondaire », ce qui est archijuste. Après tout, les jeunes atteints d'un cancer sont les effets secondaires des mutations incessantes qui permettent la diversité de la vie sur terre. Au fil de l'histoire, Anna devient de plus en plus malade, les traitements et le cancer font la course pour savoir qui la tuera en premier. Et voilà que sa mère tombe amoureuse d'un négociant en tulipes hollandais qu'Anna appelle Monsieur Tulipe. Monsieur Tulipe a beaucoup d'argent et des idées extravagantes concernant le traitement du cancer, mais Anna le soupçonne d'être un escroc, voire même de ne pas être hollandais. Puis, au moment où Monsieur Tulipe et la mère d'Anna sont sur le point de se marier, et Anna sur le point de commencer un régime insensé à base d'herbe de blé et d'arsenic à doses infimes censé traiter son cancer, le livre s'arrête en plein milieu d'une

Je reconnais qu'il s'agit d'un choix littéraire intéressant, qui n'est d'ailleurs pas étranger au fait que j'adore le livre, mais ce n'est quand même pas un hasard si d'habitude les livres ont une fin. Et s'ils ne peuvent pas en avoir, ils devraient au moins se poursuivre à l'infini comme les aventures du sergent-chef Max Mayhem.

Je me doutais que si l'histoire d'*UIA* s'arrêtait, c'était qu'Anna était morte ou trop malade pour écrire, et que la phrase restée en suspens reflétait la fin brutale de sa vie. Sauf qu'Anna n'était pas le seul personnage du livre, et ça me semblait donc injuste de ne pas savoir ce qui arrivait aux autres. J'avais écrit une douzaine de lettres à Peter Van Houten via son éditeur, dans lesquelles je lui demandais ce qui se passait après : Monsieur Tulipe était-il un escroc ? La mère d'Anna se mariait-elle avec lui ? Que devenait le hamster idiot d'Anna (que sa mère détestait) ? Les copines d'Anna obtenaient-elles leur bac ? Ce genre de trucs. Mais il ne m'a jamais répondu.

Peter Van Houten n'a écrit aucun autre livre à part *UIA* et tout ce qu'on sait de lui, c'est qu'il a quitté les États-Unis et qu'il s'est installé aux Pays-Bas où il vit reclus. J'ai donc imaginé qu'il était en train d'écrire une suite dont l'action se situerait en Hollande : Monsieur Tulipe et la mère d'Anna déménagent aux Pays-Bas pour commencer une nouvelle vie. Mais ça faisait déjà dix ans qu'*Une impériale affliction* avait paru et Van Houten n'avait rien publié depuis, même pas un malheureux post sur un blog. Je ne pouvais pas me permettre d'attendre indéfiniment.

J'étais constamment distraite de ma lecture par Augustus Waters que j'imaginais en train de lire les mêmes phrases que moi. Je me demandais si le livre lui plaisait ou s'il le trouvait prétentieux et l'avait abandonné. Puis je me suis rappelé que j'avais promis de l'appeler quand j'aurais fini *Le Prix de l'aube*. J'ai trouvé son numéro sur la page de garde et je lui ai envoyé un texto :

Ma critique du *Prix de l'aube* : trop de cadavres, pas assez d'adjectifs. Comment tu trouves *UIA* ?

Il m'a répondu dans la minute qui a suivi :

Tu étais censée appeler, pas m'envoyer un texto.

Je l'ai donc appelé.

– Hazel Grace, a-t-il dit en décrochant.

– Alors, tu l'as lu ?

– Je ne l'ai pas encore terminé. Il fait six cent cinquante et une pages et je n'ai eu que vingt-quatre heures.

– Tu en es où ?

– À la quatre cent cinquante et unième.

– Et ?

– Je réserve mon jugement pour la fin. N'empêche, je me sens nul de t'avoir prêté *Le Prix de l'aube*.

– T'inquiète. J'ai déjà commencé *Requiem pour Mayhem*.

– Une pépite de la série. Alors, dis-moi, le gars aux tulipes, c'est un sale type ? Je ne le sens pas.

– Je ne te dirai rien, ai-je répondu.

– Si ce mec se conduit mal, je lui arrache les yeux.

– Tu es accro, on dirait.

– Je ne te dirai rien ! Je peux te voir quand ?

– Sûrement pas avant que tu aies fini *Une impériale affliction*.

J'adorais me la jouer détachée.

– Dans ce cas, je ferais mieux de me remettre à lire.

– Tu as intérêt, ai-je répliqué, et il a raccroché sans un mot de plus.

Flirter était un truc nouveau pour moi, mais j'aimais bien.

Le lendemain, j'avais un cours sur la poésie américaine du XXᵉ siècle. La vieille peau qui nous tenait lieu
de prof a réussi à parler de Sylvia Plath pendant une
heure sans citer un de ses vers.

À la fin du cours, Maman m'attendait juste devant,
dans la voiture.

– Tu es restée tout le temps là ? ai-je demandé alors
qu'elle se précipitait pour m'aider à mettre mon chariot et ma bombonne dans la voiture.

– Non, je suis allée chercher du linge au pressing,
puis je suis passée à la poste.

– Et ensuite ?

– J'avais pris un bouquin, a-t-elle répondu.

– Et c'est moi qui dois profiter de la vie !

J'ai souri, et elle s'est efforcée de sourire aussi, mais
son sourire était chancelant.

– Tu veux qu'on aille au cinéma ? lui ai-je demandé.

– Bien sûr. Il y a un film qui te tente ?

– Et si on y allait au hasard voir le premier film qui
passe ?

Ma mère a refermé la portière et fait le tour de la
voiture pour prendre sa place derrière le volant. On est
allées au cinéma du centre commercial où on a vu un
film en 3D avec des gerbilles qui parlent. C'était assez
drôle, en fait.

En sortant du cinéma, j'avais quatre textos d'Augustus.

Dis-moi qu'il manque vingt pages au bouquin,
c'est pas possible!

Hazel Grace, rassure-moi: je n'ai pas fini le livre?

J'Y CROIS PAS ILS SE MARIENT OU PAS J'Y
CROIS PAS C'EST QUOI CE TRUC?

J'imagine qu'Anna est morte et que le livre se
termine à cause de ça? C'est CRUEL. Appelle-
moi quand tu peux. J'espère que tout va bien.

Aussitôt à la maison, je suis sortie dans le jardin et je
suis allée m'asseoir sur une vieille chaise rouillée à croi-
sillons pour appeler Augustus. Le ciel était nuageux, un
classique en Indiana, le genre de temps qui donne
envie de rester chez soi. Ma vieille balançoire d'enfant
trônait au fond du jardin, pitoyable et détrempée.
   À la troisième sonnerie, Augustus a décroché.
   – Hazel Grace, a-t-il dit.
   – Bienvenue chez les accros d'*Une impériale*…
   Je me suis interrompue car, à l'autre bout du fil,
j'entendais des sanglots violents.

– Ça va ? ai-je demandé.

– Super, a répondu Augustus. Je suis avec Isaac qui est en train de décompresser. En quelque sorte.

De nouveaux gémissements ont retenti, qui m'ont fait penser aux cris d'agonie d'un animal blessé.

Augustus a parlé à Isaac.

– Mec, mec, si Hazel du groupe de soutien nous rejoint, c'est mieux ou c'est moins bien pour toi ? Isaac, regarde-moi !

Puis quelques instants après, il m'a demandé :

– Tu peux être là d'ici vingt minutes ?

– Bien sûr, ai-je répondu, et j'ai raccroché.

Si j'avais pu rouler en ligne droite, j'aurais mis cinq minutes pour aller de chez moi à chez Augustus, mais ce n'était pas possible dans la mesure où il y avait Holliday Park en plein milieu du chemin.

En dépit de son inconvénient géographique, j'aimais beaucoup Holliday Park. Quand j'étais petite, on allait faire trempette dans la White River avec mon père. J'adorais quand il me jetait en l'air loin de lui, je tendais les bras et il tendait les siens et on se faisait une peur délicieuse en voyant qu'on n'arriverait pas à se toucher, qu'il ne me rattraperait pas. Je tombais à l'eau en agitant les jambes, puis je remontais à la surface, saine et sauve, prendre un grand bol d'air.

Le courant me repoussait alors vers lui et je criais :
« Encore, Papa, encore ! »

Je me suis garée dans l'allée à côté d'une vieille Toyota noire qui devait être celle d'Isaac. J'ai calé ma bombonne dans son chariot, puis j'ai marché jusqu'à la porte d'entrée et j'ai frappé. Le père de Gus m'a ouvert.

– Hazel-tout-court, a-t-il dit. Ravi de te revoir.

– Augustus m'a proposé de passer.

– Oui, ils sont au sous-sol avec Isaac, a-t-il précisé.

Au même moment, un hurlement est monté des profondeurs de la maison.

– C'est Isaac, a-t-il expliqué en secouant la tête. Cindy est allée faire un tour. Les pleurs… a-t-il dit en laissant sa phrase en suspens. Bref, tu es attendue en bas. Tu veux que je porte ta, euh, bombonne ?

– Non, ça va aller. Merci quand même, monsieur Waters.

– Mark.

J'avais un peu la trouille de descendre. Écouter les gens hurler de douleur ne fait pas partie de mes passe-temps favoris. Mais je suis descendue quand même.

– Hazel Grace, a dit Augustus en entendant mes pas. Isaac, Hazel-du-groupe-de-soutien est en train de descendre l'escalier. Hazel, un petit rappel amical : Isaac est en plein épisode psychotique.

Assis dans des fauteuils confortables, Augustus et

Isaac avaient les yeux rivés sur un téléviseur gargantuesque. L'écran était divisé en deux : le côté gauche montrait le point de vue d'Isaac, et le droit celui d'Augustus. Tous les deux étaient des soldats qui se battaient dans une ville bombardée. J'ai reconnu le décor du *Prix de l'aube*. En approchant, je n'ai rien remarqué de particulier : juste deux copains dans le halo lumineux d'une télé géante en train de faire semblant de tuer des gens.

Ce n'est qu'une fois à la hauteur d'Isaac que j'ai aperçu son visage : un masque de douleur, un flot ininterrompu de larmes ruisselant sur ses joues rougies. Isaac avait les yeux fixés sur l'écran, il ne m'a même pas jeté un regard, il gémissait sans discontinuer tout en appuyant sur les touches de sa manette.

– Comment ça va, Hazel ? a demandé Augustus.

– Ça va, ai-je répondu. Isaac ?

Pas de réponse, pas le moindre signe indiquant qu'il était conscient de ma présence. Isaac n'était plus que des larmes qui dégoulinaient de son visage sur son T-shirt noir.

Augustus s'est tourné vers moi l'espace d'un millième de seconde.

– Super jolie, ta tenue.

Je portais une vieille robe qui m'arrivait au-dessus du genou.

– Les filles croient toujours que les robes sont réservées aux grandes occasions, a poursuivi Augustus. Moi, j'aime la fille qui se dit : « Je vais voir un garçon en pleine dépression nerveuse, un garçon à deux doigts de perdre la vue, et je mets une robe en son honneur. »

– Sauf qu'Isaac ne risque pas de me regarder, suis-je intervenue, il est trop amoureux de Monica.

En entendant ma remarque, Isaac a sangloté de plus belle.

– Sujet délicat, a dit Augustus en guise d'explication. Isaac, je ne sais pas toi, mais j'ai la vague impression qu'on est en train de se faire déborder.

Puis à moi :

– Ce n'est plus une affaire qui marche entre Isaac et Monica, mais Isaac ne veut pas en parler. Il veut juste pleurer et jouer à « Contre-Attaque 2 : Le Prix de l'aube ».

– Je comprends.

– Isaac, on est en mauvaise posture. Si tu es d'accord, fonce jusqu'à la centrale électrique, je te couvre.

Isaac a couru en direction d'un bâtiment et Augustus a couru derrière lui en arrosant les alentours à la mitraillette.

– Bref, a poursuivi Augustus à mon intention, ça ne peut pas lui faire de mal de lui parler. Peut-être auras-tu quelques conseils avisés à lui donner.

– Je trouve sa réaction plutôt saine, ai-je déclaré au moment où Isaac abattait un ennemi qui venait de pointer la tête derrière la carcasse fumante d'un pick-up.

Augustus a indiqué l'écran d'un signe de tête.

– La souffrance exige d'être ressentie, a-t-il dit.

C'était une phrase tirée d'*Une impériale affliction*.

– Tu es sûr que personne ne nous suit ? a-t-il demandé à Isaac.

Deux secondes plus tard, des balles traçantes sifflaient au-dessus de leurs têtes.

– C'est pas vrai, Isaac ! s'est écrié Augustus. Ça m'ennuie de te faire des reproches dans un moment pareil, mais je te signale qu'à cause de toi on s'est fait doubler et que, maintenant, plus rien ne sépare les terroristes de l'école.

Isaac a zigzagué vers la ligne de front en empruntant un passage étroit.

– Vous pourriez aller au pont et les surprendre parderrière, ai-je proposé – une tactique que j'avais apprise dans *Le Prix de l'aube*.

Augustus a soupiré.

– Le pont est déjà sous le contrôle des insurgés suite à la stratégie désastreuse de mon malheureux partenaire.

– Moi ? a demandé Isaac dans un souffle. Moi ?! C'est toi qui as proposé qu'on se planque dans la centrale électrique.

Gus a quitté l'écran des yeux une seconde et lui a fait un de ses célèbres sourires en coin.

– Je savais bien que tu pouvais parler, mon pote, a-t-il dit. Allez! Dépêchons-nous de sauver quelques gamins virtuels!

Isaac et Augustus ont couru le long du passage en tirant et en se cachant aux moments propices pour rejoindre une petite école. Après quoi, ils se sont accroupis derrière un muret de l'autre côté de la rue et ont descendu les ennemis un à un.

– Pourquoi veulent-ils pénétrer à l'intérieur de l'école? ai-je demandé.

– Pour prendre les gosses en otage, a répondu Augustus.

Le dos courbé, il malmenait sa manette, bras tendus, les veines saillantes. Isaac était lui aussi penché vers l'écran et sa manette virevoltait entre ses mains diaphanes.

– Tue-le tue-le tue-le, a dit Augustus.

Les terroristes continuaient d'arriver par vagues. Gus et Isaac les fauchaient méthodiquement pour les empêcher de faire feu à l'intérieur du bâtiment.

– Grenade! Grenade! a hurlé Augustus quand un objet a traversé l'écran, avant de rebondir contre la porte de l'école et de rouler au sol.

De déception, Isaac a laissé tomber sa manette.

– Si ces salauds n'arrivent pas à prendre d'otages, ils les tuent et nous mettent les meurtres sur le dos.

– Couvre-moi! a crié Augustus en surgissant de derrière le muret, puis il s'est élancé vers l'école.

Isaac a repris sa manette à tâtons, puis il a tiré dans le tas. Une pluie de balles s'est abattue sur Augustus; une première, puis une seconde l'ont touché sans qu'il arrête de courir pour autant.

– MAX MAYHEM EST INVINCIBLE! a hurlé Augustus.

Grâce à une incroyable combinaison de touches, Augustus a plongé sur la grenade, qui s'est déclenchée sous lui. Son corps disloqué a explosé, se transformant en un geyser de sang, et l'écran est devenu tout rouge. Une voix gutturale a annoncé: «ÉCHEC DE LA MISSION», mais ce n'était pas l'avis d'Augustus, qui souriait en voyant ses restes éparpillés. Il a sorti son paquet de cigarettes de sa poche, en a pris une et l'a glissée entre ses lèvres.

– J'ai sauvé les gosses, a-t-il dit.

– Provisoirement, ai-je fait remarquer.

– On n'est jamais sauvés que provisoirement, a répliqué Augustus. Je leur ai fait gagner une minute. Mais c'est peut-être la minute qui leur fera gagner une heure, qui se trouve être l'heure qui leur fera gagner une année. Personne ne leur fera gagner l'éternité,

Hazel Grace, mais ma vie leur a fait gagner une minute. Et ce n'est pas rien.

– Ouah, d'accord, ai-je dit. Je te signale qu'on parle de pixels, là.

Il a haussé les épaules. Comme si, en fait, il n'était pas sûr que le jeu ne soit pas réel. Isaac s'est remis à gémir. Augustus s'est aussitôt tourné vers lui.

– On retente la mission, caporal ?

Isaac a fait signe que non. Puis il s'est penché pour me voir.

– Elle ne voulait pas le faire après, a-t-il expliqué, la gorge serrée.

– Elle ne voulait pas larguer un aveugle ? ai-je demandé.

Il a hoché la tête, ses larmes coulaient avec une régularité de métronome.

– Elle pense qu'elle ne pourra pas le supporter. C'est moi qui vais perdre la vue, et c'est elle qui ne peut pas le supporter !

J'ai réfléchi au mot « supporter » et à toutes les choses insupportables qu'on supportait.

– Je suis désolée, ai-je dit.

Il a essuyé ses joues avec sa manche. Derrière ses verres de lunettes, ses yeux étaient tellement énormes qu'ils éclipsaient le reste de son visage. J'avais l'impression qu'il n'y avait plus que deux yeux désincarnés qui me regardaient, l'un vrai et l'autre faux, comme s'ils flottaient dans les airs.

— C'est inacceptable, a-t-il affirmé. Totalement inacceptable.

— À sa décharge, elle ne doit effectivement pas pouvoir le supporter. Toi non plus, sauf qu'elle, elle n'y est pas obligée, alors que toi, oui, ai-je dit.

— Aujourd'hui, je n'arrêtais pas de lui répéter « toujours » et elle me coupait chaque fois la parole sans répondre « toujours ». Comme si je n'étais déjà plus là. « Toujours », c'était une promesse ! On n'a pas le droit de briser une promesse.

— Parfois les gens ne comprennent pas les promesses qu'ils font au moment où ils les font, ai-je remarqué.

Isaac m'a jeté un regard assassin.

— Ça n'empêche pas de les tenir quoi qu'il arrive. C'est ça, l'amour. C'est tenir sa promesse quoi qu'il arrive. Tu ne crois pas au grand amour ?

Je n'ai pas répondu. Je n'en savais rien. Mais j'ai pensé que, si le grand amour existait, c'était une excellente définition.

— Moi, je crois au grand amour, a dit Isaac. Et je l'aime. Et elle a promis, elle m'a promis « toujours ».

Il s'est levé et s'est avancé vers moi. Je me suis remise debout, persuadée qu'il voulait que je le prenne dans mes bras ou je ne sais quoi, mais il a fait demi-tour, comme s'il avait oublié pourquoi il s'était levé. Puis Augustus et moi avons vu la colère déformer ses traits.

– Isaac, a dit Gus.

– Quoi ?

– Tu as l'air un peu… excuse-moi pour le double sens, mon pote, mais il y a quelque chose d'assez préoccupant dans tes yeux.

Soudain, Isaac a shooté dans un des fauteuils, qui a reculé jusqu'au lit par bonds successifs.

– Et c'est parti, a dit Augustus.

Isaac a poursuivi le siège en lui donnant des coups de pied.

– OK ! a alors lancé Augustus. Fais-lui la peau, massacre-le !

Isaac a continué de se déchaîner sur le fauteuil jusqu'à ce que celui-ci rebondisse contre le lit. Puis il a pris un oreiller et a commencé à frapper le mur avec.

Augustus s'est tourné vers moi, sa cigarette toujours à la bouche, et il m'a fait un petit sourire.

– Je n'arrête pas de penser à ce livre.

– C'est dingue, hein ?

– Van Houten ne raconte vraiment pas ce qui arrive aux autres ?

– Non.

Isaac était toujours en train d'étouffer le mur avec l'oreiller.

– Il s'est installé à Amsterdam. J'ai pensé qu'il allait écrire une suite sur Monsieur Tulipe, mais il n'a plus rien publié. Il ne donne jamais d'interviews et il n'est pas sur Internet non plus. Je lui ai écrit un paquet de lettres pour lui demander ce qui arrivait aux autres personnages, mais il ne m'a jamais répondu. Alors…

Je me suis interrompue parce qu'Augustus n'avait pas l'air de m'écouter, il jetait des coups d'œil à Isaac.

– Attends une seconde, m'a-t-il murmuré.

Il s'est avancé vers Isaac et l'a pris par les épaules.

– Mon pote, les oreillers, ça ne se casse pas. Essaie plutôt un truc qui se casse.

Isaac s'est alors emparé d'un des trophées qui se trouvaient sur l'étagère et il l'a brandi au-dessus de sa tête comme pour demander la permission.

– Oui, a dit Augustus. Oui!

Le trophée s'est écrasé sur le sol, les bras du joueur de basket en plastique se sont détachés de son corps, les mains toujours serrées autour du ballon. Isaac les a piétinés.

– Oui! a encore crié Augustus. Fais-lui sa fête!

Puis il s'est tourné vers moi.

– Je cherchais un moyen de dire à mon père qu'en

fait je déteste le basket, je crois qu'on vient juste de le trouver.

Les trophées sont tombés les uns après les autres, Isaac les piétinait en hurlant. Augustus et moi assistions au déchaînement de violence à distance. Les corps mutilés des joueurs en plastique jonchaient la moquette : une balle rattrapée par une main sans corps par-ci, deux jambes en plein saut par-là. Isaac a continué à massacrer les trophées, haletant, transpirant, poussant des cris, puis il s'est effondré comme une masse sur les débris.

Augustus s'est approché de lui.

– Ça va mieux ? a-t-il demandé.

– Non, a marmonné Isaac, hors d'haleine.

– Le truc avec la souffrance, c'est qu'elle exige d'être ressentie, a acquiescé Augustus en me regardant.

Chapitre cinq

JE N'AI pas reparlé à Augustus de la semaine. Je l'avais appelé le soir du Massacre des trophées, donc c'était à son tour d'appeler. Mais il ne l'a pas fait. N'allez pas croire pour autant que j'ai attendu toute la journée dans ma plus belle robe jaune, les yeux fixés sur mon téléphone, que mon amoureux se manifeste. Non, j'ai continué à vivre ma vie : je suis allée prendre un café avec Kaitlyn et son copain (mignon, mais qui n'arrivait pas à la cheville d'Augustus), j'ai avalé ma dose quotidienne de Phalanxifor, j'ai passé trois matinées à la fac et j'ai dîné tous les soirs avec mon père et ma mère.

Ce dimanche-là, au menu, c'était pizza poivrons-brocolis. On était assis autour de la petite table ronde de la cuisine quand mon portable a sonné, mais je n'avais pas le droit de répondre parce qu'à la maison, la règle était stricte : pas de téléphone à table.

J'ai continué à manger pendant que Papa et Maman discutaient du tremblement de terre qui venait de secouer la Papouasie-Nouvelle-Guinée. C'est là-bas qu'ils s'étaient rencontrés au cours d'une mission humanitaire et, chaque fois qu'il s'y passait quelque chose, même d'horrible, mes parents quittaient soudain leurs oripeaux de grands animaux sédentaires pour redevenir les jeunes gens idéalistes, indépendants et pleins d'ardeur qu'ils étaient autrefois. Complètement absorbés par leur conversation, ils ne se rendaient même pas compte que j'étais en train de battre des records de vitesse pour finir ma pizza, je passais de l'assiette à ma bouche avec une rapidité et une voracité qui ont failli me couper la respiration. Et ça n'a pas loupé, j'ai commencé à avoir peur que mes poumons se retrouvent à nouveau imbibés. J'ai repoussé cette pensée le plus loin possible. J'avais un PET scan prévu quelques semaines plus tard. S'il y avait un problème, je le saurais bien assez tôt. Je n'avais rien à gagner à me prendre la tête.

Et pourtant je me suis pris la tête. J'aimais être une personne, j'avais envie que ça continue. Se prendre la tête est encore un effet secondaire de mourir.

Je suis finalement venue à bout de mon assiette.

– Je peux me lever de table? ai-je demandé.

Mes parents n'ont même pas interrompu leur conversation qui roulait maintenant sur les points forts et les points faibles des infrastructures de la Papouasie-Nouvelle-Guinée. J'ai attrapé mon téléphone dans mon sac qui se trouvait sur le plan de travail et j'ai regardé qui venait de m'appeler: *Augustus Waters.*

Je suis sortie dans le jardin, la lumière déclinait. En voyant la balançoire, j'ai envisagé de m'y asseoir pour téléphoner à Augustus, mais soudain elle m'a paru très loin, manger m'avait fatiguée.

Je me suis allongée sur le gazon, j'ai repéré Orion, la seule constellation que j'étais capable de reconnaître, et j'ai appelé Augustus.

– Hazel Grace, a-t-il dit.

– Salut! Ça va?

– Super, a-t-il répondu. J'ai eu envie de te parler à peu près toutes les minutes depuis notre dernière conversation, mais je voulais attendre de pouvoir formuler une pensée cohérente eu égard à *Une impériale affliction.* (Il a vraiment dit «eu égard».)

– Et?

– Et j'ai l'impression que… En le lisant, je n'arrêtais pas de me dire…

– Quoi? ai-je demandé pour l'asticoter.

– Que c'était comme un cadeau, a-t-il dit d'un ton hésitant. C'était comme si tu m'avais offert quelque chose d'important.

– Oh, ai-je laissé échapper.

– C'est un peu nul. Excuse-moi.

– Non, non, ne t'excuse pas.

– Mais le livre n'a pas de fin.

– En effet.

– C'est de la torture. J'ai compris qu'elle était morte.

– Oui, moi aussi, ai-je renchéri.

– Bon, d'accord, il a le droit, mais entre l'auteur et le lecteur, il y a quand même une sorte de contrat tacite, et ne pas terminer son livre, c'est rompre ce contrat.

– Je n'en sais rien, ai-je dit, prête à défendre Peter Van Houten. C'est aussi ce que j'aime dans le livre. Il décrit la mort sans mentir. On meurt au milieu de la vie, au milieu d'une phrase. Mais je reconnais que je donnerais cher pour savoir ce qui arrive aux autres personnages. C'est d'ailleurs ce que je lui ai demandé dans mes lettres. Mais il ne m'a jamais répondu.

– Tu dis qu'il vit reclus.

– Exact.

– Qu'on ne peut pas retrouver sa trace.

– Exact.

– Qu'il est injoignable, a insisté Augustus.

– Malheureusement, oui.

– « Cher Monsieur Waters. Je vous écris en réponse à votre correspondance électronique, reçue par l'entremise de Mlle Vliegenthart le 6 avril dernier, en provenance des États-Unis d'Amérique, si tant est que la géographie continue d'exister dans cette contemporanéité triomphalement numérisée. »

– Augustus, c'est quoi ce truc ?

– Il a une assistante, a-t-il répondu. Lidewij Vliegenthart. Je l'ai retrouvée et je lui ai envoyé un e-mail. Elle lui a transmis le mien et il m'a répondu par son intermédiaire.

– D'accord, d'accord. Continue à lire.

– « Je vous écris au stylo à encre et sur une feuille de papier dans la glorieuse tradition de nos ancêtres, Mlle Vliegenthart convertira mes mots en séries de « 1 » et de « 0 » afin qu'ils traversent cette Toile insipide dans laquelle l'espèce humaine s'est fait prendre récemment. Aussi, je vous prierais de m'excuser pour toute erreur ou omission qui découlerait de cette conversion. Compte tenu de la débauche de divertissements à la portée des jeunes gens d'aujourd'hui, je suis reconnaissant à tout individu, d'où qu'il vienne, de consacrer quelques heures à la lecture de mon petit livre. Mais je vous suis doublement redevable, jeune homme, à la fois pour les mots gentils que vous avez eus à l'endroit d'*Une impériale affliction,* mais aussi pour avoir pris la peine de me dire que le livre, et là je vous cite : "compte beaucoup pour vous". Toutefois, votre remarque me pousse à m'interroger sur ce que vous entendez par "compte beaucoup". Vu l'inutilité finale de notre combat, est-ce le bref éclair de sens que procure l'art qui est précieux ? Ou est-ce de passer le temps dans les meilleures conditions possibles ? Quel est le rôle d'une histoire, Augustus ? D'être un réveil ? Un cri de ralliement ? Une perfusion de morphine ? Bien sûr, comme tous les mystères de l'univers, ce genre d'interrogation nous amène à nous demander ce que c'est qu'être humain et si – pour emprunter au vocabulaire des ados boudeurs que vous devez conspuer – "tout ça a un sens". Je crains que non, mon ami, et doute que vous trouviez la moindre réponse dans mon œuvre si vous la relisez. Mais pour répondre à votre question : non, je n'ai rien écrit de plus et ne compte pas le faire. Il me semble que continuer à partager mes pensées avec des lecteurs ne leur apporterait rien, pas plus qu'à moi. Encore merci pour votre bel e-mail. Bien à vous, Peter Van Houten, grâce au concours de Lidewij Vliegenthart. »

– Waouh ! Tu as tout inventé ?

– Hazel Grace, comment veux-tu qu'avec mes maigres ressources intellectuelles je puisse inventer une lettre de Peter Van Houten, qui contienne en plus des phrases comme : «contemporanéité triomphalement numérisée»?

– Impossible, ai-je reconnu. Je peux avoir l'adresse e-mail?

– Bien sûr, a-t-il répondu, comme si ce n'était pas le plus beau cadeau du monde.

J'ai passé les deux heures suivantes à écrire à Peter Van Houten. Plus je réécrivais mon e-mail et plus je le trouvais nul, mais je persistais.

Cher Monsieur Peter Van Houten
(c/o Lidewij Vliegenthart)

Je m'appelle Hazel Grace Lancaster. Mon ami Augustus Waters, qui a lu *Une impériale affliction* sur mes conseils, vient de recevoir un e-mail de votre part envoyé de cette adresse. J'espère que vous ne lui en voudrez pas de me l'avoir communiquée.

Monsieur Van Houten, vous dites à Augustus que vous n'avez pas l'intention de publier d'autres livres. Je ne vous cache pas ma déception.

Mais d'un autre côté, je suis soulagée. Je n'ai plus à m'inquiéter de savoir si votre prochain livre sera à la hauteur de la perfection du premier. Moi-même survivante d'un cancer en stade 4 depuis trois ans, je peux vous assurer que tout est juste dans *Une impériale affliction*, vous avez tout compris. Du moins, vous m'avez comprise, moi. Votre livre a le don de m'expliquer mes sentiments avant même que je les ressente et pourtant je l'ai lu des dizaines de fois. Par ailleurs, je me demande si vous accepteriez de répondre à quelques questions sur ce qui se passe après la fin du roman. Je me doute qu'il s'arrête parce qu'Anna meurt ou qu'elle est trop malade pour écrire, mais j'aimerais savoir ce qui arrive à sa mère : est-ce qu'elle se marie avec Monsieur Tulipe ? Est-ce qu'elle a un autre enfant ? Est-ce qu'elle habite toujours au 917 W. Temple ?… Et Monsieur Tulipe, est-il un escroc ou les aime-t-il vraiment ? Qu'arrive-t-il aux amis d'Anna, en particulier à Claire et Jake ? Est-ce qu'ils restent ensemble ? Enfin – je suis sûre que c'est le genre de question intelligente et profonde qu'un auteur attend toute sa vie que ses lecteurs lui posent : qu'arrive-t-il à Sisyphe, le hamster ? Ces questions me hantent depuis des années et je n'ai aucune idée du temps qu'il me reste pour obtenir les réponses. Je sais qu'elles n'ont pas un grand intérêt littéraire, alors que votre livre, lui, en a beaucoup, mais je suis dévorée par la curiosité.

Bien sûr, si vous écriviez autre chose, même si vous n'aviez pas l'intention de le publier, j'adorerais le lire. À vrai dire, j'irais jusqu'à lire la liste de vos courses.

Avec mes salutations distinguées et ma profonde admiration,

Hazel Grace Lancaster
(seize ans)

Une fois mon e-mail envoyé, j'ai rappelé Augustus et on a parlé d'*Une impériale affliction* jusque tard dans la nuit. Je lui ai lu le poème d'Emily Dickinson auquel Van Houten avait emprunté un vers pour le titre de son roman. Augustus a dit que je lisais très bien, sans trop marquer la coupure entre les vers, et aussi que le sixième tome du *Prix de l'aube*, *Le sang approuve*, commence par une citation extraite d'un poème : « Imagine que ta vie s'effondre. Le dernier baiser / qui a compté remonte à des années. »

— Pas mal, ai-je dit. Peut-être un peu prétentieux.

Je parie que Max Mayhem dirait que c'est un « truc de tarlouzes ».

– Oui, en grinçant des dents, en plus. C'est fou ce qu'il peut grincer des dents dans les bouquins, ce Mayhem. À force, il va se choper un trouble temporo-mandibulaire, à condition qu'il survive à tous ses ennemis. C'était quand le dernier baiser qui a compté pour toi ? a-t-il demandé après un silence.

J'ai réfléchi. Les baisers que j'avais échangés avec des garçons dataient tous d'avant mon diagnostic. J'en gardais un souvenir baveux et maladroit, l'impression d'enfants jouant à être des adultes.

– Il y a longtemps, ai-je fini par répondre. Et toi ?

– Il y en a eu quelques-uns avec mon ex-copine, Caroline Mathers.

– Il y a longtemps ?

– Le dernier c'était il y a moins d'un an.

– Qu'est-ce qui s'est passé ?

– Pendant le baiser ?

– Non, entre Caroline et toi.

– Oh, a-t-il murmuré, puis après quelques secondes, il a dit : Caroline n'est plus de ce monde.

– Oh, ai-je soufflé à mon tour.

– Et oui, a-t-il renchéri.

– Je suis désolée, ai-je dit.

J'avais connu plein de gens qui étaient morts,

forcément. Mais je n'étais jamais sortie avec quelqu'un qui était mort, j'avais même du mal à l'imaginer.

– Tu n'y es pour rien, Hazel Grace. Nous ne sommes que des effets secondaires, n'est-ce pas?

– « Des berniques sur le porte-conteneurs de la conscience », ai-je dit, citant *UIA*.

– OK, a-t-il dit. Il faut que je dorme. Il est presque 1 h.

– OK, ai-je acquiescé.

– OK, a-t-il renchéri.

– OK, ai-je répété en riant.

Puis je n'ai plus rien entendu, mais il n'avait pas raccroché. J'avais l'impression qu'il était dans la chambre, avec moi, mais c'était encore mieux, comme si je n'étais pas dans ma chambre et lui pas dans la sienne, mais qu'on était tous les deux ensemble dans un troisième espace, exigu et invisible, auquel on ne pouvait accéder que par le téléphone.

– OK, a-t-il dit après une éternité. Et si « OK » était notre « toujours »?

– OK, ai-je répondu.

C'est lui qui a fini par raccrocher.

Peter Van Houten avait mis quatre heures à répondre à l'e-mail d'Augustus, alors que deux jours après le mien, le même Van Houten n'avait toujours pas donné signe de vie. Augustus s'est efforcé de me rassurer. Mon e-mail était sûrement mieux tourné que le sien et exigeait donc plus d'attention. Van Houten devait être en train de répondre à toutes les questions et cela lui prenait du temps. Mais ça ne m'a pas rassurée.

Le mercredi suivant, j'ai reçu un texto d'Augustus pendant mon stupide cours de poésie américaine.

> Isaac est sorti du bloc. Tout s'est bien passé. Il est officiellement en RC.

RC signifiait « rémission complète », donc aucune trace de cancer. Un deuxième texto est arrivé quelques secondes après.

> Et il est aveugle. Ce qui est fâcheux.

Cet après-midi-là, ma mère a accepté de me prêter sa voiture pour que j'aille rendre visite à Isaac à Memorial.

J'ai trouvé sa chambre au cinquième étage et j'ai frappé à la porte bien qu'elle ait été ouverte.

– Entrez ! a répondu une voix de femme.

C'était une infirmière en train de changer le pansement qui couvrait les yeux d'Isaac.

– Salut, Isaac, ai-je dit.

– Monica ?

– Non. Pardon, c'est Hazel. Hazel-du-groupe-de-soutien? Hazel-du-Massacre-des-trophées?

– Oh, a-t-il répondu. On n'arrête pas de me dire que mes autres sens vont se développer pour compenser la perte de la vue, mais apparemment, CE N'EST PAS POUR TOUT DE SUITE. Salut, Hazel-du-groupe-de-soutien. Approche que j'examine ta figure avec les mains et que je sonde ton âme comme aucun voyant au monde ne pourra jamais le faire.

– Il plaisante, a précisé l'infirmière.

– J'avais compris.

Je me suis approchée, j'ai tiré une chaise à côté du lit et je me suis assise. Je lui ai pris la main.

– Hé.

– Hé, a-t-il répondu.

Puis on ne s'est plus rien dit.

– Comment tu te sens? ai-je demandé un peu plus tard.

– Bien, a-t-il répondu. Je ne sais pas.

– Tu ne sais pas quoi?

Je regardais sa main, je n'arrivais pas à regarder ses yeux bandés. J'ai vu qu'il se rongeait les ongles, il avait du sang sur les cuticules.

– Elle n'est même pas venue, a-t-il dit. On était ensemble depuis quatorze mois. C'est beaucoup, quand même. Bon sang, ce que ça fait mal.

Isaac a lâché ma main pour prendre la pompe

antidouleur. Il suffisait d'appuyer sur le bouton-poussoir pour recevoir une dose d'analgésique.

L'infirmière qui avait fini de changer son pansement s'est écartée du lit.

– Ça ne fait qu'un seul jour, Isaac, a-t-elle dit d'un ton condescendant. Il faut du temps pour guérir. Et quatorze mois, ce n'est pas si long que ça, au bout du compte. Tu n'en es qu'au début, mon petit bonhomme. Tu verras.

Sur ce, elle est sortie.

– Elle est partie? a demandé Isaac.

J'ai hoché la tête avant de réaliser qu'il ne pouvait pas me voir.

– Oui, ai-je finalement répondu.

– Je *verrai*? Vraiment? Elle a dit ça sans rire?

– Qualités d'une bonne infirmière: top chrono, ai-je proposé.

– 1 : Ne fait pas de jeu de mots sur ton handicap, a commencé Isaac.

– 2 : Trouve ta veine du premier coup, ai-je ajouté.

– Carrément. Parfois c'est à se demander si elles ne confondent pas mon bras avec une cible de fléchettes. 3 : Ne te parle pas sur un ton condescendant.

– Comment il va, le petit chou? ai-je demandé d'une voix mielleuse. Maintenant, je vais lui planter une aiguille dans le bras. Ça va le piquer un petit peu.

– Et alors il a bobo, le petit roudoudou ? a-t-il renchéri. La plupart des infirmières sont géniales, en fait, a-t-il ajouté une seconde après. C'est juste que j'ai envie de me tirer d'ici.

– D'ici ? De l'hôpital ?

– De l'hôpital aussi, a-t-il dit.

Sa bouche s'est crispée, sa douleur était visible.

– Je pense plus à Monica qu'à mon œil. C'est dingue, non ?

– Un peu, oui, ai-je reconnu.

– C'est parce que je crois au grand amour, a-t-il poursuivi. Je ne crois pas au fait que tout le monde garde ses yeux, ou ne tombe jamais malade, ou je ne sais quoi. Mais je crois que tout le monde a droit au grand amour et que le grand amour doit durer toute la vie.

– Oui.

– Parfois, j'aimerais que toute cette affaire ne se soit jamais passée. Je parle du cancer.

Son débit ralentissait, le médicament faisait effet.

– Je suis désolée.

– Gus est venu tout à l'heure. Il était là à mon réveil. Il a séché les cours. Il…

Isaac a tourné la tête.

– C'est mieux, a-t-il murmuré.

– La douleur ? ai-je demandé.

Il a acquiescé.

– Tant mieux, ai-je dit, puis, profitant odieusement de la situation, j'ai ajouté : tu disais quelque chose à propos de Gus ?

Mais Isaac s'était assoupi.

Je suis descendue à la minuscule boutique de cadeaux sans fenêtres et j'ai demandé à la vieille bique qui officiait bénévolement sur son tabouret derrière la caisse enregistreuse quelles étaient les fleurs qui sentaient le plus fort.

– Elles sentent toutes pareil. Elles sont vaporisées au sent-bon.

– Ah bon ?

– Oui, elles en sont inondées.

J'ai ouvert la glacière qui se trouvait à sa gauche et j'ai reniflé les roses, puis les œillets. Même odeur. Les œillets étaient moins chers, j'en ai pris douze. Puis je suis montée. La mère d'Isaac était arrivée, elle lui tenait la main. Elle était jeune et très jolie.

– Tu es une amie ? a-t-elle demandé.

Je ne savais pas trop comment répondre à cette question.

– Oui. Je fais partie du groupe de soutien. Les fleurs sont pour lui, ai-je fini par dire.

Elle a pris les fleurs et les a posées sur ses genoux.

– Tu connais Monica ? a-t-elle demandé.

J'ai secoué la tête.

– Il dort, a-t-elle dit.

– Je sais. Je lui ai parlé tout à l'heure quand on lui changeait son pansement.

– J'étais furieuse de le laisser à un moment pareil, mais il fallait que j'aille chercher Graham à l'école, a-t-elle expliqué.

– Il s'en est très bien sorti, ai-je dit.

Elle a hoché la tête.

– Je devrais le laisser dormir, ai-je ajouté.

Elle a hoché la tête à nouveau et je suis partie.

Le lendemain matin, je me suis réveillée tôt et je me suis jetée sur mon ordinateur pour vérifier mes e-mails. lidewij.vliegenthart@gmail.com m'avait finalement répondu.

Chère Mademoiselle Lancaster,

Je crains que vous placiez mal votre confiance, c'est souvent ce qu'on fait avec la confiance. Je ne suis pas en mesure de répondre à vos questions, du moins par écrit, car ceci constituerait une suite à *Une impériale affliction*. Suite que vous pourriez très bien publier ou partager sur cette Toile qui a remplacé l'intelligence chez ceux de votre génération.

Je pourrais le faire par téléphone, mais, dans ce cas, vous pourriez enregistrer notre conversation. Non pas que je ne vous fasse pas confiance, bien sûr, mais je ne vous fais pas confiance. Las, chère Hazel, je ne pourrai jamais répondre à vos questions si ce n'est en personne. Or vous êtes là-bas et je suis ici.

Cela dit, je dois avouer que la réception inattendue de votre courrier par le truchement de Mlle Vliegenthart m'a ravi. N'est-il pas merveilleux de savoir que je vous ai été utile, même si l'écriture de ce livre me paraît loin aujourd'hui, il aurait tout aussi bien pu être écrit par un autre homme. (L'auteur de ce roman était si mince, si frêle, si optimiste en comparaison avec moi!)

Cependant, si d'aventure vous vous trouviez à Amsterdam, n'hésitez pas à venir me rendre visite. Je suis en général chez moi. Je vous autoriserais même à jeter un coup œil à ma liste de commissions.

Bien à vous,
Peter Van Houten
c/o Lidewij Vliegenthart

– Quoi? ai-je hurlé. C'est quoi, cette vie pourrie?

Ma mère s'est précipitée dans ma chambre.

– Qu'est-ce qui ne va pas ?

– Rien, ai-je répondu.

Pas rassurée, ma mère s'est agenouillée pour vérifier que Philip condensait l'oxygène comme il faut. Je
me suis vue à une terrasse de café baignée de soleil
en compagnie de Peter Van Houten. Il se penchait vers
moi, les coudes posés sur la table, et me racontait, à
mi-voix pour que personne n'entende, ce qui était
arrivé aux personnages qui m'obsédaient depuis des
années. J'ai résumé à ma mère ce qu'il m'avait écrit : il
ne me parlerait qu'en personne et il m'invitait à Amsterdam.

– Il faut que j'y aille, ai-je déclaré.

– Hazel, je t'aime et tu sais que je ferais n'importe
quoi pour toi, mais on n'a pas assez d'argent pour
payer un voyage à l'étranger ni pour couvrir les frais
d'équipement une fois sur place. Mon cœur, ce n'est
pas…

– Oui, l'ai-je interrompue.

J'ai réalisé que c'était dingue, ne serait-ce que de
l'avoir envisagé.

– Ne t'en fais pas pour ça.

Mais elle semblait s'en faire quand même.

– C'est important pour toi ? a-t-elle demandé en
s'asseyant sur le lit.

– Ce serait dément d'être la seule personne au monde, à part lui, à savoir ce qui est arrivé.

– Ce serait dément, a-t-elle répété. Je vais en parler à ton père.

– Non, je ne veux pas que vous dépensiez votre argent pour ça. Je vais trouver une autre solution.

Je savais très bien que, si mes parents n'avaient pas d'argent, c'était à cause de moi. J'avais siphonné les économies de la famille à grands coups de Phalanxifor non remboursé par la mutuelle. En plus, ma mère ne pouvait pas travailler puisque maintenant, son job, c'était de me tourner autour. Je n'avais aucune envie de les faire crouler encore plus sous les dettes.

Je lui ai dit que je devais appeler Augustus. Ce qui était faux, je voulais juste qu'elle sorte de ma chambre, je n'étais pas d'attaque pour sa mine désespérée de mère incapable-de-réaliser-les-rêves-de-sa-fille.

Plagiant le style d'Augustus, au lieu de dire « allô », je lui ai lu la lettre dès qu'il a décroché.

– Waouh ! s'est-il écrié.

– Tu entends ça ? Comment je vais faire pour aller à Amsterdam ?

– Tu as un vœu ? a-t-il demandé.

Il parlait de la Genie Foundation, un organisme qui réalisait les vœux des enfants malades.

– Non, je ne l'ai plus. Je l'ai utilisé avant le miracle.

– Tu as fait quoi?

J'ai poussé un gros soupir.

– J'avais treize ans.

– Tu n'es pas allée à Disney World quand même?

Je n'ai pas répondu.

– Ne me dis pas que tu es allée à Disney World?

Je n'ai pas répondu.

– Hazel Grace! Tu as utilisé ton seul et unique vœu pour aller à Disney World avec tes parents! a-t-il crié.

– Et dans un autre parc d'attractions aussi, ai-je marmonné.

– C'est pas vrai! Comment est-ce que je peux craquer pour une fille dont les vœux sont si banals.

– J'avais *treize ans*, ai-je insisté, même si, évidemment, la seule chose à laquelle je pensais c'était: «il a dit qu'il craquait pour moi, il a dit qu'il craquait pour moi, il a dit qu'il craquait pour moi».

J'étais flattée, mais j'ai aussitôt changé de sujet.

– Tu n'es pas censé être au lycée?

– Je sèche pour rester avec Isaac, mais comme il dort, je révise ma géo dans la cour de l'hôpital.

– Il va comment?

– Je n'arrive pas à savoir si c'est parce qu'il n'est pas prêt à affronter la réalité de son handicap ou parce qu'il est vraiment triste de s'être fait larguer par Monica, mais il ne parle que de ça.

– Je sais, ai-je dit. Il reste combien de temps à l'hôpital ?

– Quelques jours. Ensuite, il ira dans un centre de rééducation, mais il dormira chez lui.

– Ça craint.

– Sa mère est là. Il faut que j'y aille.

– OK, ai-je dit.

– OK, a-t-il répondu avec dans la voix son petit sourire en coin.

Le samedi suivant, on est allés se balader avec mes parents au marché bio du quartier de Broad Ripple. Il faisait beau, ce qui est rare au mois d'avril en Indiana. Tout le monde était en manches courtes même si la température ne le justifiait pas. Nous autres, habitants de l'Indiana, montrons un optimisme débordant concernant l'arrivée de l'été. J'étais assise avec ma mère sur un banc en face d'un type en salopette qui fabriquait du savon à base de lait de chèvre et qui devait expliquer à tous les passants que oui, c'étaient bien ses chèvres, et que non, le savon à base de lait de chèvre ne sentait pas la chèvre.

Mon portable a sonné.

– C'est qui ? a demandé ma mère avant que j'aie le temps de voir qui c'était.

– Je n'en sais rien, ai-je répondu.

Mais c'était Augustus.

– Tu es chez toi en ce moment?

– Non, ai-je dit.

– C'était une question piège. Je connaissais la réponse, je suis devant chez toi.

– Oh! On ne va pas tarder à rentrer.

– Génial. À tout de suite.

À notre arrivée, Augustus Waters nous attendait assis sur les marches de l'entrée. Il tenait un bouquet de tulipes orange vif à peine ouvertes à la main et, sous sa polaire, il avait mis un polo de l'équipe de basket d'Indianapolis, un choix vestimentaire qui ne lui ressemblait pas du tout mais qui lui allait quand même très bien. Il s'est levé et m'a tendu le bouquet.

– Ça te dirait de faire un pique-nique?

J'ai répondu oui et j'ai pris les fleurs. Mon père s'est avancé et il a serré la main de Gus.

– C'est le polo de Rik Smits? a-t-il demandé.

– Exact.

– Bon sang, j'adore ce joueur, a dit mon père.

En moins de deux, ils se sont lancés dans une conversation sur le basket à laquelle je ne pouvais (ni ne voulais) me joindre, je suis rentrée dans la maison avec mes fleurs.

– Tu veux que je les mette dans un vase? a demandé ma mère avec un grand sourire.

– Non, c'est bon, ai-je répondu.

Dans un vase du salon, les fleurs auraient été à tout le monde. Or je les voulais pour moi toute seule.

Je suis allée dans ma chambre, mais je ne me suis pas changée. Je me suis brossé les cheveux et les dents, j'ai mis un peu de gloss et je me suis à peine parfumée. Je n'arrêtais pas de regarder mes fleurs. Elles étaient d'un orange agressif, presque trop orange pour être jolies. J'ai retiré ma brosse à dents de mon verre, j'ai mis de l'eau dans le verre et j'ai laissé les fleurs dans la salle de bains.

En retournant dans ma chambre, j'ai entendu mon père, ma mère et Augustus discuter. Je me suis assise au bord du lit et les ai écoutés à travers la porte.

Mon père : Alors tu as rencontré Hazel au groupe de soutien ?

Augustus : Oui, monsieur. Vous avez une maison ravissante. J'aime beaucoup la déco.

Ma mère : Merci, Augustus.

Mon père : Toi aussi, tu es un survivant ?

Augustus : En effet. Je ne me suis pas fait couper cette bonne vieille jambe juste pour le plaisir, quoi que ce soit une excellente stratégie pour perdre du poids. Les jambes pèsent une tonne.

Mon père : Tu es en bonne santé, maintenant ?

Augustus : En RC depuis quatorze mois.

Ma mère : C'est merveilleux. De nos jours les traitements sont remarquables.

Augustus : Oui, j'ai de la chance.

Mon père : Augustus, il faut que tu saches qu'Hazel est toujours malade et qu'elle le restera jusqu'à la fin de sa vie. Elle va vouloir faire bonne figure, mais ses poumons…

Je suis entrée dans la pièce, l'empêchant de finir.

– Vous allez où ? a demandé ma mère.

Augustus s'est levé, puis il s'est penché vers elle pour lui chuchoter la réponse à l'oreille, un doigt posé sur sa bouche.

– Chut ! a-t-il dit. C'est un secret.

Ma mère a souri.

– Tu as ton téléphone ? m'a-t-elle demandé.

Je le lui ai montré, puis j'ai fait basculer mon chariot à oxygène sur ses roues avant et je me suis dirigée vers la porte. Augustus s'est dépêché de m'offrir son bras, que j'ai accepté.

Augustus a malheureusement tenu à conduire afin que la surprise reste une surprise.

– Tu as fait un sacré numéro de charme à ma mère.

– Oui. Et ton père est fan de Rik Smits, ce qui facilite les choses. Tu crois que je leur ai plu ?

– C'est sûr. Mais on s'en fiche, non ? Ce ne sont que des parents.

– Ce sont *tes* parents! a-t-il protesté en me jetant un regard de côté. En plus, j'aime bien qu'on m'aime. Tu trouves ça grave?

– En tout cas, ce n'est pas la peine de te précipiter pour me tenir la porte ou m'embobiner avec des compliments si tu veux me plaire.

Il a pilé net, j'ai été projetée en avant, suffisamment fort pour que le souffle me manque et que je me sente oppressée. J'ai repensé au PET scan. «Ne te prends pas la tête», je me suis dit. «Ça ne sert à rien.» Mais je me suis pris la tête quand même.

Dans un rugissement de moteur et sur les chapeaux de roues, Augustus a tourné à gauche après un stop dans la bien mal nommée Grandview Avenue (en guise de vue, il n'y avait qu'un golf, et il n'avait rien de grand). Le seul endroit que je connaissais dans la direction qu'on prenait, c'était le cimetière. Augustus a sorti un paquet de cigarettes du vide-poches et en a pris une.

– Tu ne les jettes jamais? lui ai-je demandé.

– Un des nombreux avantages de ne pas fumer, c'est que les paquets durent une éternité. Ça fait presque un an que j'ai celui-ci. Certaines cigarettes sont cassées au niveau du filtre, mais je suis sûr que le paquet tiendra jusqu'à mes dix-huit ans.

Il a glissé la cigarette entre ses lèvres en la tenant par le filtre.

– Bon, maintenant, a-t-il poursuivi. Cite-moi des trucs que tu n'as jamais vus à Indianapolis.

– Hmm… Des adultes maigres, ai-je répondu.

Il a ri.

– OK. Continue.

– La plage, des petits restos sympas, un urbanisme cohérent.

– Excellents exemples de trucs qui nous manquent. Sans parler de la culture.

– Oui, question culture, ce n'est pas brillant, ai-je dit en comprenant enfin où il m'emmenait. On va au musée, là?

– En quelque sorte.

– Ou dans ce parc ou quelque part par là?

Il a eu l'air dépité.

– Oui, on va dans ce parc ou quelque part par là, a-t-il répété. Tu as deviné, hein?

– Deviné quoi?

– Rien.

Derrière le musée s'étendait un parc où des artistes avaient réalisé d'immenses sculptures. J'en avais entendu parler, mais je n'y étais jamais allée. On est passés devant le musée et on s'est garés juste à côté d'un drôle de terrain de basket sur lequel d'immenses arcs en métal bleus et rouges représentaient les rebonds d'un ballon.

On a descendu une petite pente qui, à Indianapolis,

faisait figure de colline, jusqu'à une clairière où des gamins escaladaient une autre sculpture géante représentant un squelette, cette fois. La plupart des os mesuraient plus d'un mètre de long et celui de la cuisse était plus grand que moi. On aurait dit qu'un dessin d'enfant avait émergé de la terre.

J'avais mal à l'épaule. J'ai commencé à m'inquiéter. Et si mon cancer avait migré? J'ai imaginé les métastases se propager dans mes os, percer des trous dans mon squelette, comme de vilaines anguilles se faufilant partout.

– *Funky Bones*, a annoncé Augustus. C'est une œuvre de Joep Van Lieshout.

– On dirait un nom hollandais.

– Il est hollandais, a confirmé Gus. Comme Rik Smits et comme les tulipes.

Gus s'est arrêté juste en face du squelette et il s'est débarrassé de son sac à dos. Il a ouvert la fermeture Éclair et il a sorti une couverture orange, une bouteille de jus d'orange et des sandwichs enveloppés dans du film alimentaire.

– C'est quoi tout cet orange? ai-je demandé.

Je me refusais encore à imaginer que ça avait un rapport avec Amsterdam.

– C'est la couleur des Pays-Bas. Tu te rappelles Guillaume d'Orange?

– C'est pas au programme du bac.

J'ai souri, m'efforçant de contenir mon excitation.

– Sandwich? a-t-il demandé.

– Laisse-moi deviner, ai-je dit.

– Gouda et tomates. Les tomates viennent du Mexique, désolé.

– Tu me déçois beaucoup, Augustus. Tu aurais pu prendre des tomates orange, au moins!

Il a ri et on a mangé nos sandwichs sans échanger un mot, en regardant les enfants jouer sur la sculpture. Je me voyais mal poser des questions directes à Augustus, je me suis donc laissé bercer par toute « l'hollandité » qui m'entourait, me sentant à la fois mal à l'aise et pleine d'espoir.

Au loin, sous les rayons du soleil, manifestation météorologique rarissime et précieuse à Indianapolis, un essaim d'enfants était en train de transformer le squelette en aire de jeux, sautant d'un os à l'autre, comme une bande de puces excitées.

– J'aime cette sculpture pour deux raisons, a annoncé Augustus.

Il donnait des pichenettes à sa cigarette non allumée comme pour faire tomber la cendre. Puis il l'a remise entre ses lèvres.

– La première, c'est que l'espace entre les os est juste assez grand pour qu'un gamin ne puisse pas résister à l'envie de sauter d'un os à l'autre. Il ressent le besoin irrépressible, par exemple, de sauter de la cage thoracique au crâne. Ainsi, et c'est ma deuxième raison, la fonction essentielle de cette sculpture est d'obliger les enfants à jouer sur des os. Les portées symboliques de cette installation ne manquent pas, Hazel Grace.

– Tu aimes vraiment les symboles, ai-je fait remarquer dans l'espoir d'orienter la conversation vers tous ceux qui liaient notre pique-nique aux Pays-Bas.

– À ce propos, tu te demandes sûrement pourquoi tu es en train de manger un sandwich au gouda, de boire du jus d'orange et peut-être aussi pourquoi je porte le polo d'un Hollandais qui pratiquait un sport que désormais je déteste.

– Ça m'a traversé l'esprit, ai-je admis.

– Hazel Grace, comme pas mal d'autres enfants avant toi, et je le dis avec beaucoup d'affection, tu as utilisé ton vœu sans discernement et sans penser aux conséquences. La Grande Faucheuse te regardait dans les yeux, et la peur de mourir, ton vœu non réalisé toujours en poche, t'a poussée à te précipiter sur la première idée venue. Et tu as choisi les plaisirs artificiels et désincarnés des parcs à thème.

– Mais je me suis bien amusée. J'ai rencontré Pluto et Minn…

– Hé, je suis en plein monologue! J'ai tout écrit et tout appris par cœur, si tu m'interromps, je vais tout foirer, m'a coupée Augustus. Je t'en supplie, mange ton sandwich et écoute.

Le sandwich était immangeable, il était trop sec. J'en ai pris malgré tout une bouchée.

– Où j'en étais?

– Aux plaisirs désincarnés.

Il a remis sa cigarette dans son paquet.

– Les plaisirs artificiels et désincarnés des parcs à thème. Mais permets-moi de te suggérer que les véritables héros de l'usine à vœux sont ces jeunes garçons et ces jeunes filles qui attendent: comme Vladimir et Estragon attendent Godot ou comme les jeunes filles chrétiennes attendent le mariage. Ces jeunes héros attendent stoïquement et sans se plaindre que leur véritable vœu se présente. Bien sûr, le vœu peut ne jamais se présenter, mais nos jeunes héros reposeront cependant en paix, conscients d'avoir contribué à la préservation de l'intégrité du vœu en tant qu'idée. Mais il se peut aussi que le vœu se présente et que tu réalises qu'il s'agit de rendre visite au génial Peter Van Houten dans son exil amstellodamien. Dans ce cas tu seras contente d'avoir gardé ton vœu.

Augustus s'est arrêté de parler assez longtemps pour que j'en déduise que son monologue était terminé.

– Je n'ai pas gardé mon vœu, ai-je dit.

– Ah! s'est-il exclamé avant de marquer une pause bien calculée. Mais moi, j'ai gardé le mien.

– Ah bon?

Ça me surprenait qu'Augustus ait droit à un vœu étant donné qu'il allait toujours au lycée et qu'il était en rémission depuis un an. Il fallait être vraiment malade pour que la Genie Foundation exauce un vœu.

– Je l'ai eu en échange de ma jambe, a expliqué Augustus.

Il avait le visage baigné de lumière, ce qui l'obligeait à plisser les yeux pour me regarder, son nez se retroussait de façon adorable.

– Mais ne va pas t'imaginer que je te donne mon vœu. J'ai moi aussi envie de rencontrer Peter Van Houten. Sauf que je ne vais pas le rencontrer sans la fille qui m'a fait connaître son livre.

– Ça serait une très mauvaise idée, ai-je dit.

– Donc j'ai parlé aux gens de la fondation, et ils sont d'accord. Il paraît qu'Amsterdam début mai, c'est génial. Ils proposent qu'on parte le 3 mai et qu'on revienne le 7.

– Augustus, c'est bien vrai?

Il a tendu la main pour me toucher la joue, et l'espace d'une seconde j'ai cru qu'il allait m'embrasser.

Je me suis crispée, il a dû s'en apercevoir car il a tout de suite retiré sa main.

– Augustus, je t'assure, tu n'es pas obligé de faire tout ça.

– Bien sûr que si. J'ai trouvé mon vœu.

– Tu es le meilleur.

– Je parie que tu dis la même chose à tous les types qui financent tes voyages à l'étranger!

Chapitre six

EN RENTRANT, j'ai trouvé Maman en train de plier mon linge devant la télé. Je me suis empressée de lui raconter que les tulipes, la sculpture de l'artiste hollandais et le reste, c'était le truc qu'Augustus avait trouvé pour m'annoncer qu'il m'emmenait à Amsterdam grâce à son vœu.

– Mais c'est beaucoup trop, s'est écriée ma mère en secouant la tête. On ne peut pas accepter ça d'un quasi inconnu.

– Ce n'est pas un inconnu, c'est mon deuxième meilleur ami.

– Après Kaitlyn ?

– Après toi, ai-je répondu.

Ce qui était la vérité, mais j'avais surtout dit ça parce que je voulais aller à Amsterdam.

– Je poserai la question au docteur Maria, a-t-elle déclaré quelques instants plus tard.

* * *

Le docteur Maria a expliqué que je ne pouvais pas aller à Amsterdam sans être accompagnée d'un adulte qui connaissait parfaitement mon dossier. Autrement dit, Maman ou elle. (Mon père comprenait mon cancer à peu près comme moi, c'est-à-dire de façon vague et approximative, comme la plupart des gens comprenaient les circuits électriques ou les marées. Mais ma mère en savait plus sur les tumeurs différenciées de la thyroïde chez l'adolescent qu'une bonne partie des cancérologues.)

– Alors, tu n'as qu'à venir, ai-je dit. La fondation paiera pour toi, ils ont plein d'argent.

– Mais et ton père ? a-t-elle protesté. On va lui manquer. Ce n'est pas juste pour lui et il ne peut pas s'absenter de son travail.

– Tu plaisantes ? Tu ne crois pas que papa va adorer se vautrer dans le canapé pour regarder ce qu'il veut à la télé, se commander des pizzas tous les soirs et manger dans des serviettes en papier pour ne pas faire la vaisselle ?

Maman a ri. Finalement elle a commencé à se prendre au jeu et s'est mise à taper une liste de choses à faire sur son téléphone : appeler les parents de Gus ; donner un coup de fil à la fondation pour leur fournir le détail de mes besoins médicaux et pour connaître le nom de l'hôtel où nous devions séjourner à Amsterdam – en avaient-ils déjà réservé un ? ; acheter un guide ; commencer à le lire et faire un programme puisqu'on n'avait que trois jours, etc. J'ai senti le mal de tête venir, j'ai avalé deux Advil et je suis partie faire une sieste.

En fait, je suis plutôt restée allongée sur mon lit à me repasser le film du pique-nique avec Augustus. Je n'arrêtais pas de penser au bref instant où je m'étais crispée en sentant sa main sur ma joue. J'avais trouvé la familiarité du geste déplacée. C'était peut-être parce que tout était tellement orchestré. Augustus avait été génial, mais il en avait fait des tonnes, jusqu'à préparer des sandwichs à haute portée symbolique mais au goût infect, et à réciter un monologue qui nous avait empêchés de discuter normalement. Ça faisait romantique, sauf que ça ne l'était pas.

Et la vérité, c'est que je n'avais jamais eu envie qu'il m'embrasse, en tout cas pas comme on est censés en avoir envie. Gus était canon. Il me plaisait. Je pensais à lui *comme ça*, pour parler comme au collège. Mais ce geste qu'il avait eu... non, ça n'allait pas du tout.

Je me suis soudain inquiétée à l'idée que j'allais être obligée de sortir avec lui pour aller à Amsterdam, ce qui n'était pas franchement une bonne chose parce que a) je n'aurais même pas dû me demander si j'avais envie de l'embrasser et b) le fait d'embrasser un garçon pour partir en voyage gratuitement flirtait dangereusement avec la notion de prostitution. Or, même si je n'avais pas une très haute opinion de moi-même, je n'avais jamais imaginé que ma première expérience sexuelle puisse être de cet ordre.

Mais encore une fois, il n'avait pas essayé de m'embrasser, il n'avait fait que me toucher le visage, ce qui n'était même pas sexuel. Ce geste n'était pas censé m'émoustiller, mais c'était sans aucun doute un geste étudié, car Augustus Waters n'est pas du genre à improviser. Dans ce cas, quel message avait-il voulu me faire passer? Et pourquoi n'avais-je pas eu envie de l'écouter?

Au bout d'un moment, je me suis aperçue que je réfléchissais exactement comme l'aurait fait Kaitlyn, alors je lui ai envoyé un texto pour lui demander conseil. Elle m'a appelée une seconde après.

– J'ai un problème avec un garçon, ai-je dit.

– C'EST CHARMANT! s'est-elle exclamée.

Je lui ai raconté le pique-nique, le geste bizarre sur la joue y compris, mais je ne lui ai pas donné le nom de famille d'Augustus et je ne lui ai rien dit à propos du voyage à Amsterdam.

– Il est vraiment canon? a-t-elle demandé quand j'ai fini mon récit.

– Absolument.

– Musclé?

– Oui, il jouait dans l'équipe de basket du lycée de North Central.

– Hmm. Comment l'as-tu rencontré?

– À l'immonde groupe de soutien.

– Je vois, a dit Kaitlyn. Juste par curiosité, il a combien de jambes, ce garçon?

– Une et demie, ai-je répondu en souriant.

Les joueurs de basket sont des vedettes en Indiana et, même si North Central n'était pas le lycée de Kaitlyn, elle connaissait tout le monde.

– Augustus Waters, a-t-elle affirmé.

– Possible.

– Mon Dieu! Je l'ai déjà croisé dans des soirées. Si tu savais tout ce que j'ai envie de faire avec ce garçon! Enfin, plus maintenant que je sais qu'il t'intéresse... Mais si je m'écoutais, je chevaucherais ce destrier unijambiste jusqu'au bout du monde.

– Kaitlyn!

– Pardon. Et tu crois que pour... euh... tu seras obligée d'être dessus?

– Kaitlyn!

– De quoi est-ce qu'on parlait déjà? Ah oui, de toi et d'Augustus Waters. Si ça se trouve... Tu es lesbienne?

– Je ne crois pas. Il me plaît vraiment.

– Il a de vilaines mains? Parfois, les gens beaux ont des mains très vilaines.

– Non, il a des mains sublimes.

– Hmm, a-t-elle dit.

– Hmm, ai-je répété.

– Tu te souviens de Derek? a-t-elle demandé une seconde plus tard. Il m'a larguée la semaine dernière. Il a décrété que l'incompatibilité était totale entre nous et qu'on ferait mieux d'arrêter tout de suite avant de se faire du mal. Il a appelé ça un «largage préventif». Alors peut-être que tu as le pressentiment de votre incompatibilité totale et que tu anticipes l'anticipation.

– Hmm.

– Je te signale que je réfléchis tout haut.

– Je suis désolée pour Derek.

– Oh, je m'en suis remise, ma chérie. Quarante minutes et un paquet de biscuits au chocolat plus tard, j'étais passée à autre chose.

J'ai ri.

– Merci, Kaitlyn.

– Si jamais tu sors avec lui, j'exige des détails crous-tillants.

– Pas de problème.

Kaitlyn m'a envoyé un baiser à l'autre bout du télé-phone.

– Salut ! ai-je dit, et elle a raccroché.

* * *

J'ai réalisé en écoutant Kaitlyn que ce n'était pas le pressentiment de lui faire du mal que j'avais, plutôt le postsentiment.

J'ai sorti mon ordinateur portable et j'ai cherché Caroline Mathers sur Internet. Sa ressemblance phy-sique avec moi était frappante : même visage gonflé par les corticoïdes, même nez et à peu près même silhouette. Mais elle avait les yeux marron foncé (moi, verts) et elle avait la peau beaucoup plus mate que moi, une peau d'Italienne.

Des milliers de gens – je ne mens pas, des milliers – avaient laissé des messages de condoléances sur son mur. C'était un défilé sans fin de gens à qui elle manquait, tellement de gens que j'ai dû cliquer une bonne heure pour passer les messages du genre : « Je regrette que tu sois morte » et « Je prie pour toi ». Elle était morte d'un cancer du cerveau un an plus tôt. J'ai même pu voir quelques photos d'elle. Augustus était sur les premières : Gus levant les pouces devant la cicatrice irrégulière qui traversait le crâne chauve de Caroline ; Gus et Caroline ensemble bras dessus, bras dessous, sur l'aire de jeux de Memorial, tournant le dos à l'objectif ; Gus et Caroline en train de s'embrasser devant l'appareil tenu à bout de bras par Caroline, on ne voyait que leurs nez et leurs yeux fermés.

Les photos les plus récentes la montraient avant, en bonne santé. Elles avaient été téléchargées par ses amis après sa mort : c'était une fille ravissante, avec des hanches et des formes voluptueuses, des cheveux noirs de jais, longs et raides, qui lui retombaient sur le visage. Elle et moi en bonne santé, on ne se ressemblait pas du tout. Mais malades, on aurait dit deux sœurs. Pas étonnant qu'Augustus m'ait fixée avec cette intensité la première fois qu'il m'avait vue.

Je n'ai pas arrêté de revenir à un message posté par un de ses amis deux mois plus tôt, neuf mois après sa mort : « Tu nous manques tellement. Ça n'en finit pas. C'est comme si on avait tous été blessés dans ta bataille, Caroline. Tu me manques. »

Un moment plus tard, mes parents ont annoncé qu'il était l'heure de dîner. J'ai refermé mon ordinateur et je me suis levée, mais je n'arrivais pas à me sortir le message de la tête et, je ne sais pas pourquoi, j'étais nerveuse et je n'avais pas faim.

J'étais obsédée par mon épaule, elle me faisait mal. Et puis j'avais encore la migraine, peut-être parce que je pensais à une fille qui était morte d'un cancer du cerveau. J'ai essayé de m'obliger à compartimenter les choses, d'être vraiment présente à la table ronde de la cuisine (d'un diamètre peut-être trop important pour trois personnes et sûrement trop important pour deux), devant mon hamburger détrempé aux brocolis et aux haricots noirs, que tout le ketchup du monde n'aurait pas pu sauver. Je me suis répété qu'imaginer avoir des métastases dans le cerveau ou à l'épaule ne changerait rien à la réalité invisible qui se tramait à l'intérieur de mon corps et qu'avec ce type de pensée je gâchais des instants d'une vie composée d'une suite d'instants par définition limitée. J'ai même essayé de me persuader qu'il fallait « vivre aujourd'hui le meilleur de ma vie ».

Je ne comprenais décidément pas pourquoi un message écrit par un inconnu sur Internet à une autre inconnue (disparue) m'obsédait à ce point et m'amenait à craindre d'avoir quelque chose au cerveau.

Cerveau qui me faisait un mal de chien, même si je savais par expérience que la douleur était un outil peu fiable pour établir un diagnostic.

Comme la Papouasie-Nouvelle-Guinée avait été épargnée par les tremblements de terre ce jour-là, mes parents étaient totalement concentrés sur moi et je n'ai pas pu dissimuler la crise d'angoisse qui me submergeait.

– Ça va ? a demandé ma mère.

– Oui-oui, ai-je menti.

J'ai mordu dans mon hamburger, j'ai commencé à mâcher et j'ai essayé de trouver un truc qu'une personne normale, dont le cerveau n'était pas en train de céder à la panique, aurait dit.

– Il y a du brocoli dans mon hamburger ? ai-je demandé.

– Un peu, a dit papa. Ce serait génial que tu puisses aller à Amsterdam.

– Oui, ai-je renchéri en tentant de repousser le mot « blessé » qui tournait dans ma tête, ce qui n'était qu'une autre façon d'y penser.

– Hazel ! À quoi tu penses ? m'a demandé Maman.

– À rien de précis.

– À batifoler ? a proposé mon père en souriant.

– Je ne suis pas un lapin et je ne suis pas amoureuse de Gus Waters ni de personne, ai-je répondu de façon beaucoup trop agressive.

«Blessé.» Comme si Caroline Mathers avait été une bombe qui, en explosant, avait truffé d'éclats les gens qui se trouvaient autour d'elle.

Mon père m'a demandé sur quoi je travaillais en ce moment.

– J'ai un truc à rendre en algèbre niveau supérieur. Trop supérieur pour que je puisse l'expliquer à un débutant.

– Et comment va ton ami Isaac?

– Il est aveugle.

– Tu fais vraiment ton ado aujourd'hui, a dit Maman que ça semblait agacer.

– Ce n'est pas ce que tu voulais, Maman? Que je sois une ado?

– Pas forcément ce genre d'ado. Mais ton père et moi sommes ravis de voir que tu deviens une jeune femme, que tu te fais des amis, et que tu sors avec un garçon.

– Je ne sors pas avec un garçon et je n'en ai aucune envie, d'ailleurs. C'est une idée effroyable et une gigantesque perte de temps, et…

– Ma chérie, m'a interrompue Maman. Qu'est-ce qui ne va pas?

– J'ai l'impression d'être une grenade, maman. Je suis une grenade dégoupillée et, à un moment donné, je vais exploser. Alors j'aimerais autant limiter le nombre de victimes, OK?

Mon père a penché la tête de côté, comme un chiot qu'on vient de gronder.

– Je suis une grenade, ai-je répété. Je ne veux pas voir de gens. Je veux lire des livres, réfléchir et être avec vous, parce que vous, je ne peux pas faire autrement que de vous faire du mal, vous êtes déjà dedans jusqu'au cou. Alors laissez-moi faire ce que je veux. Je ne fais pas une dépression. Je n'ai pas besoin de sortir. Et je ne peux pas être une ado normale parce que je suis une grenade.

– Hazel, a dit mon père avant de s'effondrer.

Mon père pleurait beaucoup.

– Je vais dans ma chambre, d'accord ? Ça va, je vous assure. J'ai juste envie de lire un peu.

J'ai essayé de reprendre le roman que je devais lire pour la fac, mais les murs de la maison étant épais comme du papier à cigarettes, rien ne m'a échappé de la conversation chuchotée qui a suivi mon départ. Mon père : « Ça me tue. » Ma mère : « C'est exactement ce qu'elle ne doit pas entendre. » Mon père : « Pardon, mais… » J'ai essayé de me plonger dans ma lecture, mais je ne pouvais pas m'empêcher de les écouter.

J'ai donc rallumé mon ordinateur pour écouter de la musique. The Hectic Glow, le groupe préféré d'Augustus, dans les oreilles, je suis retournée sur la page de Caroline Mathers et j'ai recommencé à faire défiler les posts qui parlaient de son combat héroïque, du vide qu'elle avait laissé, du fait qu'elle était mieux là où elle était, du souvenir impérissable qu'elle avait imprimé dans toutes les mémoires et du sentiment de dévastation que sa disparition avait provoqué chez tous ceux, sans exception, qui l'avaient connue.

J'étais peut-être censée détester Caroline Mathers sous prétexte qu'elle était sortie avec Augustus, mais non. J'avais du mal à me faire une idée d'elle à travers les messages, mais elle ne me semblait pas haïssable. Elle était surtout une malade professionnelle, comme moi. Et je me suis demandé si ce qu'on dirait de moi après ma mort se résumerait aussi à mon combat héroïque, comme si je n'avais jamais rien fait d'autre de ma vie que d'avoir le cancer.

J'ai fini par lire les notes de Caroline Mathers, la plupart étaient en réalité rédigées par ses parents, son cancer du cerveau devait faire partie de ceux qui raient votre personnalité avant de vous rayer de la liste des vivants.

C'était du genre : « Caroline a toujours des problèmes de comportement. Elle lutte pour ne pas se mettre en colère et pour faire taire sa frustration, due au fait qu'elle ne peut pas parler (nous en souffrons aussi, mais la façon dont nous exprimons notre colère est mieux acceptée par les autres). Gus s'est mis à l'appeler Hulk, ce qui a semblé amuser les médecins. Tout cela n'est facile pour personne, mais ça fait toujours du bien d'en rire de temps en temps. Nous espérons qu'elle rentrera à la maison jeudi. Nous vous tiendrons au courant... »

Inutile de dire qu'elle n'était pas rentrée le jeudi.

En fait, ce n'était pas étonnant que je me sois crispée quand Augustus m'avait touchée. Être avec lui, c'était lui faire du mal, forcément. L'impression que j'avais eue lorsqu'il avait tendu la main vers moi, c'était de commettre un acte de violence envers lui, car c'est ce que je faisais.

J'ai décidé de lui envoyer un texto. Je voulais éviter une discussion interminable.

Salut. Voilà, je ne sais pas si tu comprendras, mais je ne peux pas t'embrasser ni rien. À vrai dire, je ne sais même pas si tu en as envie, mais dans tous les cas je ne peux pas.

Quand j'essaie d'imaginer que je pourrais sortir avec toi, je ne vois que les horreurs qui t'attendent à cause de moi. Tu trouveras peut-être ça débile.

Quoi qu'il en soit, pardon.

Il m'a répondu deux minutes après.

OK.

Je lui ai renvoyé :

OK.

Il m'a répondu :

C'est bon, arrête de me draguer !

J'ai écrit :

OK.

Deux secondes après, mon téléphone vibrait.

Je blaguais, Hazel Grace. Je comprends. (Sauf qu'on sait tous les deux que « OK » est un mot extrêmement provocateur. Il DÉGOULINE de sensualité.)

J'ai été tentée de lui répondre encore une fois

«OK», mais je l'ai imaginé à mon enterrement et ça m'a aidée à lui envoyer un texto convenable.

Pardon.

* * *

Je voulais m'endormir avec mes écouteurs sur les oreilles, mais, quelques instants plus tard, mes parents sont entrés dans la chambre. Ma mère a pris Bleu sur l'étagère et l'a serré sur son ventre, mon père s'est assis sur ma chaise de bureau.

– Tu n'es pas une grenade, a-t-il dit sans pleurer. Pas pour nous. Penser que tu vas mourir nous rend tristes, Hazel, mais tu n'es pas une grenade. Tu es incroyable. Tu ne peux pas savoir, ma puce, parce que tu n'as jamais eu un bébé qui est devenu une jeune lectrice avisée, malgré son penchant pour les émissions de télé épouvantables, mais la joie que tu nous procures est dix fois supérieure à la tristesse que nous ressentons face à ta maladie.

– OK.

– Je t'assure, a insisté mon père. Je ne te raconterais

pas de salades à ce sujet. Si tu ne valais pas la peine qu'on s'enquiquine, on t'aurait déjà jetée à la rue.

— On n'est pas du genre à se laisser attendrir, a ajouté Maman, pince-sans-rire. On t'aurait abandonnée dans un orphelinat avec un mot accroché à ton pyjama.

J'ai ri.

— Tu n'es pas obligée d'aller au groupe de soutien, a-t-elle ajouté. Tu n'es obligée à rien, sauf de suivre tes cours.

Elle m'a tendu mon nounours.

— Bleu peut dormir sur l'étagère cette nuit, ai-je dit. Je te rappelle que j'ai plus de trente-trois demi-ans.

— Garde-le cette nuit.

— Maman !

— Il est tout seul.

— J'y crois pas, maman ! me suis-je écriée, mais j'ai pris Bleu et je me suis endormie, blottie contre lui.

En fait, je le tenais toujours dans mes bras quand j'ai été réveillée peu après 4 h par une douleur apocalyptique qui vrillait le centre inaccessible de mon crâne.

Chapitre sept

J'AI HURLÉ pour réveiller mes parents. Ils ont déboulé dans ma chambre, mais ils ne pouvaient rien faire pour diminuer l'intensité de l'explosion interstellaire qui se déroulait dans ma boîte crânienne, cette chaîne ininterrompue de déflagrations qui m'a fait penser que, cette fois, c'était la bonne, j'étais cuite. Je me suis dit, pour la énième fois, que le corps s'éteignait quand la douleur devenait insoutenable, que la conscience était un état fugitif, que ça allait passer. Mais, comme chaque fois, je n'ai pas baissé le rideau. Je suis restée sur la grève à me faire lessiver par les vagues, sans me noyer.

C'est Papa qui a conduit, il parlait à l'hôpital au téléphone, j'étais allongée à l'arrière, la tête sur les genoux de Maman. Il n'y avait rien à faire. Crier ne faisait qu'empirer les choses. Toutes les stimulations, en fait.

La seule solution était d'essayer de défaire le monde, de le rendre noir et silencieux, inhabité, de revenir au moment qui avait précédé le big bang, au commencement où était le Verbe, et de vivre dans cet espace vide et non existant avec le Verbe.

On parle souvent du courage des malades du cancer, et je ne nie pas ce courage. Ça faisait des années que, malgré les coups et le poison dans mes veines, j'étais toujours sur pied. Mais vous pouvez me croire, à cet instant, j'aurais été ravie de mourir.

Je me suis réveillée en soins intensifs. Je l'ai compris parce que je n'étais pas dans une chambre individuelle, ça bipait de partout et j'étais seule. Les parents n'étaient pas autorisés à rester la nuit à l'unité de soins intensifs de l'hôpital des Enfants malades pour éviter les risques d'infection. J'ai entendu des pleurs dans le couloir. Le gosse de je ne sais qui venait de mourir. J'ai appuyé sur le bouton d'appel.

Deux secondes après, une infirmière entrait.

– Salut, ai-je dit.

– Bonjour, Hazel. Je m'appelle Alison, je suis ton infirmière.

– Salut, Alison mon infirmière.

Sur ce, j'ai été à nouveau épuisée. Je me suis vaguement réveillée à l'arrivée de mes parents, ils pleuraient et m'embrassaient. J'ai tendu les bras pour les serrer contre moi, mais ça me faisait mal partout. Mes parents m'ont dit que je n'avais pas de tumeur au cerveau, mon mal de tête était dû à ma mauvaise oxygénation, elle-même due au fait que mes poumons nageaient dans un litre et demi (!!!) de liquide. Liquide qui avait été pompé avec succès, ce qui expliquait la gêne que je ressentais au côté, à l'endroit où, « hé mais regarde ça ? », un tube courait de mon torse à une poche à moitié remplie d'un liquide qui ressemblait à s'y méprendre à la bière rousse préférée de mon père. Ma mère m'a assuré que j'allais rentrer à la maison, c'était certain, qu'il fallait seulement que je revienne de temps à autre me faire retirer du liquide et que je sois sur BiPAP la nuit, une machine qui forçait l'air à entrer et sortir de mes poumons hors service. On m'avait fait un PET scan de tout le corps la nuit de mon arrivée à l'hôpital, et les nouvelles étaient bonnes : pas de grossissement des tumeurs, pas de nouvelles tumeurs, ma douleur à l'épaule était due au manque d'oxygène. Autrement dit au surmenage du cœur.

– Le docteur Maria a déclaré ce matin qu'elle restait optimiste, m'a dit mon père.

J'aimais bien le docteur Maria, elle ne vous racontait jamais de bobards, ça faisait donc plaisir à entendre.

– Hazel, a ajouté ma mère, c'est quelque chose avec lequel on peut vivre.

J'ai hoché la tête et Alison, mon infirmière, les a poliment mis à la porte. Puis elle m'a demandé si je voulais de la glace pilée et j'ai dit oui. Elle s'est assise sur le lit à côté de moi et a approché une cuillère de ma bouche.

– Voyons voir, tu t'es absentée deux jours, a commencé Alison. Qu'est-ce que tu as bien pu rater ?... Une star a pris de la drogue, ce que des sommités politiques ont condamné. Une autre star a mis un maillot deux pièces, ce qui a permis au monde entier de découvrir qu'elle avait un petit défaut physique. Une équipe sportive a gagné, mais une autre a perdu.

J'ai souri.

– Ne disparais plus jamais comme ça, Hazel. Tu rates trop de trucs, a-t-elle conclu.

– Encore ? ai-je demandé en indiquant le gobelet en polystyrène dans sa main.

– Je ne devrais pas, a-t-elle dit, mais je suis une rebelle.

J'ai marmonné un « merci ». Louées soient les bonnes infirmières !

– Tu es fatiguée ? m'a-t-elle demandé.

J'ai acquiescé.

– Dors un peu, a-t-elle dit. Je vais faire en sorte que tu aies quelques heures avant que quelqu'un vienne te faire je ne sais quel contrôle.

Je l'ai à nouveau remerciée. On remercie beaucoup à l'hôpital. J'ai cherché une position confortable dans le lit.

– Tu ne demandes pas des nouvelles de ton petit ami ? a-t-elle demandé.

– Je n'en ai pas.

– Un jeune homme n'a pas quitté la salle d'attente depuis ton arrivée.

– Il ne m'a pas vue comme ça ?

– Non. Seulement tes parents.

J'ai hoché la tête et j'ai sombré dans un sommeil aqueux.

Il m'a fallu six jours pour rentrer à la maison, six non-jours à fixer les panneaux insonorisants du plafond, à regarder la télé, à dormir, à avoir mal et à supplier le temps de passer plus vite. Je n'ai pas vu Augustus ni personne, à part mes parents. J'avais les cheveux en bataille et, quand je marchais, on aurait dit une malade mentale. N'empêche, je me sentais de mieux en mieux. Chaque fois que je me réveillais, je ressemblais un peu plus à celle que j'étais. «Le sommeil aide à lutter contre le cancer», m'a dit pour la millième fois le docteur Jim, mon médecin traitant, quand je l'ai trouvé penché sur moi un matin, entouré d'une clique d'étudiants en médecine.

– Alors, je suis une machine de guerre anticancéreuse, lui ai-je répondu.

– Exactement, Hazel. Continue de te reposer, et avec un peu de chance, tu rentreras bientôt.

Le mardi, on m'a annoncé que je rentrais le mercredi. Le mercredi, deux étudiants en médecine quasiment livrés à eux-mêmes sont venus retirer le tube de ma poitrine, j'ai eu l'impression de me faire poignarder à l'envers. Et comme ça ne s'était pas très bien passé, il a été décidé que je resterais jusqu'au jeudi. Je commençais à me demander si je n'étais pas l'objet d'une expérience existentialiste qui consistait à reporter indéfiniment une satisfaction attendue quand le docteur Maria s'est pointée le vendredi matin. Elle m'a examinée sous toutes les coutures et a décrété que j'étais apte à sortir.

Maman a ouvert son sac XXL et j'ai découvert qu'elle y avait mis mes habits pour rentrer depuis le premier jour. Une infirmière est venue me retirer ma perf. Je me suis sentie libérée même si j'avais toujours ma bombonne d'oxygène à trimballer. Je suis allée à la salle de bains, j'ai pris ma première douche depuis une semaine, je me suis habillée et quand je suis sortie, j'étais épuisée, j'ai dû m'allonger pour reprendre ma respiration.

– Tu veux voir Augustus ? a demandé Maman.

– Je crois, ai-je répondu au bout d'une minute.

Je me suis traînée jusqu'à une chaise en plastique et j'ai glissé ma bombonne dessous. Ça m'a éreintée.

Augustus est entré avec Papa quelques instants plus tard. Ses cheveux lui tombaient sur le front. En me voyant, son visage s'est éclairé d'un vrai grand sourire béat à la Augustus Waters, et je n'ai pas pu m'empêcher de sourire aussi. Il s'est assis sur la chaise longue en similicuir bleu qui se trouvait à côté de ma chaise. Il s'est penché vers moi, incapable de réprimer son sourire.

Papa et Maman nous ont laissés seuls, ça m'a fait bizarre. Je me suis efforcée de croiser le regard d'Augustus, bien qu'il ait été difficile à soutenir car ses yeux étaient magnifiques.

– Tu m'as manqué, a dit Augustus.

J'avais un filet de voix auquel je ne m'attendais pas.

– Merci de ne pas avoir essayé de me voir quand j'avais une tête à faire peur.

– Pour être franc, tu as toujours une tête abominable.

J'ai ri.

– Tu m'as manqué aussi. Je ne voulais pas que tu voies… tout ça. J'aurais voulu que… Ça n'a pas d'importance. On n'a pas toujours ce qu'on veut.

– Ah bon ? a-t-il demandé. Moi qui croyais que le monde était une usine à exaucer les vœux.

– Il se trouve que non, ai-je répondu.

Dieu qu'il était beau ! Il a avancé la main pour prendre la mienne. J'ai secoué la tête.

– Non, ai-je soufflé. Si on doit être amis, ce ne sera pas comme ça.

– D'accord. Bon, j'ai une bonne et une mauvaise nouvelle en matière de vœux exaucés.

– Vas-y.

– La mauvaise nouvelle, c'est qu'on ne peut pas aller à Amsterdam tant que tu ne vas pas mieux. Mais ça ne change rien pour la fondation, qui fera ce qu'il faut quand tu seras en forme.

– C'est la bonne nouvelle ?

– Non. La bonne nouvelle, c'est que, pendant que tu dormais, Peter Van Houten nous a de nouveau gratifiés de sa remarquable intelligence.

Il a recherché ma main, mais cette fois pour y glisser une feuille de papier à en-tête « Peter Van Houten, romancier émérite », pliée en huit.

Je n'ai pas lu la lettre avant d'être chez moi, c'est-à-dire dans mon gigantesque lit où je ne risquais pas d'être interrompue pour une raison médicale ou une autre. J'ai mis des heures à déchiffrer l'écriture en pattes de mouche de Van Houten.

Cher Monsieur Waters,

Je reçois votre courrier électronique en date du 14 avril dernier et suis comme il se doit impressionné par la complexité shakespearienne de votre drame. Chaque personnage dans votre histoire a une *hamartia* en béton. La sienne : être trop malade. La vôtre : être trop bien portant. Fût-ce le contraire, vos étoiles n'auraient pas été aussi contrariées, mais c'est dans la nature des étoiles d'être contrariées. À ce propos, Shakespeare ne s'est jamais autant trompé qu'en mettant ces mots dans la bouche de Cassius : « La faute, cher Brutus, n'en est pas à nos étoiles ; elle en est à nous-mêmes. » Facile à dire lorsqu'on est un noble romain (ou Shakespeare !), mais nos étoiles ne sont jamais à court de tort.

Puisque nous en sommes au chapitre des

défaillances de ce cher vieux William, ce que vous me dites de la jeune Hazel me rappelle le sonnet 55, qui commence, bien entendu, ainsi : « Ni le marbre, ni les mausolées dorés des princes ne dureront plus longtemps que ma rime puissante. Vous conserverez plus d'éclat dans ces mesures que sous la dalle non balayée que le temps barbouille de sa lie. » (Hors sujet, mais : quel cochon, ce temps ! Il bousille tout le monde.) Un bien joli poème, mais trompeur : nul doute que la rime puissante de Shakespeare nous reste en mémoire, mais que nous rappelons-nous de l'homme qu'il célèbre ? Rien. Nous sommes certains qu'il était de sexe masculin, le reste n'est qu'hypothèse. Shakespeare nous raconte des clopinettes sur l'homme qu'il a enseveli à l'intérieur de son sarcophage linguistique. (Remarquez que, lorsque nous parlons littérature, nous utilisons le présent. Quand nous parlons d'un mort, nous ne sommes pas aussi gentils.) On ne peut pas immortaliser ceux qui nous ont quittés en écrivant sur eux. La langue enterre, mais ne ressuscite pas. (Avertissement : je ne suis pas le premier à faire cette observation, *cf.* le poème d'Archibald MacLeish « Ni le marbre, ni les mausolées dorés » qui renferme ce vers héroïque : « Vous mourrez et nul ne se souviendra de vous. »)

Je m'éloigne du sujet, mais voici le problème : les morts ne sont visibles que dans l'œil dénué de paupière de la mémoire. Dieu merci, les vivants conservent l'aptitude de surprendre et de décevoir. Votre Hazel est vivante, Waters, et vous ne pouvez imposer votre volonté contre la décision de quelqu'un d'autre, qui plus est lorsque celle-ci est mûrement réfléchie. Elle souhaite vous épargner de la peine et vous devriez l'accepter. Il se peut que la logique de la jeune Hazel ne vous convainque pas, mais j'ai parcouru cette vallée de larmes plus longtemps que vous et, de mon point de vue, Hazel n'est pas la moins saine d'esprit.

Bien à vous,
Peter Van Houten

La lettre avait été écrite par lui, c'était certain. Après avoir posé un doigt sur le bout de ma langue, j'ai tapoté l'encre d'un doigt mouillé, et elle a bavé. La lettre était vraie de vrai.

– Maman, ai-je dit.

Je n'ai pas crié fort, mais c'était inutile. Ma mère était toujours sur le qui-vive. Elle a passé la tête dans ma chambre.

– Ça va, ma chérie ?

– On peut appeler le docteur Maria pour lui demander si un voyage à l'étranger me tuera ?

Chapitre huit

UNE GROSSE Réunion Équipe Cancer eut lieu
deux jours plus tard. De temps à autre, des médecins,
des assistantes sociales, des kinés et je ne sais qui
d'autre encore se retrouvaient autour de la grande table
de la salle de réunion de l'hôpital et discutaient de ce
que je devais faire. (Pas à propos d'Augustus Waters et
d'Amsterdam. À propos du cancer.)

C'est le docteur Maria qui animait la réunion. À mon
arrivée, elle m'a serrée dans ses bras. Elle adorait ça.

Je me sentais un peu mieux. Depuis que je dormais
avec le BiPAP, j'avais presque l'impression d'avoir des

poumons normaux, même si je ne me rappelais plus franchement comment ça faisait.

Tout le monde est entré dans la pièce et a éteint ostensiblement son bip pour bien montrer qu'il n'était plus question que de moi. Le docteur Maria a pris la parole.

– La grande nouvelle, c'est que le Phalanxifor continue d'empêcher le développement de ta tumeur, mais il est évident que nous rencontrons de sérieux problèmes avec l'accumulation de liquide. La question est : comment allons-nous procéder ?

Sur ce, elle s'est tournée vers moi, comme si elle attendait une réponse.

– Euh… Je n'ai pas l'impression d'être la personne la plus qualifiée pour répondre à cette question.

Elle a souri.

– Exact, j'attendais la réponse du docteur Simons. Docteur Simons ?

C'était un autre cancérologue dont je ne connaissais pas la spécialité.

– Nous savons, grâce à d'autres patients, que la plupart des tumeurs finissent par trouver le moyen de grossir malgré le Phalanxifor, mais si cela avait été le cas, nous l'aurions vu sur les scanners, or elles n'ont pas grossi. Par conséquent, nous n'en sommes pas encore là.

« Pas encore », me suis-je dit.

Le docteur Simons a tapoté la table du bout de l'index.

– Ce qu'on pense ici, c'est que le Phalanxifor est sûrement à l'origine de l'aggravation de l'œdème, mais interrompre le traitement risquerait de provoquer des problèmes plus importants.

– On ne connaît pas les effets du Phalanxifor sur le long terme, a ajouté le docteur Maria. Très peu de patients en ont pris autant que toi, Hazel.

– On ne va rien tenter alors ? ai-je demandé.

– On va maintenir le cap, a dit le docteur Maria, mais il faudra faire plus pour empêcher l'œdème de se développer.

Je ne sais pas pourquoi, mais je me suis sentie barbouillée, j'avais envie de vomir. Je détestais les Réunions Équipe Cancer, et celle-ci en particulier.

– Ton cancer ne disparaîtra pas, Hazel. Mais on a vu des gens vivre pas mal de temps avec le niveau de pénétration de ta tumeur. (Je n'ai pas demandé à quoi correspondait « pas mal de temps ». J'avais déjà commis l'erreur par le passé.) Je sais que, sortant des soins intensifs, tu n'as pas forcément cette impression, mais pour le moment, le problème de liquide est gérable.

– On ne pourrait pas me transplanter un poumon ? ai-je demandé.

Le docteur Maria s'est mordu la lèvre.

– Ta candidature à une transplantation ne serait malheureusement pas retenue, a-t-elle expliqué.

J'ai tout de suite compris : ce n'était pas la peine de gâcher de bons poumons pour un cas désespéré. J'ai hoché la tête en m'efforçant de ne pas montrer que j'étais blessée. Mon père a commencé à pleurer. Je ne l'ai pas regardé, mais comme plus personne ne parlait, on n'entendait plus que ses hoquets dans la salle.

Je détestais lui faire du mal. La plupart du temps, je parvenais à oublier cette inéluctable vérité : certes, mes parents étaient heureux de m'avoir auprès d'eux, mais j'étais aussi à moi seule leur souffrance.

Juste avant le miracle, quand j'étais en soins intensifs, à deux doigts de mourir, Maman me disant que je pouvais lâcher, moi qui m'y efforçais et mes poumons qui s'obstinaient à chercher de l'air, elle avait murmuré quelque chose en sanglotant contre l'épaule de Papa, quelque chose que j'aurais aimé ne pas entendre et qu'elle ne doit jamais savoir que j'ai entendu. Elle a dit : « Je ne serai plus jamais maman. » Ça m'avait profondément marquée.

Tout le reste de la réunion, je n'ai plus pensé qu'à ça. Au ton qu'elle avait eu en disant ça, comme si elle ne serait plus jamais heureuse, ce qui était sans doute le cas.

Bref, il a été décidé qu'on continuerait comme avant, sauf que je devrais me faire retirer du liquide plus souvent. À la fin de la réunion, j'ai demandé si je pouvais aller à Amsterdam. Le docteur Simons a éclaté de rire, mais le docteur Maria a répondu :

– Et pourquoi pas ?

– Pourquoi pas ? a répété le docteur Simons d'un air dubitatif.

– Oui, a insisté le docteur Maria. Je ne vois pas pourquoi ce ne serait pas possible. Il y a de l'oxygène dans les avions.

– Le BiPAP va passer les contrôles ?

– Oui, ou un autre BiPAP peut l'attendre à l'arrivée.

– Déplacer une patiente, qui plus est l'une des plus prometteuses survivantes du Phalanxifor, à huit heures de vol des seuls médecins qui connaissent son cas ? C'est la recette du désastre.

Le docteur Maria a haussé les épaules.

– Ça pourrait augmenter certains risques, a-t-elle reconnu, puis, se tournant vers moi, elle a ajouté : mais c'est ta vie.

Sauf que pas vraiment. Sur le chemin du retour, mes parents sont tombés d'accord : pas de voyage à Amsterdam tant que les médecins n'y seraient pas favorables.

Ce soir-là, après dîner, Augustus m'a appelée. J'étais déjà au lit, adossée à une montagne d'oreillers, Bleu contre moi et mon ordinateur portable sur les genoux. Ces derniers temps, « après dîner » était devenu l'heure de me coucher.

– Mauvaise nouvelle, ai-je déclaré en décrochant.

– Merde ! Quoi ?

– Je ne peux pas aller à Amsterdam. Un des médecins pense que c'est une mauvaise idée.

Il n'a rien dit.

– Bon sang, j'aurais dû payer le voyage moi-même, a-t-il explosé quelques secondes plus tard. T'embarquer directement à Amsterdam après le pique-nique.

– Dans ce cas, j'aurais sûrement fait ma détresse respiratoire à Amsterdam, et il aurait fallu rapatrier mon corps dans la soute d'un avion.

– Pas faux, a-t-il admis. Mais avant ça, grâce à mon geste romantique, j'aurais pu tirer mon coup.

J'ai ri comme une baleine, ça m'a fait mal à l'endroit où le tube avait été introduit dans mon torse.

– Tu ris parce que c'est vrai, a-t-il dit.

J'ai ri.

– C'est vrai, n'est-ce pas ?

– Sûrement pas, ai-je répondu, puis un instant après, j'ai ajouté : enfin, on ne sait jamais.

Il a poussé un grognement.

– Je vais mourir puceau.

– Tu es puceau ? ai-je demandé, surprise.

– Hazel Grace, tu as du papier et un crayon ?

J'en avais.

– Dessine un cercle.

Je l'ai fait.

– Maintenant, dessine un tout petit cercle à l'inté-rieur du premier.

Je l'ai fait.

– Le grand cercle représente les puceaux et le plus petit, les mecs de dix-sept ans unijambistes.

J'ai ri encore, et puis je lui ai dit que le fait que la plupart de ses rendez-vous galants aient lieu dans des hôpitaux pour enfants n'aidait pas, question intimité. Puis on a discuté de la remarque génialis-sime de Peter Van Houten sur le temps qui salope tout. Et, bien que j'aie été dans mon lit et lui dans son sous-sol, j'avais l'impression d'être de retour dans ce troisième espace virtuel que j'adorais visiter avec lui.

Puis j'ai raccroché, et mes parents sont venus dans ma chambre. Elle était beaucoup trop petite pour nous trois, alors ils se sont allongés sur le lit avec moi et on a regardé *TMU* sur ma petite télé. Selena, la candidate que je n'aimais pas, a été éliminée et, je ne sais pas pourquoi, ça m'a fait super plaisir. Après quoi, Maman m'a branchée sur le BiPAP et m'a bordée, puis Papa m'a embrassée sur le front, un baiser qui piquait, et j'ai fermé les yeux.

En fait, le BiPAP me volait le contrôle de ma respiration, ce que je trouvais prodigieusement agaçant, mais le truc génial, c'était le bruit qu'il faisait, un grondement sur l'inspiration et un vrombissement sur l'expiration. J'avais l'impression d'avoir un dragon qui respirait en rythme avec moi, un bébé dragon blotti contre moi, assez ému par mon sort pour caler sa respiration sur la mienne. C'est sur cette pensée que j'ai sombré dans le sommeil.

Le lendemain, je me suis réveillée tard. J'ai regardé la télé au lit, j'ai fait un tour sur ma boîte mail et j'ai commencé à écrire un message à Peter Van Houten pour le prévenir que je ne viendrais pas à Amsterdam. Je lui jurais que je ne divulguerais aucune information qu'il me confierait concernant ses personnages. D'ailleurs, je n'en avais aucune envie, parce que j'étais très égoïste et je le suppliais de me dire au moins si Monsieur Tulipe existait vraiment, si la mère d'Anna l'avait épousé et si tout allait bien pour Sisyphe, le hamster.

Mais je n'ai pas envoyé l'e-mail, il était beaucoup trop nul.

Vers 15 h, supposant qu'Augustus était rentré du lycée, je suis sortie dans le jardin pour l'appeler. Pendant que ça sonnait, je me suis assise dans l'herbe qui était trop haute. Ma balançoire était toujours là, dans le fond. De mauvaises herbes avaient envahi le creux que j'avais fait, petite, en poussant avec les pieds pour aller plus haut. Je me rappelais le jour où Papa l'avait rapportée du magasin de jouets, il l'avait montée avec l'aide d'un voisin. Puis il avait tenu à l'essayer en premier et avait failli la réduire en miettes.

Le ciel était gris, bas et pluvieux, mais il ne pleuvait pas encore. J'ai raccroché quand le message vocal d'Augustus s'est enclenché, j'ai posé le téléphone par terre à côté de moi et j'ai regardé la balançoire en pensant que j'échangerais bien toutes les journées de malade qui me restaient à vivre contre quelques journées où je serais en pleine forme. J'ai essayé de me convaincre que ça aurait pu être pire, que le monde n'était pas une usine à exaucer les vœux, que je vivais avec un cancer et non que j'en mourais, que je ne devais pas le laisser me tuer avant qu'il me tue, et après, j'ai répété «stupide stupide stupide stupide» encore et encore, jusqu'à ce que le mot perde tout son sens. J'étais encore en train de marmonner « stupide » quand Augustus a rappelé.

– Salut, ai-je dit.

– Hazel Grace.

– Salut, ai-je répété.

– Tu pleures, Hazel Grace ?

– Un peu.

– Pourquoi ? a-t-il demandé.

– Parce que je… je veux aller à Amsterdam, je veux que Van Houten me raconte ce qui se passe après la fin du livre, je ne veux pas de ma vie bizarre, le ciel me déprime et il y a cette vieille balançoire dans le jardin, que mon père avait installée pour moi quand j'étais petite.

– Il faut que je voie cette vieille balançoire qui pleure sur-le-champ, a-t-il dit. Je suis là dans vingt minutes.

Je suis restée dans le jardin parce que Maman pouvait se montrer très étouffante quand je pleurais, parce que je ne pleurais pas souvent, je savais qu'elle voudrait parler, discuter de l'éventualité d'une modification de mon traitement, et la perspective de cette conversation me donnait envie de vomir.

N'allez pas croire non plus que je gardais un souvenir hyper vivace et poignant d'un père en bonne santé

poussant une petite fille en bonne santé qui criait :
« Plus haut ! Plus haut ! Plus haut » ou de je ne sais
quelle autre image à haute valeur symbolique. La
balançoire était simplement sous mes yeux, abandonnée, avec ses deux petites planches qui pendaient tris-
tement sous un portique en bois grisâtre, comme deux
sourires dessinés par un enfant.

Derrière moi, j'ai entendu la porte vitrée coulisser.
Je me suis retournée. C'était Augustus, en pantalon
kaki et chemisette écossaise. J'ai essuyé mon visage
sur ma manche et je lui ai souri.

– Salut, ai-je dit.

En une seconde, il était assis à côté de moi dans
l'herbe, il a atterri sur les fesses avec un manque de
grâce certain, ce qui l'a fait grimacer.

– Salut, a-t-il finalement répondu.

J'ai tourné les yeux vers lui, il regardait le fond du
jardin.

– Je vois ce que tu veux dire, a-t-il déclaré en mettant
son bras autour de mes épaules. Elle est trop triste,
cette balançoire.

Je me suis blottie contre lui.

– Merci d'avoir proposé de venir.

– Ce n'est pas parce que tu me repousses que je vais
avoir moins d'affection pour toi, tu en es consciente ?

– Je crois, ai-je répondu.

– Tous tes efforts pour m'épargner échoueront, a-t-il ajouté.

– Pourquoi ? Pourquoi est-ce que je te plairais d'abord ? Tu n'as pas eu ta dose de tout ça déjà ? ai-je demandé en pensant à Caroline Mathers.

Il n'a pas répondu. Il a continué à me serrer très fort.

– Il faut faire quelque chose pour cette foutue balançoire, a-t-il décrété. Je t'assure que c'est quatre-vingt-dix pour cent du problème.

Dès que je me suis sentie mieux, on est rentrés. On s'est installés sur le canapé côte à côte, mon ordinateur portable à moitié sur sa (fausse) jambe et à moitié sur la mienne.

– C'est chaud, ai-je dit en parlant de l'ordinateur.

– Enfin ? a-t-il demandé avec un sourire.

Gus s'est connecté à Gratuit-Pas-d'Arnaque, un site où on pouvait donner des choses, et on a rédigé l'annonce ensemble.

– En-tête ? a-t-il demandé.

– Balançoire recherche maison, ai-je proposé.

– Balançoire atrocement seule recherche maison accueillante.

– Balançoire seule, un brin pédophilique, recherche derrières d'enfants, ai-je dit.

Il a ri.

– Voilà pourquoi.

– Quoi?

– Voilà pourquoi tu me plais. Est-ce que tu te rends compte à quel point c'est rare de tomber sur une fille canon capable d'inventer un adjectif avec «pédophile»? Tu es trop occupée à être toi-même, tu ne réalises pas que tu es exceptionnelle.

J'ai pris une profonde inspiration. Je n'avais jamais assez d'air, mais, à ce moment précis, la pénurie était particulièrement sensible.

Nous avons écrit l'annonce ensemble en nous corrigeant mutuellement. Au final, on s'est mis d'accord sur le texte suivant:

Balançoire atrocement seule recherche maison accueillante

Balançoire usagée mais en bon état recherche nouvelle maison. Créez-vous des souvenirs avec votre(vos) enfant(s) pour qu'un jour il(s) regarde(nt) au fond du jardin, et ressente(nt) le même pincement au cœur que celui que j'ai ressenti cet après-midi. La balançoire est fragile et ne durera pas, cher acquéreur, mais avec celle-ci votre(vos) enfant(s) sera(ront) initié(s) avec douceur et en sécurité aux hauts et aux bas de la vie humaine, et apprendra(dront) peut-être aussi la plus importante des leçons: on a beau pousser avec les pieds et s'envoler très haut, on ne peut pas faire le tour complet.

La balançoire habite pour l'instant à proximité du parc Spring Mill, sur la 83e Rue.

Après quoi, on a allumé la télé, mais il n'y avait rien d'intéressant à regarder, alors je suis allée chercher *Une impériale affliction* sur ma table de nuit et je l'ai rapporté au salon pour qu'Augustus Waters me fasse la lecture pendant que ma mère préparait le déjeuner, l'oreille attentive.

– « L'œil de verre de Mère se tourna vers l'intérieur », a commencé Augustus.

Je suis tombée amoureuse pendant qu'il lisait, comme on s'endort : d'abord doucement et puis tout d'un coup.

En consultant mes e-mails une heure plus tard, j'ai vu qu'on avait déjà de nombreux prétendants pour la balançoire. En fin de compte, on a choisi un type qui s'appelait Daniel Alvarez. En pièce jointe, il avait mis une photo de ses trois enfants en train de jouer à un jeu vidéo et en objet : « Je veux qu'ils prennent l'air. » Je lui ai répondu qu'il pouvait venir chercher la balançoire quand il voulait.

Augustus m'a demandé si j'avais envie de l'accompagner au groupe de soutien, mais j'étais crevée par ma journée de cancéreuse bien remplie, alors j'ai décliné l'invitation. On était encore sur le canapé. Il a pris appui sur ses deux mains pour se lever, puis s'est laissé retomber et m'a embrassée furtivement sur la joue.

– Augustus !

– C'était amical, a-t-il précisé, puis il s'est relevé pour de bon cette fois.

Il s'est avancé vers ma mère.

– C'est toujours un plaisir de vous voir, lui a-t-il dit.

Elle a ouvert grand ses bras pour l'étreindre. Augustus s'est penché vers elle et l'a embrassée sur les deux joues. Puis il s'est tourné vers moi et m'a lancé :

– Tu vois !

Je suis allée me coucher tout de suite après le dîner, le ronronnement du BiPAP couvrait tous les bruits, me coupant du monde extérieur.

Je n'ai plus jamais revu la balançoire.

J'ai dormi longtemps, dix heures, sans doute parce que ma convalescence était lente ou peut-être parce que le sommeil aide à lutter contre le cancer, à moins que ce soit parce que j'étais une ado qui n'était pas obligée de se lever. Je n'étais pas assez en forme pour reprendre les cours à la fac. Quand je me suis sentie prête à me lever, j'ai retiré le masque du BiPAP, pris la canule de ma bouteille d'oxygène et mis les embouts dans mes narines, et j'ai attrapé mon ordinateur portable sous le lit, là où je l'avais rangé la veille.

J'avais un e-mail de Lidewij Vliegenthart.

Chère Hazel,

J'ai appris par la Fondation du génie que vous veniez nous rendre visite avec Augustus Waters et votre mère le 4 mai prochain. Dans une semaine, seulement ! Peter et moi-même sommes ravis et impatients de faire votre connaissance. Votre hôtel, le Filosoof, n'est qu'à une rue de chez Peter. Peut-être devrions-nous vous laisser une journée pour récupérer du décalage horaire, qu'en dites-vous ? Puis, si cela vous convient, nous pourrions nous retrouver chez Peter vers 10 h, le 5 mai, autour d'une tasse de café afin qu'il réponde à vos questions sur son livre. Ensuite, nous pourrions aller visiter un musée ou la maison d'Anne Frank.

Bien cordialement,
Lidewij Vliegenthart
Assistante de direction de M. Peter Van Houten,
auteur d'*Une impériale affliction*

***

– Maman! ai-je appelé.
Pas de réponse.
– MAMAN! ai-je crié.
Rien.
– MAMAN! ai-je crié plus fort encore.
Ma mère est arrivée en courant, enroulée dans une serviette de toilette rose élimée, toute dégoulinante et un peu paniquée.
– Qu'est-ce qui ne va pas?
– Rien. Excuse-moi, je ne savais pas que tu étais sous la douche.
– Dans mon bain, a-t-elle précisé. Je voulais juste…
Elle a fermé les yeux.

– Juste m'allonger cinq minutes dans un bain. Pardon. Qu'est-ce qui se passe?

– Tu veux bien appeler la fondation pour leur dire que le voyage est annulé. Je viens de recevoir un e-mail de l'assistante de Peter Van Houten. Elle croit qu'on vient.

Ma mère a pincé les lèvres et elle a regardé derrière moi en plissant les yeux.

– Quoi? ai-je demandé.

– Je ne suis pas censée te le dire avant le retour de ton père.

– Quoi?

– Le voyage est toujours d'actualité, a-t-elle fini par répondre. Le docteur Maria nous a appelés hier soir et nous a convaincus de te laisser vivre ta…

– MAMAN! JE T'ADORE! ai-je hurlé.

Elle est venue près du lit et m'a laissée lui faire un câlin.

J'ai envoyé un texto à Augustus parce que je savais qu'il était en cours:

Toujours libre le 3 mai? :-)

Il m'a répondu aussitôt:

Tout finit par arriver.

Si seulement je réussissais à rester vivante encore une semaine, je connaîtrais les secrets non rédigés de la mère d'Anna et de Monsieur Tulipe. J'ai regardé ma poitrine.

– Débrouillez-vous pour tenir, ai-je chuchoté à mes poumons.

Chapitre neuf

LA VEILLE de notre départ à Amsterdam, je suis retournée au groupe de soutien pour la première fois depuis ma rencontre avec Augustus. Il y avait eu du changement dans le Cœur Littéral de Jésus. Je suis arrivée tôt, ce qui a laissé le temps à Lida, la survivante du cancer de l'appendice, forte à tout jamais, de me donner des nouvelles de chacun pendant que je croquais dans un biscuit au chocolat infâme, appuyée à la table des friandises.

Michael, le petit leucémique de douze ans, était mort. Il s'était battu de toutes ses forces, m'a raconté

Lida, comme s'il y avait une autre façon de se battre. Le reste de la troupe était toujours là. Ken était en RC depuis qu'il avait fini sa radiothérapie. Lucas avait rechuté, Lida me l'a annoncé avec un sourire triste et le même petit haussement d'épaules qu'on ferait en parlant de la rechute d'un alcoolique.

Une fille mignonne et un peu boulotte s'est approchée pour dire bonjour à Lida, elle s'appelait Susan. Je ne savais pas quel était son problème, mais une cicatrice courait du coin de son nez à sa bouche en lui traversant la joue. Elle avait mis du fond de teint dessus, ce qui ne faisait qu'aggraver les choses. À force de rester debout, j'ai commencé à manquer de souffle.

– Je vais m'asseoir, leur ai-je annoncé.

C'est alors que l'ascenseur s'est ouvert pour laisser sortir Isaac et sa mère. Isaac portait des lunettes de soleil, il tenait sa mère par le bras et il avait une canne.

– Hazel-du-groupe-de-soutien, pas Monica, ai-je dit une fois qu'il a été assez près de moi.

Il a souri.

– Salut, Hazel. Comment ça va ?

– Pas mal. Je suis devenue carrément sexy depuis que tu es aveugle.

– J'en suis sûr.

Sa mère l'a conduit jusqu'à une chaise, puis elle l'a embrassé sur le haut du crâne et elle est repartie vers l'ascenseur. Isaac a tâtonné autour de lui avant de s'asseoir. Je me suis posée à côté de lui.

– Alors, comment tu te sens?

– Bien. Je suis content d'être rentré chez moi. Gus m'a dit que tu étais allée en soins intensifs.

– Oui, ai-je confirmé.

– C'est raide.

– Je vais beaucoup mieux, ai-je dit. Je pars demain à Amsterdam avec Gus.

– Je sais. Je suis au courant de toute ta vie, Gus ne parle que de toi.

J'ai souri. Patrick s'est éclairci la voix.

– Si vous voulez bien vous installer.

Il a croisé mon regard.

– Hazel! s'est-il écrié. Je suis si content de te voir!

Tout le monde s'est assis, Patrick a repris le récit de son absence de couilles, et j'ai retrouvé mes petites habitudes du groupe de soutien: communiquer avec Isaac par soupirs, me sentir mal pour ceux qui étaient dans la salle et aussi pour ceux qui n'y étaient pas, décrocher de la conversation pour me concentrer sur ma respiration et ma douleur. Le monde a continué de tourner, comme toujours, même sans ma participation, et je ne suis sortie de ma rêverie qu'au moment où quelqu'un a prononcé mon nom.

C'était Lida, Lida la forte, Lida en rémission, Lida la

jolie blonde qui pétait la forme et faisait partie de l'équipe de natation de son lycée. Lida à qui il ne manquait que son appendice était en train de parler de moi.

– Hazel est un véritable exemple pour moi. Elle continue de se battre, elle se lève tous les matins et va à la guerre sans se plaindre. Elle est très forte. Bien plus forte que moi. J'aimerais avoir sa force.

– Hazel ? a demandé Patrick. Qu'est-ce que ça t'inspire ?

J'ai haussé les épaules et je me suis tournée vers Lida.

– Je te donnerais bien ma force contre ta rémission.

Je me suis sentie aussitôt coupable.

– Ce n'est pas ce que Lida voulait dire, a commenté Patrick. Je crois qu'elle…

Mais j'avais cessé d'écouter. Après les prières pour les vivants et les innombrables morts (avec Michael en queue de peloton), on s'est tenus par la main en clamant : « Vivre aujourd'hui le meilleur de notre vie ! »

Lida s'est précipitée sur moi pour s'excuser et me donner des explications.

– Laisse tomber, il n'y a pas de problème, ai-je dit en me débarrassant d'elle d'un geste de la main. Ça te dirait de me raccompagner au rez-de-chaussée ? ai-je demandé à Isaac une seconde plus tard.

Il m'a pris le bras et je l'ai accompagné à l'ascenseur,

trop contente d'avoir une excuse pour ne pas prendre l'escalier. On était presque arrivés devant la cabine quand j'ai aperçu sa mère dans un coin du Cœur Littéral de Jésus.

— Je suis là, a-t-elle dit à Isaac.

Il a abandonné mon bras pour prendre le sien.

— Tu veux venir à la maison ? m'a-t-il demandé.

— Avec plaisir.

Je me sentais mal pour lui. J'avais beau détester la compassion que j'inspirais aux gens, je ne pouvais m'empêcher de ressentir la même chose pour lui.

Isaac habitait une petite maison en bois de plain-pied dans le quartier de Meridian Hills, pas loin d'une école privée de luxe. On s'est installés dans le salon pendant que sa mère préparait le dîner à la cuisine. Isaac m'a proposé de jouer à un jeu.

— D'accord, ai-je répondu.

Il m'a réclamé la télécommande et je la lui ai donnée, puis il a allumé la télé et l'ordinateur connecté à la télé. L'écran est resté noir puis, au bout de quelques instants, une voix grave a retenti.

— *Deception*, a annoncé la voix. Un joueur ou deux ?

— Deux, a dit Isaac. Pause.

Il s'est tourné vers moi.

— On joue tout le temps à ce jeu avec Gus, mais ça

m'horripile à tous les coups, c'est le joueur le plus suicidaire que je connaisse. Il est beaucoup trop investi dès qu'il s'agit de sauver des civils.

– Oui, ai-je acquiescé en repensant à la soirée du massacre des trophées.

– Play, a dit Isaac.

– Joueur numéro un, identifiez-vous.

– Ceci est la voix super sexy du joueur numéro un, a dit Isaac.

– Joueur numéro deux, identifiez-vous.

– Je suis le joueur numéro deux.

Le sergent-chef Max Mayhem et le soldat Jasper Jacks se réveillent dans une pièce sombre minuscule.

Isaac m'a montré la télé du doigt, comme si je devais lui parler, ou je ne sais quoi.

– Hum, ai-je dit. Il y a un interrupteur?

Non.

– Une porte?

Le soldat Jacks trouve la porte. Elle est fermée à clef.

Isaac est intervenu.

– Il y a une clef au-dessus de la porte?

Oui, il y en a une.

– Mayhem ouvre la porte.

L'obscurité est toujours totale.

– Sortir le couteau, a dit Isaac.

– Sortir le couteau, ai-je ajouté.

Un petit garçon, le frère d'Isaac forcément, est sorti en trombe de la cuisine. Il devait avoir dix ans, il était maigrichon et débordait d'énergie. Il a traversé le salon en faisant une glissade, avant de hurler en imitant la voix d'Isaac à la perfection :

— Me tuer !

Le sergent-chef Max Mayhem porte le couteau à sa gorge. Êtes-vous sûr de...

— Non, a dit Isaac. Pause. Graham, ne m'oblige pas à te botter les fesses.

Graham a ri comme une baleine et il est parti dans le couloir, toujours en glissant.

Isaac et moi avons avancé à tâtons dans la caverne jusqu'à ce qu'on se cogne dans un type qu'on a poignardé, mais seulement après l'avoir obligé à nous dire que nous nous trouvions dans une prison souterraine ukrainienne, construite à plus de un kilomètre sous le niveau du sol. Le bruitage (grondement d'une rivière souterraine, voix qui parlaient en ukrainien ou avec un fort accent) nous guidait à travers la grotte. Au bout d'une heure, on a entendu les cris désespérés d'un prisonnier : « Aidez-moi ! Aidez-moi ! »

— Pause, a dit Isaac. C'est toujours à ce moment que Gus veut qu'on parte à la recherche du prisonnier, même si ça nous empêche de finir le jeu. Alors que la seule façon de libérer le prisonnier, c'est de finir le jeu.

– Il prend ça trop au sérieux, ai-je dit. C'est un amoureux des métaphores.

– Il te plaît? m'a demandé Isaac.

– Oui, il est génial.

– Mais tu ne veux pas sortir avec lui.

J'ai haussé les épaules.

– C'est compliqué.

– Je sais ce que tu essaies de faire. Tu ne veux pas lui donner quelque chose qu'il ne pourra pas gérer. Tu ne veux pas qu'il te fasse le coup de Monica, a-t-il dit.

– En quelque sorte, ai-je dit.

Sauf que ce n'était pas vrai. La vérité, c'était que je ne voulais pas, moi, lui faire le coup d'Isaac.

– À la décharge de Monica, ce que tu lui as fait n'était pas très sympa non plus, ai-je dit.

– Qu'est-ce que je lui ai fait? a-t-il demandé sur la défensive.

– Devenir aveugle.

– Mais ce n'est pas de ma faute.

– Je ne dis pas que c'est de ta faute, je dis juste que ce n'était pas sympa.

Chapitre dix

ON NE POUVAIT prendre qu'une seule valise. J'étais incapable d'en porter une, et Maman prétendait qu'elle ne pouvait pas en porter deux. Conclusion, on s'était disputé le peu de place qu'il y avait dans la valise noire que mes parents avaient reçue en cadeau de mariage un siècle auparavant, valise qui aurait dû passer sa vie dans des endroits exotiques et avait surtout fait des allers-retours entre la maison et Dayton, où Morris Immobilier Inc. avait une succursale à laquelle mon père se rendait souvent.

J'ai essayé de convaincre Maman qu'étant donné

que, sans moi et mon cancer, on ne serait jamais allées à Amsterdam, j'avais le droit d'occuper plus de la moitié de la valise. Ce à quoi elle a répondu qu'étant deux fois plus grosse que moi, elle avait deux fois plus de surface à couvrir, et donc besoin de deux fois plus de place dans la valise.

En fin de compte, on a perdu toutes les deux. C'est la vie.

Notre avion ne décollait pas avant midi, mais Maman m'a réveillée à 5 h 30 en allumant la lumière et en claironnant : «Amsterdam!» Puis elle s'est agitée dans tous les sens, vérifiant qu'on avait bien pris un adaptateur électrique international, contrôlant quatre fois que j'avais le nombre de bombonnes d'oxygène nécessaires pour le voyage et qu'elles étaient toutes pleines, etc., tout ça pendant que je m'extirpais difficilement du lit et enfilais ma tenue de voyage (jean, débardeur rose et cardigan noir au cas où il ferait froid dans l'avion).

À 6 h 30, la voiture était chargée. Maman a alors décrété qu'on devait prendre le petit déjeuner avec Papa, quand bien même j'étais moralement opposée au fait de manger avant le lever du soleil, n'étant pas une paysanne russe du XIXe siècle, qui devait prendre des forces avant sa dure journée de labeur aux champs. Quoi qu'il en soit, je me suis efforcée d'avaler un peu d'œufs brouillés pendant que mes parents se régalaient de leurs muffins aux œufs maison.

– Pourquoi est-ce qu'on mange la nourriture du petit déjeuner seulement au petit déjeuner ? ai-je demandé. Pourquoi est-ce qu'on ne mange pas du couscous au petit déjeuner, par exemple ?

– Hazel, mange.

– Oui, mais pourquoi ? ai-je insisté. Je ne blague pas. Pourquoi les œufs brouillés sont-ils exclusivement réservés au petit déjeuner ? On peut mettre du bacon dans un sandwich sans que personne ne flippe. Mais à partir du moment où il y a de l'œuf dans un sandwich, boum ! ça devient un sandwich de petit déjeuner.

– À ton retour, on mangera un petit déjeuner au dîner, m'a répondu Papa, la bouche pleine. Ça te va ?

– Je ne veux pas de petit déjeuner au dîner, ai-je rétorqué en reposant mon couteau et ma fourchette. Je veux manger des œufs brouillés au dîner sans obéir à cette injonction imbécile qui veut qu'un repas avec des œufs soit forcément un petit déjeuner même si c'est le dîner.

– Il faut choisir ses combats dans la vie, Hazel, a dit ma mère. Mais si c'est la cause que tu veux vraiment défendre, sache qu'on sera derrière toi.

– Mais loin derrière, a ajouté mon père, et Maman a ri.

Bref, je savais que c'était stupide, mais je trouvais ça injuste pour les œufs brouillés.

Après avoir fini de manger, Papa a fait la vaisselle, puis il nous a accompagnées jusqu'à la voiture. Et, bien entendu, il s'est mis à pleurer. Il m'a embrassée, le visage piquant et mouillé.

– Je t'aime, a-t-il chuchoté, le nez contre ma joue. Je suis si fier de toi.

Je n'ai pas pu m'empêcher de me demander pourquoi.

– Merci, Papa.

– À dans quelques jours, ma puce. Je t'aime tant.

– Moi aussi, Papa, ai-je dit avec un sourire. On ne sera parties que trois jours.

Pendant que Maman faisait une marche arrière pour sortir de l'allée, je n'ai pas cessé d'agiter la main vers lui. Il a fait pareil, mais en pleurant. Il m'est venu à l'esprit que mon père pensait peut-être ne jamais me revoir, comme tous les matins quand il partait travailler sans doute, ce qui ne devait pas être super agréable.

On a roulé jusque chez Augustus. Une fois arrivées, Maman a insisté pour que je reste me reposer dans la voiture, mais je l'ai accompagnée à la porte quand même. Alors qu'on approchait, j'ai entendu quelqu'un pleurer et crier à l'intérieur. Au début, je n'ai pas imaginé que ça puisse être Gus, parce que je ne reconnaissais pas les intonations graves de sa voix, mais c'est alors qu'il a hurlé : «PARCE QUE C'EST MA VIE, MAMAN! ELLE M'APPARTIENT!» Et c'était bien lui. Ma mère m'a prise aussitôt par les épaules pour me faire pivoter en direction de la voiture et elle a pressé le pas.

– Maman, qu'est-ce qui se passe ?

– On n'écoute pas aux portes, Hazel.

On est remontées en voiture, et j'ai envoyé un texto à Augustus pour le prévenir qu'on l'attendait dehors.

On a regardé la maison. Le truc bizarre avec les maisons, c'est qu'on a l'impression que rien ne se passe à l'intérieur, alors qu'elles renferment plus ou moins toute notre vie. Je me suis demandé si ce n'était pas à ça que servait l'architecture, en fait.

– Bon, a dit ma mère au bout de quelques instants. On doit être un peu en avance.

– À croire que je n'avais pas besoin de me lever à 5 h 30, ai-je répliqué.

Ma mère a pris la tasse de café qu'elle avait posée dans le porte-gobelet entre nos deux sièges et elle a bu une gorgée. Mon téléphone a vibré. C'était un texto d'Augustus.

Je N'ARRIVE PAS à me décider. Tu préfères polo ou chemise ?

J'ai répondu :

Chemise.

Trente secondes après, la porte s'ouvrait et Augustus est apparu, tout sourire, une valise à roulettes derrière lui. Il portait une chemise bleu ciel rentrée dans son jean. Une cigarette pendait au coin de ses lèvres. Ma mère est descendue de voiture pour lui dire bonjour. Il a retiré sa cigarette et s'est exprimé avec la belle assurance que je lui connaissais :

– C'est toujours un plaisir de vous voir, madame.

Je les ai observés dans le rétroviseur jusqu'à ce que ma mère soulève le hayon du coffre. Un instant plus tard, Augustus ouvrait la portière derrière moi et abordait le processus complexe qui consiste à monter à l'arrière d'une voiture avec une seule jambe.

– Tu veux venir devant ? ai-je demandé.

– Sûrement pas, a-t-il répondu. Et bonjour, Hazel Grace.

– Salut, ai-je dit. OK ? ai-je demandé.

– OK, a-t-il dit.

– OK, ai-je renchéri.

Ma mère est montée en voiture et elle a refermé sa portière.

– Prochain arrêt : Amsterdam, a-t-elle annoncé.

Ce qui n'était pas tout à fait vrai. Le prochain arrêt était le parking de l'aéroport, ensuite on a pris un bus pour rejoindre le terminal et, après, une voiture électrique qui nous a emmenés à l'endroit où on faisait la queue pour les contrôles. Le gars de la sécurité posté au début de la file hurlait à la ronde qu'on avait intérêt à ne pas avoir d'explosifs, d'armes à feu et de flacons contenant plus de 90 ml de liquide dans nos sacs.

– Observation, ai-je dit à Augustus : faire la queue est une forme d'oppression.

– Tu m'étonnes.

Pour éviter de me faire fouiller, j'ai préféré passer le détecteur de métaux sans mon chariot ni ma bombonne ni même la canule dans mes narines. C'était mes premiers pas sans oxygène depuis des mois. Et c'était formidable de marcher sans entrave, comme ça, de franchir le Rubicon, le silence de la machine a attesté que j'étais, quoique brièvement, une créature dé-métallisée.

J'ai ressenti une étrange impression de toute-puissance, quelque chose que j'aurais du mal à décrire, un peu comme quand, petite, après avoir trimballé partout mon cartable qui était très lourd à cause de tous les livres qu'il y avait dedans, je le retirais : j'avais l'impression de flotter.

Au bout de dix secondes, mes poumons se sont recroquevillés sur eux-mêmes comme certaines fleurs le soir. Je me suis assise sur un banc gris juste à côté du portique pour reprendre mon souffle, et j'ai toussé comme une folle, jusqu'à ce que je remette ma canule en place.

Et même après ça, j'avais mal. La douleur était toujours là, qui m'aspirait vers l'intérieur de moi-même, exigeant que je la ressente. J'avais toujours l'impression de me réveiller de la douleur quand le monde extérieur sollicitait mon attention ou une remarque de ma part. Maman me regardait d'un air préoccupé. Elle venait de dire quelque chose. Qu'est-ce que c'était ? Puis, ça m'est revenu. Elle m'avait demandé ce qui n'allait pas.

– Rien, ai-je répondu.

– Amsterdam ! s'est-elle exclamée.

J'ai souri.

– Amsterdam, ai-je répété.

Elle m'a pris la main et m'a aidée à me relever.

On s'est retrouvés devant la porte d'embarquement une heure avant l'heure prévue.

– Madame Lancaster, vous êtes d'une ponctualité exemplaire, a dit Augustus en s'asseyant à côté de moi dans la zone encore déserte.

– C'est sans doute parce que je ne suis pas surchargée de travail, a-t-elle dit.

– Tu es débordée, ai-je corrigé, sachant que son boulot, c'était moi.

Elle en avait un autre : être la femme de mon père. En matière de banque, de plomberie, de cuisine, de tout excepté son travail chez Morris Immobilier Inc., mon père était nul, mais il était moins accaparant que moi. La principale raison de vivre de ma mère et la mienne étaient affreusement enchevêtrées.

Les sièges autour de nous ont commencé à se remplir.

– Je vais me chercher un hamburger avant le départ, a dit Augustus. Tu veux quelque chose ?

– Non, ai-je répondu. Mais je suis contente de voir que toi, tu ne cèdes pas aux conventions sociales concernant le petit déjeuner.

Il m'a regardée d'un air perplexe.

– Hazel est en rébellion contre la ghettoïsation des œufs brouillés, a expliqué Maman.

– Je trouve ça honteux de traverser la vie en acceptant aveuglément que les œufs brouillés soient forcément associés au petit déjeuner.

– Je continuerai la discussion plus tard avec plaisir, a dit Augustus. Mais là, je meurs de faim. Je reviens tout de suite.

Quand, au bout de vingt minutes, Augustus n'était toujours pas revenu, j'ai demandé à ma mère si elle ne trouvait pas ça bizarre. Elle a à peine levé les yeux de son magazine.

– Il est sûrement aux toilettes, a-t-elle dit.

Une employée est venue remplacer ma bombonne par une autre bombonne fournie par la compagnie aérienne. Ça m'a gênée que tout le monde me regarde pendant que cette femme était à genoux devant moi alors j'ai envoyé un texto à Augustus pour faire diversion.

Il n'a pas répondu. Ma mère n'avait pas l'air de s'inquiéter. J'ai imaginé tous les scénarios susceptibles de ruiner le voyage à Amsterdam (arrestation, blessure, dépression nerveuse) et, plus les minutes passaient, plus je sentais quelque chose d'anormal dans ma poitrine qui n'avait rien de cancéreux.

À l'instant où la femme derrière le comptoir a annoncé que l'enregistrement pour les personnes à mobilité réduite allait commencer et où tout le monde sans exception s'est tourné vers moi, j'ai vu Augustus claudiquer vers nous, un sac en papier du fast-food à la main et son sac à dos sur une épaule.

– Où tu étais ? lui ai-je demandé.

– Il y avait une queue gigantesque, excuse-moi, m'a-t-il répondu en me tendant la main pour m'aider à me relever.

Je l'ai prise, et on a marché côte à côte jusqu'à la porte d'embarquement. Je sentais les yeux des gens fixés sur nous et toutes les questions qui devaient leur traverser l'esprit : qu'est-ce qui n'allait pas chez nous ? Est-ce que nous allions en mourir ? Quelle femme héroïque était ma mère, etc. Parfois, ce que je détestais le plus avec le cancer, c'était que la manifestation physique de la maladie nous séparait des autres. On était différents, et cela ne m'a jamais semblé aussi évident que lorsque nous avons traversé l'avion vide tous les trois, sous le regard des hôtesses qui nous saluaient d'un air compatissant et nous indiquaient notre rangée tout au fond. J'ai pris le siège du milieu, Augustus s'est assis à côté du hublot et Maman a pris le siège près de la travée. Sa présence m'oppressait un peu, alors, bien sûr, je me suis penchée vers Augustus. Notre rangée se trouvait juste derrière l'aile. Augustus a ouvert son sac en papier et il a sorti son hamburger.

– Pour en revenir aux œufs brouillés, a-t-il dit, en les réservant au petit déjeuner, ne leur confère-t-on pas un caractère sacré ? Tu peux prendre du bacon ou du Cheddar n'importe où, à n'importe quelle heure, alors que les œufs brouillés… c'est unique !

– Ridicule, ai-je dit.

Les gens commençaient à remplir l'avion. Pour ne pas les voir, j'ai regardé ailleurs, et ailleurs c'était Augustus.

– Le fond de ma pensée, c'est que les œufs brouillés sont peut-être ghettoïsés, mais ils sont à part. Ils ont leur lieu et leur heure, comme la messe.

– Tu te trompes complètement. Tu es en train de tomber dans le panneau des bons sentiments brodés au point de croix sur les coussins de tes parents. Ton idée, c'est que les choses rares et fragiles sont belles sous prétexte qu'elles sont rares et fragiles. Mais c'est un mensonge, et tu le sais très bien.

– Tu n'es pas facile à réconforter, a répondu Augustus.

– Le réconfort facile n'est pas réconfortant. N'oublie pas que, jadis, toi aussi, tu étais une fleur rare et fragile.

Il n'a plus rien dit.

– Tu n'as pas ta pareille pour me clouer le bec, Hazel Grace, a-t-il déclaré un peu plus tard.

– C'est mon droit et mon devoir, ai-je répliqué.

– Écoute, a-t-il dit, avant que je détourne les yeux. Je te demande pardon d'avoir évité la salle d'embarquement. La queue n'était pas si longue au fast-food, c'est juste que je ne voulais pas subir le regard que les gens portaient sur nous.

– Sur moi surtout, l'ai-je corrigé.

À voir Augustus, on n'aurait jamais deviné qu'il avait été malade, mais moi je trimballais ma maladie avec mon chariot, à la vue de tous, ce qui expliquait en partie que je sois si casanière.

– Le célèbre tombeur, Augustus Waters, a honte d'être vu en compagnie d'une fille avec une bombonne d'oxygène.

– Je n'ai pas honte, c'est juste que les gens me mettent en colère parfois. Et aujourd'hui, je n'ai pas envie d'être en colère.

Une minute plus tard, il sortait son paquet de cigarettes de sa poche et en prenait une.

Neuf secondes plus tard, une hôtesse blonde se précipitait sur nous.

– Monsieur, il est interdit de fumer dans cet avion. Comme dans tous les autres, d'ailleurs.

– Je ne fume pas, a-t-il expliqué avec la cigarette qui gigotait au coin de ses lèvres.

– Mais…

– C'est une métaphore, ai-je précisé. Il met le truc qui tue dans sa bouche, mais il lui refuse le pouvoir de le tuer.

L'hôtesse en est restée sans voix.

– Cette métaphore est interdite pendant le vol, a-t-elle déclaré un instant plus tard.

Gus a hoché la tête et il a remis la cigarette dans son paquet.

L'avion a enfin commencé à rouler sur la piste, et le pilote a demandé au personnel de bord de se préparer au décollage. Les deux moteurs se sont mis à rugir et l'avion a accéléré.

– Ça fait cet effet-là quand tu conduis, ai-je dit en souriant à Augustus, mais il n'a pas desserré les dents. OK?

L'avion a pris de la vitesse et, soudain, j'ai vu Augustus agripper l'accoudoir et ouvrir des yeux comme des soucoupes. J'ai posé ma main sur la sienne.

– OK?

Pas de réponse. Il a continué de me regarder avec les yeux écarquillés.

– Tu as peur de l'avion? lui ai-je demandé.

– Je te dirai ça dans une seconde, a-t-il marmonné.

Le nez de l'avion s'est relevé, on a décollé. Gus a regardé par le hublot, la planète rétrécissait à nos pieds, j'ai senti sa main se détendre sous la mienne. Il a tourné la tête vers moi, puis à nouveau vers le hublot.

– On vole, a-t-il annoncé.

– C'est la première fois que tu prends l'avion?

Il a acquiescé.

– REGARDE! a-t-il presque crié en indiquant le hublot.

– Oui, je vois. Il semblerait que nous nous trouvions dans un avion.

– DE TOUTE L'HISTOIRE DE L'HUMANITÉ, JAMAIS RIEN N'A RESSEMBLÉ À ÇA!

Son enthousiasme était adorable. Je n'ai pas pu m'empêcher de l'embrasser sur la joue.

– Pour info, je suis là, assise à côté de toi, a dit Maman. Ta mère. Celle qui te tenait la main le jour où tu as fait tes premiers pas.

– C'était *amical*, lui ai-je indiqué en me tournant vers elle pour l'embrasser sur la joue.

– Ce n'est pas l'impression que j'ai eue, a marmonné Gus juste assez fort pour que je l'entende.

Quand Augustus le Grandiloquent Amateur de Métaphores laissait la place à un Gus étonné, enthousiaste et innocent, je craquais complètement.

Le vol jusqu'à Detroit était court. À notre descente de l'avion, une autre petite voiture électrique nous attendait, prête à nous conduire à la porte d'embarquement pour Amsterdam. Dans le nouvel avion, tous les sièges avaient une télé au dos et dès qu'on a été au-dessus des nuages, Augustus et moi avons fait en sorte de lancer la même comédie romantique en même temps sur nos écrans respectifs. Mais on a eu beau appuyer simultanément sur la touche *play*, son film a démarré quelques secondes avant le mien. Si bien qu'à chaque passage drôle Augustus riait pile avant que j'entende la blague ou que je voie le gag.

Maman avait décidé qu'on dormirait pendant les dernières heures de vol, pour que, dès l'atterrissage à 8 h, on arrive en ville frais comme des gardons, prêts à croquer la vie à pleines dents ou un truc du genre. Après le film, on a donc tous pris un somnifère. Maman s'est écroulée en deux secondes, mais pas Augustus et moi. Nous nous sommes penchés pour regarder par le hublot. La journée avait été claire et bien qu'on n'ait pas pu assister au coucher du soleil, on en voyait les reflets dans le ciel.

– C'est beau ! ai-je murmuré, surtout pour moi.

– « La lumière du soleil levant était trop vive pour ses yeux en perdition », a-t-il dit, citant *Une impériale affliction*.

– Mais le soleil ne se lève pas, lui ai-je fait remarquer.

– Il se lève quelque part, a-t-il répliqué, puis après quelques instants, il a ajouté : ça serait génial de prendre un avion super rapide capable de suivre le soleil autour de la terre.

– Comme ça, je vivrais plus longtemps.

Il m'a jeté un drôle de regard.

– À cause du truc de la relativité, ai-je précisé.

Il était toujours perplexe.

– On vieillit plus lentement en se déplaçant très vite qu'en restant immobile. En ce moment, le temps passe plus lentement pour nous que pour les gens sur terre.

– Les étudiantes… Elles sont si intelligentes!

J'ai levé les yeux au ciel. Il m'a cogné le genou avec le sien (le vrai), et j'ai fait pareil.

– Tu as sommeil? lui ai-je demandé.

– Pas du tout.

– Moi non plus.

Les somnifères et les psychotropes ne me faisaient pas le même effet qu'aux gens normaux.

– Tu veux regarder un autre film? a-t-il demandé. J'ai vu qu'il y en avait un avec Natalie Portman, période Hazel.

– Je préférerais en voir un que tu n'as pas vu.

On a fini par regarder *300*, un film de guerre qui raconte comment trois cents Spartiates protègent Sparte de l'invasion d'un milliard de Persans. Le film sur l'écran d'Augustus a démarré encore une fois avant le mien et après l'avoir entendu pousser des « Merde! » ou des « Game over! » chaque fois qu'un type se faisait zigouiller de façon brutale, j'ai fini par poser la tête sur son épaule, histoire de voir l'écran et de regarder le film avec lui.

Dans *300*, les acteurs étaient pour la plupart torse nu avec des muscles impressionnants et huilés, donc de ce point de vue, le film n'était pas désagréable à regarder, mais l'action se résumait à des moulinets d'épée qui n'aboutissaient pas à grand-chose. Les corps des Perses et des Spartiates ne cessaient de s'empiler. J'avais du mal à comprendre pourquoi les Perses étaient les méchants et les Spartiates les gentils. Pour citer *UIA* : « La contemporanéité se fait une spécialité d'un genre de batailles au cours desquelles personne ne perd de trésors, si ce n'est sans doute la vie. » Ce qui était le cas avec ce choc des titans.

Vers la fin du film, tout le monde était mort ou presque et c'est alors que se déroulait une scène surréaliste, les Spartiates se mettaient à entasser les corps pour faire un mur. Les cadavres se transformaient en monumental barrage routier destiné à empêcher les Perses d'accéder à Sparte. J'ai trouvé la débauche d'hémoglobine gratuite et j'ai détourné les yeux.

– Tu crois qu'il y a combien de morts ? ai-je demandé.

– Chut ! Ça devient génial, m'a répondu Augustus en me faisant signe de me taire.

Pour lancer l'attaque, les Perses sont obligés d'escalader le mur de macchabées en haut duquel les Spartiates les attendent. Et à mesure que de nouveaux soldats sont tués, le mur de martyrs s'élève et devient de plus en plus difficile à franchir, et tout le monde se lance des coups d'épée et tire des flèches, et des flots de sang ruissellent sur les pentes du mont des Trépassés, etc.

Histoire de faire une pause, je me suis un peu écartée d'Augustus et je l'ai regardé regarder le film.

Il n'arrivait pas à réprimer son sourire béat. J'ai vu la fin du film sur mon écran, les yeux plissés pour ne pas trop voir les corps qui grossissaient les flancs de la montagne. Quand les Perses ont fini par renverser les Spartiates, je me suis tournée vers Augustus. Bien que les gentils aient perdu, il avait l'air fou de joie. Je me suis blottie contre lui en gardant les yeux fermés jusqu'à la fin de la bataille.

Quand le générique a commencé à défiler, Augustus a retiré ses écouteurs.

– Excuse-moi, j'étais subjugué par la noblesse du sacrifice. Qu'est-ce que tu disais?

– Tu crois qu'il y en a combien de morts?

– Tu parles des morts fictifs de cette histoire fictive? Pas assez, a-t-il répondu pour rigoler.

– Non, depuis toujours. Combien de morts à ton avis?

– J'ai su la réponse, a-t-il dit. Il y a sept milliards de vivants et environ quatre-vingt-dix-huit milliards de morts.

– J'aurais cru que les vivants étaient plus nombreux que tous les morts additionnés, vu la vitesse à laquelle la population augmente.

– Il y a environ quatorze morts pour un vivant, a-t-il dit.

Le générique n'en finissait plus de défiler. Il fallait

sans doute un temps fou pour identifier tous les corps. J'avais toujours la tête sur l'épaule d'Augustus.

– J'avais fait des recherches, a-t-il poursuivi. À l'époque, je me demandais si on pouvait se souvenir de tout le monde. Si, avec un peu d'organisation, en affectant un certain nombre de morts à chaque vivant, les vivants seraient assez nombreux pour se souvenir de tous les morts.

– Et alors?

– Et alors, oui. Tout le monde peut citer quatorze personnes disparues. Mais on n'est pas assez méthodique. Plein de gens se souviennent de Shakespeare par exemple, mais personne ne se rappelle pour qui le sonnet 55 a été écrit.

– C'est vrai, ai-je approuvé.

Il s'est tu quelques instants.

– Ça te dit de lire? m'a-t-il demandé peu après.

J'ai dit oui. J'ai lu un long poème d'Allen Ginsberg, *Howl*, que j'étudiais à la fac et Gus a relu *Une impériale affliction*.

– C'est bien? m'a-t-il demandé au bout d'un moment.

– Le poème?

– Oui.

– C'est génial. Les types dont parle le poème prennent plus de médocs que moi. Et *UIA*?

– Toujours parfait. Lis-moi ton poème, m'a-t-il demandé.

– Ce n'est pas le genre de poème qu'on lit tout haut quand sa mère dort dans le siège d'à côté. Ça parle de sodomie et de drogues hallucinogènes.

– Tu viens de citer mes deux passe-temps favoris. Bon, lis-moi quelque chose d'autre alors.

– Je n'ai rien d'autre.

– Dommage. J'avais envie de poésie. Tu n'en connais pas une par cœur?

– « Allons donc marcher, vous et moi, ai-je commencé d'une voix mal assurée. Alors que le soir s'étend dans le ciel / Comme un patient éthérisé sur une table. »

– Plus lentement, a-t-il demandé.

J'étais gênée comme la première fois où je lui avais parlé d'*Une impériale affliction*.

– D'accord. « Allons marcher, empruntons ces rues à moitié désertes, / Où se retirent les murmures / De nuits sans sommeil dans des hôtels miteux / Et de restaurants jonchés de sciures et de coquilles d'huîtres : / Des rues qui se suivent comme un raisonnement fastidieux / Aux intentions sournoises / Pour vous amener à l'obsédante question... / Oh, ne demandez pas, "Laquelle?" / Marchons et poursuivons notre visite. »

– Je suis amoureux de toi, a-t-il dit à mi-voix.

– Augustus.

– C'est vrai, a-t-il dit en me regardant, et j'ai vu ses

yeux se plisser. Je suis amoureux de toi et je ne suis pas du genre à me refuser le plaisir de dire des choses vraies. Je suis amoureux de toi et je sais que l'amour n'est qu'un cri dans le vide, que l'oubli est inévitable, que nous sommes tous condamnés, qu'un jour viendra où tout ce qu'on a fait retournera à la poussière, je sais aussi que le soleil avalera la seule terre que nous aurons jamais et je suis amoureux de toi.

– Augustus, ai-je répété, ne sachant pas quoi dire d'autre.

J'avais l'impression que tout en moi s'élevait, l'impression de baigner dans une joie curieusement doulou-reuse, mais je ne pouvais pas lui dire la même chose. Je ne pouvais rien dire. Je l'ai regardé et il m'a regar-dée, puis il a hoché la tête, les lèvres pincées, avant de se détourner et de poser sa tête contre le hublot.

Chapitre onze

IL AVAIT DÛ s'endormir. Moi aussi, car je me suis réveillée au moment où le train d'atterrissage sortait. J'avais un goût horrible dans la bouche, je me suis efforcée de la garder fermée pour ne pas risquer d'empoisonner les autres passagers.

Je me suis tournée vers Augustus, il regardait par le hublot. Quand l'avion a traversé les nuages, je me suis redressée pour voir les Pays-Bas. La terre semblait engloutie par l'océan, une multitude de petits rectangles verts étaient entourés de toutes parts par des canaux. D'ailleurs, on a atterri en longeant un canal, comme s'il y avait deux pistes, une pour nous et une pour les oiseaux aquatiques.

Après avoir récupéré nos valises et passé la douane, on s'est serrés dans un taxi conduit par un type chauve et mou qui parlait un anglais parfait, bien meilleur que le mien.

– L'hôtel Filosoof? ai-je demandé.

– Vous êtes américains?

– Oui, a répondu ma mère. De l'Indiana.

– L'Indiana. Une terre volée aux Indiens, mais dont on a gardé le nom, c'est ça?

– Plus ou moins, a dit Maman.

Le taxi s'est glissé dans la circulation et il a pris la direction d'une autoroute bordée de panneaux bleus indiquant des noms de villes à double voyelle: Oosthuizen, Haarlem. De chaque côté, des étendues de terre plate s'étiraient à l'infini, de temps à autre surgissait le siège social gigantesque d'une entreprise. En gros, la Hollande, c'était comme l'Indiana, sauf que les voitures étaient plus petites.

– C'est Amsterdam? ai-je demandé au chauffeur de taxi.

– Oui et non, a-t-il répondu. Amsterdam, c'est comme les cernes d'un arbre. Plus on approche du centre, plus c'est vieux.

C'est arrivé tout d'un coup: on est sortis de l'autoroute, et j'ai aperçu les rangées de maisons dont j'avais rêvé, qui semblaient se pencher au-dessus des canaux, les vélos partout et les coffee-shops qui annonçaient : « GRANDE SALLE FUMEURS. » On a traversé un canal, et j'ai vu des dizaines de péniches amarrées le long des quais. On n'était plus du tout aux États-Unis, on était dans un vieux tableau, sauf qu'il était réel (tout était terriblement idyllique à la lumière matinale) et je me suis dit que ça devait être merveilleux de vivre dans une ville où pratiquement tout avait été construit par des morts.

– Les maisons sont vieilles ? a demandé Maman.

– La plupart des maisons sur les canaux datent de l'âge d'or, du xviie siècle, a répondu le chauffeur. L'histoire de notre ville est très riche, même si beaucoup de touristes ne viennent que pour le Quartier rouge. Certains pensent qu'Amsterdam est la ville du péché, a-t-il ajouté quelques instants plus tard. En réalité, c'est la ville de la liberté. Et dans la liberté, la plupart des gens trouvent le péché.

Toutes les chambres de l'hôtel Filosoof portaient des noms de philosophes : ma mère et moi avions la chambre Kierkegaard au rez-de-chaussée et Augustus la chambre Heidegger au premier étage, juste au-dessus de nous. La chambre était petite : un lit double

contre un mur et, au pied, mon BiPAP, un concentrateur d'oxygène et une douzaine de bombonnes
rechargeables. Juste après tout ce bazar, il y avait un
vieux fauteuil défoncé à motifs cachemire, un bureau,
et au-dessus du lit, sur une étagère, la collection complète des œuvres de Kierkegaard. Sur le bureau, un
panier en osier rempli de cadeaux offerts par la fondation nous attendait. Il contenait des sabots en bois, un
T-shirt aux couleurs de la Hollande, des chocolats et
plein d'autres petites choses.

Le Filosoof se trouvait juste à côté du Vondelpark,
le parc le plus célèbre d'Amsterdam. Maman avait
envie d'aller y faire un tour, mais j'étais épuisée. Elle a
mis le BiPAP en route et m'a enfilé le masque sur le
nez. Je détestais parler quand j'avais ce truc, mais je
lui ai dit quand même :

– Va te promener au parc. Je t'appellerai quand je
serai réveillée.

– D'accord, a-t-elle répondu. Dors bien, mon cœur.

À mon réveil, quelques heures plus tard, je l'ai trouvée en train de lire un guide, installée dans le fauteuil.

– Bonjour, ai-je dit.

– Ce serait plutôt bonne fin d'après-midi, a-t-elle
corrigé en se levant avec un soupir.

Elle est venue près du lit placer une bombonne

dans mon chariot et elle a branché le tube pendant que je retirais le masque du BiPAP et mettais les embouts dans mes narines. Elle a réglé le débit de la bombonne sur 2,5 litres par minute (ce qui me laissait six heures d'autonomie), puis je me suis levée.

– Comment tu te sens? a-t-elle demandé.

– Bien, très bien même. C'était comment le Vondelpark?

– Je n'y suis pas allée. Mais j'ai lu plein de trucs dessus dans le guide.

– Maman, tu n'étais pas obligée de rester.

Elle a haussé les épaules.

– Je sais. J'en avais envie. J'aime te regarder dormir.

– Dit l'étrangleuse.

Elle a ri, mais je me sentais mal.

– J'aimerais que tu te distraies un peu.

– D'accord, ce soir, je sortirai m'amuser pendant qu'Augustus et toi irez dîner.

– Sans toi? ai-je demandé.

– Oui, sans moi. Vous avez une table réservée à l'Oranjee. L'assistante de M. Van Houten s'en est occupée. C'est dans le quartier du Jordaan. Très à la mode, d'après le guide. Il y a un arrêt de tram juste en bas. Augustus a l'adresse. Vous pourrez manger dehors, regarder les bateaux passer. Ce sera charmant, très romantique.

– Maman!

– Je dis ça comme ça. Tu devrais te préparer. Ta robe à fines bretelles, peut-être?

Certains pourraient s'étonner de la dinguerie de la situation : une mère qui envoie sa fille de seize ans sans chaperon dans une ville étrangère connue pour sa permissivité en compagnie d'un garçon de dix-sept ans. Ça aussi, c'était un effet secondaire de mourir : je ne pouvais pas courir ni danser ni manger de nourriture riche en azote, mais, dans la ville de la liberté, j'étais une des habitantes les plus libérées.

J'ai mis ma robe à fines bretelles, une chose fluide à fleurs bleues, avec des collants et des chaussures plates, parce que j'aimais être beaucoup plus petite que lui. Je suis allée batailler avec mes cheveux dans la minuscule salle de bains, jusqu'à obtenir un assez bon effet Natalie Portman milieu des années 2000. À 18 h pile (midi à Indianapolis), quelqu'un a frappé.

– Oui? ai-je dit à travers la porte.

Il n'y avait pas de judas à l'hôtel Filosoof.

– OK, a répondu Augustus et, à sa voix, j'ai su qu'il avait une cigarette à la bouche.

J'ai vérifié ma tenue. La robe dévoilait plus de mon torse maigrichon qu'Augustus n'en avait jamais vu, même si ce n'était pas indécent ni rien. (Ma mère avait une devise à ce sujet avec laquelle j'étais assez

d'accord : « Les Lancaster ne montrent pas leur nombril. »)

J'ai ouvert la porte. Augustus portait un costume
noir à revers étroits très bien coupé, une chemise bleu
ciel et une fine cravate noire. Une cigarette pendouil-
lait au coin de sa bouche sérieuse.

– Hazel Grace, a-t-il dit, tu es sublime.

– Je…

Je pensais qu'à la fin de ma phrase finiraient par
naître des vibrations émises par mes cordes vocales,
mais rien ne s'est produit.

– Je ne me sens pas assez bien habillée à côté de
toi, ai-je fini par articuler.

– Tu parles de ce vieux machin ? a-t-il dit en me
souriant.

– Augustus, a déclaré ma mère derrière moi, tu es
magnifique.

– Merci, madame, a-t-il répondu.

Puis il m'a offert son bras et je l'ai pris en jetant un
dernier regard à Maman.

– À tout à l'heure, 23 h, a-t-elle dit.

On a attendu le tram numéro un dans une grande
rue très animée.

– C'est ton costume pour les enterrements ? lui ai-je
demandé.

– Non. Il est beaucoup moins beau que celui-ci.

Le tram bleu et blanc est arrivé, et Augustus a montré nos cartes au chauffeur, mais celui-ci lui a expliqué qu'il fallait les passer devant un lecteur qui se trouvait juste à côté. On a traversé le tram bondé et un vieux monsieur s'est levé pour nous permettre de nous asseoir côte à côte. J'ai essayé de le convaincre de garder sa place, mais il persistait à m'indiquer son siège. On descendait trois arrêts plus loin. J'ai fait le trajet penchée au-dessus d'Augustus pour voir par la fenêtre en même temps que lui.

Il m'a montré des arbres.

– Tu as vu ça? m'a-t-il demandé.

J'avais vu. Les canaux étaient bordés d'innombrables ormes dont les graines s'envolaient. Sauf que les graines ressemblaient à des pétales de rose miniatures et délavés. Avec le vent, ils se rassemblaient comme des nuées d'oiseaux, par milliers, on aurait dit une tempête de neige au printemps.

Le vieux monsieur qui nous avait laissé sa place nous a surpris en train de regarder les pétales.

– C'est la neige de printemps d'Amsterdam, a-t-il expliqué en anglais. L'*iepen* envoie des confettis pour saluer l'arrivée du printemps.

On a changé de tram, puis quatre arrêts plus loin, on est descendus dans une rue au milieu de laquelle coulait un très beau canal, un vieux pont et des maisons pittoresques se reflétaient dans l'eau.

L'Oranjee était situé à quelques mètres de là. Le restaurant se trouvait d'un côté de la rue et la terrasse sur le trottoir d'en face, juste au bord du canal.

À notre arrivée, le regard de la patronne s'est éclairé.

– Monsieur et Madame Waters?

– Euh… oui, ai-je répondu.

– Votre table, a-t-elle dit en indiquant une petite table de l'autre côté de la rue tout près de l'eau. Le champagne vous est offert par la maison.

Gus et moi avons échangé un petit regard en souriant. Une fois sur la terrasse, Gus a tiré ma chaise pour que je m'asseye, puis il m'a aidée à m'installer. Et oui, deux flûtes de champagne nous attendaient sur la nappe blanche. L'air un peu vif était délicieusement adouci par le soleil. Des cyclistes passaient dans la rue : des hommes et des femmes bien habillés qui rentraient du travail, des filles blondes incroyablement jolies en amazone sur le porte-bagages d'un copain, des enfants sans casque qui rebondissaient dans leur siège en plastique derrière leurs parents. De l'autre côté de la terrasse, le canal était asphyxié par les millions de graines-confettis. De petites embarcations à moitié remplies d'eau étaient amarrées aux quais en brique, quelques-unes étaient près de sombrer.

Un peu plus loin, des péniches se balançaient au bout d'un ponton et en plein milieu du canal un bateau à fond plat avec des chaises longues et d'où s'échappait de la musique glissait dans notre direction. Augustus a levé sa flûte de champagne. J'ai pris la mienne, bien que je n'aie jamais bu d'alcool, à part un peu de bière dans le verre de mon père.

– OK, a-t-il dit.

– OK, ai-je répondu, et on a trinqué.

J'ai avalé une gorgée. Les minuscules bulles ont fondu dans ma bouche, puis elles ont pris la direction du nord et ont navigué jusqu'à mon cerveau. Doux. Frais. Délicieux.

– C'est vraiment très bon, ai-je dit. Je n'avais jamais bu de champagne.

Un jeune serveur aux épaules carrées avec des cheveux blonds ondulés est apparu. Il était plus grand qu'Augustus.

– Savez-vous ce que dom Pérignon a dit après avoir inventé le champagne ? nous a-t-il demandé avec un accent adorable.

– Non, ai-je répondu.

– Il a appelé ses frères moines et leur a dit : « Venez vite : je goûte les étoiles. » Bienvenue à Amsterdam. Voulez-vous consulter le menu, ou vous en remettre au choix du chef ?

J'ai regardé Augustus et il m'a regardée.

– Le choix du chef est très tentant, mais Hazel est végétarienne.

Je ne le lui avais dit qu'une seule fois, le jour de notre rencontre.

– Ce n'est pas un problème, a dit le serveur.

– Formidable. Et peut-on en avoir encore ? a demandé Augustus en désignant la bouteille.

– Bien sûr, a répondu le serveur. Ce soir, jeunes gens, nous avons mis toutes les étoiles en bouteilles. Ah, ces confettis ! s'est-il exclamé en retirant délicatement une graine sur mon épaule nue. C'est pire que tout cette année. Il y en a partout. C'est vraiment agaçant.

Le serveur s'est éclipsé. On a regardé les confettis tomber du ciel, glisser sur la chaussée, poussés par la brise, et atterrir en contrebas dans le canal.

– J'ai du mal à croire qu'on puisse les trouver agaçants, a dit Augustus quelques instants plus tard.

– Les gens s'habituent à la beauté.

– Je ne me suis pas encore habitué à toi, a-t-il répliqué en souriant.

J'ai rougi.

– Merci d'être venue à Amsterdam, a-t-il ajouté.

– Merci de m'avoir laissée profiter de ton vœu, ai-je répondu.

– Merci de porter cette robe divine.

J'ai secoué la tête et me suis efforcée de ne pas lui sourire. Je ne voulais pas être une grenade. D'un autre côté, il savait ce qu'il faisait, non ? C'était son choix aussi.

– Au fait, il se termine comment, le poème ? a-t-il demandé.

– Hein ?

– Celui que tu m'as récité dans l'avion.

– Ah, « La chanson d'amour de J. Alfred Prufrock » ? Ça finit comme ça : « Dans les chambres de la mer nous nous sommes attardés / Aux côtés de filles de la mer couronnées d'algues rouges et brunes / Jusqu'à ce que des voix humaines nous éveillent, et nous nous sommes noyés. »

Augustus a retiré sa cigarette et il a tapoté le filtre contre la table.

– Ces stupides voix humaines, elles fichent toujours tout par terre.

Le serveur est revenu avec deux autres flûtes de champagne et des asperges blanches de Belgique avec une infusion de lavande, d'après ce qu'il a dit.

– Au cas où tu te le demanderais, je n'avais jamais bu de champagne non plus, a déclaré Augustus après le départ du serveur. Ni mangé d'asperges blanches.

J'étais en train de déguster ma première bouchée.

– Renversant ! me suis-je exclamée.

Il a croqué dans une asperge.

– La vache! Si les asperges ont vraiment ce goût-là, je veux bien devenir végétarien.

Un bateau avec un pont en bois vernissé est passé devant la terrasse. Une des passagères, une blonde aux cheveux bouclés, la trentaine, buvait une bière, elle a levé son verre en nous criant quelque chose.

– On ne parle pas néerlandais, a crié Augustus à son tour.

Un autre passager a essayé de traduire.

– Le beau couple est beau.

Ce qu'on mangeait était si bon qu'à chaque nouveau plat on ne pouvait s'empêcher d'entrecouper la conversation de nouveaux compliments :

– Je veux que ce risotto aux carottes devienne une femme pour pouvoir l'épouser à Las Vegas.

– Sorbet aux pois de senteur, tu es si étonnamment fabuleux.

J'aurais aimé avoir plus d'appétit.

Après les gnocchis à l'ail et aux feuilles de moutarde, le serveur est revenu.

– Dessert ensuite. Plus d'étoiles d'abord ?

J'ai secoué la tête. Deux verres, c'était assez pour moi. Le champagne, comme les médicaments anti-douleur et les somnifères, semblait faire partie des substances pour lesquelles je faisais preuve d'un seuil de tolérance très élevé. Je me sentais gaie, mais pas ivre. Et je n'avais aucune envie d'être soûle. Ce genre de soirée ne se présentait pas souvent, je voulais m'en souvenir.

– Hmmmm, ai-je laissé échapper après le départ du serveur, et Augustus a fait son sourire en coin, les yeux tournés vers l'aval du canal et moi vers l'amont.

On avait tant de choses à regarder que le silence n'avait rien de bizarre, mais j'aurais voulu que tout soit parfait. Et tout était parfait, sans doute. Sauf que j'avais l'impression que quelqu'un avait mis en scène mon Amsterdam de rêve. Alors j'avais du mal à oublier que le dîner, comme le voyage lui-même, était un cadeau cancer. J'aurais aimé qu'Augustus et moi, on discute, on plaisante, à l'aise, comme à Indianapolis, mais une certaine tension sous-tendait l'atmosphère.

– Ce n'est pas mon costume pour les enterrements, a confirmé Augustus un peu plus tard. Quand ils m'ont annoncé que j'étais malade, les médecins m'ont aussi dit que j'avais quatre-vingt-quinze pour cent de chances de guérir. C'est beaucoup, je sais, mais je ne pouvais pas m'empêcher de penser que c'était comme à la roulette russe. J'allais devoir vivre un enfer pendant six mois ou un an, perdre ma jambe et au final, ça pouvait quand même ne pas marcher, tu vois ce que je veux dire?

– Je vois, ai-je dit même si je ne voyais pas, en fait.

J'avais toujours été en stade terminal, tous les traitements qu'on m'avait prescrits étaient destinés à prolonger ma vie, pas à me guérir du cancer. Le Phalanxifor avait introduit une dose d'ambiguïté dans l'histoire de ma maladie, pour autant, à la différence d'Augustus, mon dernier chapitre était écrit depuis mon diagnostic. Gus, comme la plupart des survivants du cancer, vivait dans l'incertitude.

– Tout ça pour dire que je suis passé par une période où je voulais absolument être prêt, a-t-il poursuivi. Mes parents ont acheté une concession au cimetière de Crown Hill où je suis allé un jour avec mon père pour choisir l'emplacement. J'avais planifié mes obsèques jusque dans les moindres détails et, juste avant l'opération, j'ai demandé à mes parents si je pouvais m'acheter un costume, un beau costume, au cas où j'y passerais. Bref, je n'avais jamais eu l'occasion de le porter, jusqu'à ce soir.

– C'est donc ton costume de mort.

– Oui. Tu n'as pas de tenue spéciale, toi ?

– Si, c'est une robe que j'ai achetée pour la fête d'anniversaire de mes quinze ans. Mais je ne l'avais jamais mise pour sortir avec un garçon.

Son regard s'est allumé.

– On sort ensemble ? a-t-il demandé.

J'ai baissé les yeux, gênée.

– Ne va pas trop loin.

On était rassasiés, mais le dessert – une crème aux fruits de la Passion – était trop tentant, il fallait le goûter. On a donc laissé passer un peu de temps, dans l'espoir de retrouver l'appétit. Le soleil était un enfant qui refusait de se coucher, il était plus de 20 h 30, et il faisait encore jour.

– Tu crois à la vie après la mort ? a soudain demandé Augustus.

– Je crois que la notion d'éternité est un concept erroné.

– Tu es un concept erroné, a-t-il dit avec un petit sourire.

– Je sais. C'est bien pour ça que je quitte la piste.

– Ce n'est pas drôle, a-t-il dit en regardant vers la rue.

Deux filles passaient à vélo, la deuxième était assise en amazone sur le porte-bagages.

– C'était une blague.

– L'idée que tu quittes la piste ne me fait pas rire du tout, a-t-il dit. N'empêche, sérieusement, tu crois à la vie après la mort ?

– Non, ai-je répondu, puis je me suis ravisée. Mais ce n'est peut-être pas un non définitif. Et toi ?

– Oui, a-t-il affirmé avec assurance. Trois fois oui. Je

ne crois pas à un paradis où on chevaucherait des licornes, où on jouerait de la harpe et où on vivrait dans des manoirs en nuages. Mais, oui, je crois à un truc avec un grand T. J'y ai toujours cru.

– Ah bon ? ai-je demandé.

J'étais surprise. Pour moi, croire au paradis était synonyme de défaillance intellectuelle. Or, Gus n'était pas débile.

– Oui, a-t-il répondu à mi-voix. Je crois à cette phrase d'*Une impériale affliction* : « La lumière du soleil levant était trop vive pour ses yeux en perdition. » Le soleil levant, c'est Dieu dont la lumière est trop vive, et les yeux sont en perdition, ils ne sont pas perdus. Je ne crois pas à cette histoire de morts qui reviennent hanter ou réconforter les vivants, mais je suis certain qu'il advient quelque chose de nous.

– Mais tu as peur de l'oubli.

– Bien sûr, de l'oubli sur terre. Sans vouloir parodier mes parents, je crois que les humains ont une âme et je crois à la préservation des âmes. Ma peur de l'oubli, c'est autre chose. J'ai peur de ne pas être en mesure de rendre quelque chose à la mesure du cadeau de la vie. Si ta vie ne sert pas à faire le bien, ta mort devrait au moins compenser. Et je crains que ma vie, comme ma mort, ne rime à rien.

J'ai secoué la tête.

– Quoi ? a-t-il demandé.

– Je trouve bizarre que tu veuilles absolument mourir pour quelque chose ou laisser une trace indélébile de ton héroïsme.

– Tout le monde a envie de vivre une vie extraordinaire.

– Pas tout le monde, ai-je corrigé, incapable de masquer mon énervement.

– Tu es fâchée ?

– C'est juste que… ai-je commencé sans pouvoir terminer ma phrase. C'est juste…

La flamme de la bougie entre nous a vacillé.

– C'est méchant de ta part de prétendre que les seules vies qui comptent sont celles qui ont servi à quelque chose. Ce n'est pas sympa pour moi.

Je ne sais pas pourquoi, mais je me suis sentie toute petite d'un coup. J'ai pris une cuillerée de dessert pour ne pas lui montrer mon trouble.

– Pardon, a-t-il dit. Ce n'est pas ce que je voulais sous-entendre. Je parlais de moi.

– Oui, c'est ça.

J'avais déjà beaucoup trop mangé pour finir mon dessert. En fait, j'avais peur de vomir, ça m'arrivait parfois après un repas. (Rien à voir avec de la boulimie, c'était à cause du cancer.) J'ai repoussé mon assiette vers Augustus, mais il n'en a pas voulu.

– Pardon, a-t-il répété en tendant la main par-dessus la table pour prendre la mienne – je n'ai pas protesté. Je pourrais être pire que ça, tu sais.

– Comment ça ? lui ai-je demandé pour le taquiner.

– Je te signale que, sur le couvercle de mes toilettes, il y a écrit : « Baigne-toi chaque jour dans le réconfort des paroles de Dieu » en lettres calligraphiées. Je pourrais être pire que ça, Hazel.

– Ça ne me paraît pas très hygiénique.

– Je pourrais être pire que ça.

– Tu as raison, ai-je renchéri en souriant.

Je lui plaisais vraiment. Alors je ne sais pas si c'est une réaction affreusement narcissique ou quoi, mais lorsque je m'en suis rendu compte à cet instant précis, à l'Oranjee, je l'ai aimé davantage.

Le serveur est venu débarrasser nos assiettes.

– Votre repas vous est offert par M. Peter Van Houten, a-t-il annoncé.

Augustus a souri.

– Ce Van Houten m'est tout à fait sympathique.

On a marché le long du canal à la lumière du soleil couchant. Un pâté de maisons plus loin que l'Oranjee, on s'est arrêtés devant un banc cerné par de vieilles bicyclettes rouillées attachées à des râteliers à vélos et pour certaines entre elles. On s'est assis côte à côte sur le banc, face au canal, et Augustus a passé son bras autour de mes épaules.

Le halo du Quartier rouge était visible. Curieusement, il n'était pas rouge mais glauque. J'imaginais des troupeaux de touristes bourrés ou défoncés tituber dans des rues étroites.

– Je n'arrive pas à croire qu'il va tout nous raconter demain, ai-je dit. Peter Van Houten va nous révéler la célèbre fin non écrite du meilleur livre jamais écrit.

– Et il nous a offert ce dîner.

– Je te parie qu'avant de nous parler il va vouloir nous fouiller pour vérifier qu'on n'a pas de magnétos. Ensuite il va s'asseoir sur le canapé du salon entre nous deux et nous dire en chuchotant si la mère d'Anna a épousé Monsieur Tulipe.

– N'oublie pas Sisyphe, le hamster, a ajouté Augustus.

– Bien sûr, il nous dira aussi ce qui est arrivé à Sisyphe, le hamster.

Je me suis penchée pour regarder le canal. Il était saturé de pétales d'ormes délavés, c'en était ridicule.

– Une suite qui n'existera que pour nous, ai-je conclu.

– Ça finit comment, à ton avis ? m'a-t-il demandé.

– Je n'en sais rien du tout. J'ai imaginé mille possibilités. Chaque fois que je relis le livre, j'échafaude un scénario différent, tu comprends ?

Il a hoché la tête.

– Tu as une théorie, toi ? lui ai-je demandé à mon tour.

– Oui. À mon avis, Monsieur Tulipe n'est pas un escroc. Mais il n'est pas aussi riche qu'il a voulu le leur faire croire. Et après la mort d'Anna, sa mère va vivre avec lui en Hollande en pensant que leur histoire durera toute leur vie, mais ça ne marche pas. Parce qu'elle veut être près de sa fille.

Je ne m'étais jusque-là pas rendu compte qu'il avait autant réfléchi à ce livre et qu'*Une impériale affliction* comptait pour lui indépendamment du fait que, moi, je comptais pour lui.

L'eau clapotait doucement contre les berges en brique du canal ; une grappe de copains est passée à vélo en se criant des trucs dans un hollandais guttural ; les toutes petites embarcations, pas plus grandes que moi, à moitié coulées ; l'odeur de l'eau qui a stagné trop longtemps ; le bras d'Augustus qui m'attirait contre lui ; sa vraie jambe collée contre la mienne, de la hanche jusqu'au pied. Je me suis blottie contre lui. Il a réprimé une grimace.

– Excuse-moi. Ça va ?

– Oui, a-t-il soufflé, mais il était évident qu'il avait mal.

– Excuse-moi, ai-je répété. J'ai l'épaule pointue.

– Ça va, a-t-il dit. C'est plutôt agréable, en fait.

On est restés un long moment sur ce banc. Augustus a fini par retirer sa main et l'a posée sur le dossier. On était plongés dans la contemplation du canal. Je me disais que c'était extraordinaire d'avoir réussi à faire en sorte qu'une ville existe alors qu'elle aurait dû être engloutie. J'ai pensé que j'étais une sorte d'Amsterdam pour le docteur Maria, une anomalie à moitié sous l'eau, et tout ça m'a amenée à penser à la mort.

– Tu peux me parler de Caroline Mathers ?

– Et tu oses dire que tu ne crois pas à la vie après la mort, a-t-il répondu sans me regarder. Oui, bien sûr. Qu'est-ce que tu veux savoir ?

Je voulais savoir s'il tiendrait le coup quand je mourrais. Je voulais ne pas être une grenade, une force maléfique dans la vie des gens que j'aimais.

– Ce qui s'est passé.

Il a soupiré, un soupir tellement long qu'il narguait mes poumons hors service. Augustus a glissé une nouvelle cigarette entre ses lèvres.

– Tu es d'accord avec moi, les aires de jeux des hôpitaux sont les endroits où on joue le moins au monde ?

J'ai acquiescé.

– Donc, j'étais à Memorial pour quelques semaines, le temps de l'amputation et du reste. J'avais une chambre au cinquième étage d'où je voyais l'aire de jeux, qui était toujours déserte. J'étais subjugué par la portée symbolique de l'aire de jeux vide dans la cour de l'hôpital. Et voilà qu'un jour une fille s'y pointe toute seule. Après ça, elle est revenue tous les jours s'asseoir sur la balançoire abandonnée. Tu vois, c'était exactement le genre d'image qu'on imagine dans un film. J'ai demandé à l'une de mes gentilles infirmières de se renseigner sur la fille et elle est revenue avec elle. C'était Caroline. Je l'ai séduite grâce à mon incroyable charisme.

Augustus s'est arrêté de parler, et j'en ai profité pour dire quelque chose.

– Tu n'as pas autant de charisme que ça.

Il s'est esclaffé, incrédule.

– Tu es plus sexy que charismatique, ai-je expliqué.

Il a écarté ma remarque d'un nouvel éclat de rire.

– Le truc, avec les morts… a-t-il dit avant de s'interrompre. Le truc, c'est que tu passes pour un salaud si tu ne donnes pas une belle image d'eux, alors que la vérité est… compliquée. J'imagine que tu connais le refrain sur la victime stoïque et déterminée qui se bat héroïquement contre son cancer sans jamais se plaindre ni cesser de sourire, même sur son lit de mort, etc.

– En effet, ai-je répondu. Ce sont de belles âmes généreuses dont chaque souffle est un exemple pour nous tous. Si fortes ! Nous les admirons tellement !

– À part nous, évidemment, les jeunes cancéreux ne sont pas plus géniaux, charitables, persévérants, ou ce que tu veux que le commun des mortels. Caroline était tout le temps malheureuse et de mauvaise humeur, mais ça me plaisait. J'aimais avoir l'impression d'être la seule personne au monde qu'elle ait choisie de ne pas détester. On passait notre temps à dire du mal des gens, des infirmières, des autres malades, de nos parents, et j'en passe. Je ne sais pas si elle avait vraiment ce caractère-là ou si c'était sa tumeur qui la rendait comme ça. J'ai appris par l'une de ses infirmières que la tumeur dont elle souffrait était communément appelée « tumeur de chien » parce qu'elle rendait les gens odieux. C'était une fille avec un cinquième du cerveau en moins et qui se payait une rechute de tumeur de chien. Alors non, elle n'était pas un modèle de cancéreuse héroïque. Pour être franc, c'était une vraie vipère. Mais je n'ai pas le droit de dire ça parce qu'elle avait une tumeur et parce que, eh bien, elle est morte. Et elle avait des tonnes de raisons d'être désagréable, tu sais.

Je savais.

– Tu te souviens de ce passage d'*Une impériale affliction*, quand Anna traverse le terrain de foot pour aller à la gym et qu'elle tombe face contre terre dans l'herbe. Elle comprend que le cancer est revenu, dans son système nerveux en plus. Elle n'arrive pas à se relever, elle a le visage à un centimètre de la pelouse, elle est coincée, elle observe l'herbe de près, elle remarque la lumière qui joue entre les brins et… Je ne me rappelle pas le texte exact, mais Anna a une sorte de révélation à la Walt Whitman, le poète, elle découvre qu'être humaine, c'est avoir la chance de s'émerveiller devant la majesté de la création, ou un truc dans le genre. Tu vois ce passage ?

– Oui, je vois.

– Plus tard, alors que j'étais en pleine chimio, je ne sais pas pourquoi, j'ai décidé d'être optimiste. Pas en ce qui concernait ma survie, mais j'ai décidé d'être comme Anna dans le livre, enthousiaste et reconnaissante d'avoir ne serait-ce que la possibilité de m'émerveiller. Mais pendant ce temps-là, l'état de Caroline se dégradait de jour en jour. Elle a fini par rentrer chez elle et, de temps à autre, je me prenais à espérer qu'on puisse avoir une relation normale, mais c'était impossible. Elle n'avait plus de filtre entre ses pensées et ses paroles, qui étaient tristes, désagréables et souvent blessantes. Sauf qu'on ne peut pas larguer une fille qui a une tumeur au cerveau. Ses parents m'aimaient bien, et elle avait un petit frère adorable. Comment j'aurais pu la larguer ? Elle était en train de mourir ! Ça a duré une éternité, presque un an et, pendant un an, je suis sortie avec une fille qui se mettait subitement à rire en montrant ma prothèse et qui me traitait de cul-de-jatte.

– Non!

– Si. C'était sa tumeur, elle lui dévorait le cerveau. À moins que ça n'ait pas été la tumeur. Je n'ai aucun moyen de le savoir parce que Caroline était indissociable de sa tumeur. Plus elle était malade et plus elle rabâchait les mêmes histoires en se bidonnant, même si elle avait déjà dit le truc une centaine de fois le même jour. Elle a répété, par exemple, pendant des semaines: «Gus a de belles jambes. Pardon, une belle jambe.» Après quoi, elle se marrait comme une baleine.

– Oh, Gus, c'est...

Je ne savais pas quoi dire. Il ne me regardait pas, et je n'osais pas le regarder de peur d'être envahissante. Il s'est penché brusquement en avant. Il a pris sa cigarette et l'a examinée en la faisant rouler entre le pouce et l'index, puis il l'a replacée entre ses lèvres.

– Pour être honnête, j'ai vraiment une très belle jambe.

– Je suis désolée, ai-je dit.

– Tout va bien, Hazel Grace. Mais, soyons clairs, quand j'ai cru voir le fantôme de Caroline Mathers au groupe de soutien, je n'étais pas aux anges. Je te fixais, mais je n'avais aucune nostalgie, si tu vois ce que je veux dire.

Il a sorti son paquet de sa poche et a remis la cigarette dedans.

– Je suis désolée, ai-je répété.

– Moi aussi, a-t-il dit.

– Pour rien au monde, je ne te ferais un truc pareil.

– Je ne t'en voudrais pas, Hazel Grace. Ce serait un privilège d'avoir le cœur brisé par toi.

Chapitre douze

JE ME SUIS réveillée à 4 h du matin, heure hollandaise, prête à commencer la journée. Malgré tous mes efforts, je n'ai pas réussi à me rendormir. Je suis restée allongée avec le BiPAP qui soufflait de l'air dans mon nez, puis l'aspirait, soufflait, aspirait. J'aimais bien ses grondements de dragon, mais j'aurais préféré respirer à mon gré.

J'ai relu *Une impériale affliction* jusqu'à ce que Maman se réveille vers 6 h. Elle s'est retournée et s'est blottie contre moi, enfouissant sa tête dans le creux de mon épaule, ce qui m'a mise mal à l'aise et m'a fait penser à Augustus.

Pour mon plus grand plaisir, au menu du petit déjeuner qui nous a été apporté dans la chambre, il y avait de la charcuterie, entre autres entorses faites à la composition du petit déjeuner américain. La robe que j'avais prévu de mettre pour le rendez-vous avec Peter Van Houten avait déjà servi pour le dîner à l'Oranjee. Si bien que, après avoir pris une douche et m'être lissé les cheveux, j'ai passé une demi-heure à discuter avec ma mère des multiples avantages et inconvénients des tenues que j'avais emportées avant de décider de m'habiller comme Anna dans *Une impériale affliction* : tennis et pantalon noir, et T-shirt bleu ciel.

Le devant du T-shirt affichait une reproduction d'un tableau de Magritte, qui représentait une pipe sous laquelle le peintre avait écrit : « Ceci n'est pas une pipe. »

– Je ne comprends rien à ce tableau, a dit Maman.

– Peter Van Houten comprendra. *Une impériale affliction* est truffé de références à Magritte.

– Mais c'est bien une pipe ! s'est exclamée ma mère.

– Non, c'est le dessin d'une pipe. Tu comprends ? Toutes les représentations sont abstraites par essence. C'est très brillant.

– Comme se fait-il que tu aies mûri au point de comprendre des choses qui échappent à ta vieille mère ? J'ai l'impression que c'était hier que j'expliquais à ma petite Hazel de sept ans pourquoi le ciel était bleu. À l'époque, tu me prenais pour un génie.

– Pourquoi le ciel est bleu ? ai-je demandé.

– Parce que, a-t-elle répondu.

J'ai éclaté de rire.

Plus on approchait de 10 h et plus j'étais inquiète : inquiète de voir Augustus ; inquiète de rencontrer Peter Van Houten ; inquiète de ne pas avoir choisi la bonne tenue ; inquiète de ne pas trouver la maison parce que, à Amsterdam, toutes les maisons se ressemblent ; inquiète de me perdre et de ne plus savoir comment rentrer au Filosoof ; inquiète, inquiète, inquiète. Maman me parlait, mais je ne l'écoutais pas. J'étais sur le point de lui demander d'aller voir au premier étage si Augustus était réveillé quand il a frappé à la porte.

J'ai ouvert. Il a regardé mon T-shirt et il a souri.

– Marrant, a-t-il dit.

– Je ne te permets pas de parler de mes seins comme ça.

– Je suis là, a dit Maman derrière moi.

Mais j'avais réussi à faire rougir Augustus et à le décontenancer assez pour oser le regarder.

– Tu es sûre que tu ne veux pas venir avec nous ? ai-je demandé à Maman.

– Aujourd'hui, je visite le Rijksmuseum et Vondelpark, a-t-elle répondu. Et puis, sans te vexer, je ne comprends rien au bouquin de Van Houten. Remercie-le ainsi que Lidewij pour nous, d'accord?

– D'accord.

J'ai serré Maman dans mes bras, et elle m'a embrassée juste au-dessus de l'oreille.

La maison blanche de Peter Van Houten, qui faisait partie d'une rangée de maisons identiques, se trouvait juste à côté de l'hôtel, sur Vondelstraat, en face du parc, au numéro 158. Augustus m'a prise par le bras et il a porté mon chariot pour m'aider à monter les trois marches qui menaient à une porte laquée bleu marine. J'avais le cœur qui battait fort. Une porte seulement me séparait des réponses dont je rêvais depuis la première fois où j'avais lu cette page inachevée.

À l'intérieur de la maison, on entendait une musique assourdissante, un rythme de basse, assez puissant pour faire trembler les fenêtres. Je me suis demandé si Peter Van Houten avait un gamin fan de rap.

J'ai pris le heurtoir en forme de tête de lion dans ma main et j'ai frappé un petit coup. Les pulsations de la musique n'ont pas cessé.

– Il n'entend peut-être rien avec ce bruit, a dit Augustus.

Il a pris la tête de lion à son tour et il a frappé un grand coup.

La musique s'est arrêtée et on a entendu quelqu'un qui marchait en traînant les pieds. Un verrou a coulissé, puis un deuxième. La porte s'est entrebâillée. Un homme bedonnant aux cheveux rares, aux joues flasques et mal rasées, nous a regardés en plissant les yeux au soleil. Il portait un pyjama bleu layette. Il avait le visage et le ventre tellement gros, les bras tellement maigres, qu'on aurait dit une boule de pâte à modeler avec des allumettes piquées dedans.

– Monsieur Van Houten ? a demandé Augustus d'une petite voix.

La porte s'est refermée brutalement. Derrière, une voix nasillarde et mal assurée a crié : « LIII-DOU-VIG ! » (jusque-là je prononçais le nom de l'assistante de Van Houten : Lid-ou-widge).

On entendait tout à travers la porte.

– Ils sont là ? a demandé une femme.

– Lidewij, il y a deux apparitions d'adolescents devant la porte.

– Des apparitions ? a-t-elle répété avec un accent hollandais délicieux.

La réponse de Peter Van Houten a fusé :

– Oui, autrement dit fantasmes, spectres, vampires, visiteurs ailés, extraterrestres, Lidewij. Comment peut-on, en troisième cycle de littérature américaine, avoir des lacunes aussi effroyables en anglais ?

– Peter, il ne s'agit pas d'extraterrestres. Il s'agit d'Augustus et Hazel, les jeunes admirateurs avec lesquels vous avez correspondu.

– Il s'agit de qui ? Je les croyais aux États-Unis.

– Oui, mais vous les avez invités. Ça va vous revenir.

– Savez-vous pourquoi j'ai quitté les États-Unis, Lidewij ? Pour ne plus jamais croiser d'Américains.

– Mais vous êtes américain.

– Une tare incurable, je le crains. Mais en ce qui concerne ces deux-là, vous devez leur dire de s'en aller tout de suite. C'est une terrible erreur, la proposition de les rencontrer que l'aimable Van Houten leur a faite était rhétorique et non véritable, il faut faire une lecture symbolique de ce genre de proposition.

J'ai cru que j'allais vomir. J'ai regardé Augustus, il avait les yeux fixés sur la porte, ses épaules se sont affaissées.

– Pas question, Peter, a répondu Lidewij. Vous devez absolument les rencontrer. Vous en avez besoin, il faut que vous preniez conscience de l'importance de votre œuvre.

– Lidewij, m'avez-vous dupé en connaissance de cause pour manigancer ceci ?

Un long silence a suivi, puis la porte s'est finalement rouverte. Peter Van Houten nous a regardés alternativement, les yeux toujours plissés.

– Lequel de vous deux est Augustus Waters ? a-t-il demandé.

Augustus a levé une main hésitante. Van Houten a hoché la tête.

– Alors, affaire conclue avec la minette ? a-t-il demandé.

Et pour la première fois depuis notre rencontre, j'ai vu Augustus Waters rester sans voix.

– Je… a-t-il commencé. Hem, je, Hazel, hem. Eh bien…

– Ce garçon me semble un peu attardé, a dit Peter Van Houten à Lidewij.

– Peter ! l'a-t-elle grondé.

– En tout état de cause, a repris Peter Van Houten en me tendant la main, c'est un grand plaisir de rencontrer des créatures si ontologiquement improbables.

J'ai serré la main gonflée de Van Houten, puis il a serré celle d'Augustus. J'ignorais ce que « ontologiquement » signifiait. Quoi qu'il en soit, ça me plaisait. Augustus et moi étions membres du Club des créatures improbables, au même titre que les ornithorynques et leur bec de canard.

J'aurais évidemment préféré que Peter Van Houten ne soit pas dingue, mais le monde n'est pas une usine à exaucer les vœux. Tout ce qui comptait, c'est que sa porte soit ouverte et que je pénètre chez lui pour apprendre la fin d'*Une impériale affliction*. Nous avons suivi Van Houten et Lidewij à l'intérieur. Après être passés devant une salle à manger avec une gigantesque table en chêne entourée de deux malheureuses chaises, on est entrés dans un salon affreusement impersonnel. On se serait crus dans un musée, sauf qu'aucun tableau n'ornait les murs blancs. À part un canapé et un fauteuil en acier et cuir noir, la pièce semblait vide. Puis j'ai remarqué deux énormes sacs-poubelle noirs, pleins à craquer et fermés, derrière le canapé.

— Des ordures? ai-je murmuré à l'intention d'Augustus, pensant ne pas être entendue des autres.

— Non, le courrier de mes admirateurs, a répondu Van Houten en s'asseyant dans le fauteuil. Dix-huit années de courrier. Peux pas l'ouvrir. Trop peur. Les vôtres sont les premières missives auxquelles je réponds et regardez où cela me mène. Pour être franc, je trouve la réalité des lecteurs peu ragoûtante.

Ce qui expliquait pourquoi il n'avait pas répondu à mes lettres: il ne les avait jamais lues. Mais alors pourquoi gardait-il ce courrier, qui plus est dans un salon quasiment vide? Van Houten a levé les pieds et les a posés sur le repose-pieds du fauteuil. Puis il nous a indiqué le canapé. Augustus et moi nous sommes assis côte à côte, mais pas trop près l'un de l'autre.

– Voulez-vous un petit déjeuner ? a demandé Lidewij.

J'ai commencé à répondre que nous l'avions déjà pris quand Van Houten m'a interrompue.

– Il est beaucoup trop tôt pour le petit déjeuner, Lidewij.

– Ils viennent d'Amérique, Peter. Leur horloge biologique indique plus de midi.

– Alors il est trop tard pour le petit déjeuner, a-t-il rétorqué. Quoi qu'il en soit, étant donné qu'il est plus de midi à leur horloge machin truc, un cocktail serait plus approprié. Vous buvez du whisky ? m'a-t-il demandé.

– Est-ce que je bois du… Non, merci, ai-je répondu.

– Augustus Waters ? a demandé Van Houten avec un signe de tête vers Gus.

– Moi non plus.

– Dans ce cas, il n'y a que moi, Lidewij. Whisky à l'eau, s'il vous plaît.

Puis il a demandé à Gus :

– Savez-vous comment nous préparons le whisky à l'eau dans cette maison ?

– Non, monsieur.

– On verse du whisky dans un verre et on convoque la pensée de l'eau, puis on mélange le whisky à la pensée.

– Quelque chose à manger d'abord, peut-être, Peter, a proposé Lidewij.

Il s'est tourné vers nous.

– Elle pense que j'ai un problème avec l'alcool, a-t-il dit, en faisant semblant de chuchoter.

– Comme je pense que deux et deux font quatre, a rétorqué Lidewij.

Elle est tout de même allée au bar qui se trouvait dans la pièce et lui a servi un verre de whisky à moitié plein, qu'elle lui a apporté. Peter Van Houten en a bu une gorgée, puis il s'est redressé dans son fauteuil.

– Une boisson de cette qualité mérite qu'on se tienne correctement.

Ce qui m'a fait prendre conscience de ma position et je me suis redressée moi aussi, puis j'ai remis ma canule en place. Mon père me disait toujours qu'on pouvait juger les gens à la façon dont ils traitaient leur personnel. À ce compte-là, Peter Van Houten était sans doute la pire des raclures que la Terre ait jamais portées.

– Alors vous aimez mon livre, a-t-il dit à Augustus après une deuxième gorgée.

– Oui, ai-je répondu au nom d'Augustus. Et nous… Enfin, Augustus a demandé à ce que son vœu soit de vous rencontrer, afin qu'on puisse venir ici pour que vous nous racontiez ce qui se passe après la fin d'*Une impériale affliction*.

Van Houten n'a rien dit, il s'est contenté de boire son whisky à longs traits.

— Votre livre est ce qui nous a réunis, Hazel et moi, a dit Augustus un instant plus tard.

— Mais vous n'êtes pas ensemble, a-t-il souligné sans me regarder.

— C'est ce qui nous a rapprochés, ai-je corrigé.

Il s'est tourné vers moi.

— Vous avez fait exprès de vous habiller comme elle?

— Comme Anna? ai-je demandé.

Il m'a fixée sans me répondre.

— Peut-être, oui, ai-je dit.

Il a avalé une grande gorgée de whisky, puis il a fait une grimace.

— Je n'ai pas de problème avec l'alcool, a-t-il affirmé plus fort que nécessaire. J'ai une relation à l'alcool très churchillienne: je peux faire des blagues, gouverner l'Angleterre, enfin faire à peu près tout ce que je veux, sauf ne pas boire.

Il a jeté un coup d'œil à Lidewij en désignant son verre. Elle l'a pris et elle est retournée au bar.

— À peine un soupçon d'*idée* d'eau, Lidewij, a-t-il ordonné.

— C'est bon, j'ai pigé, a-t-elle répondu avec un accent quasi américain.

Le deuxième verre est arrivé. Van Houten s'est redressé en signe de respect. Il a envoyé valdinguer ses chaussons, découvrant des pieds d'une laideur à faire peur. Il était en train de piétiner l'idée que je me faisais d'un génie, mais il avait les réponses.

– Tout d'abord, euh, ai-je bafouillé, nous aimerions vous remercier pour le dîner d'hier soir et…

– Nous leur avons offert à dîner? a demandé Van Houten à Lidewij.

– Oui, à l'Oranjee.

– Ah oui? Alors vous pouvez être sûrs que ce n'est pas moi qu'il faut remercier, mais plutôt Lidewij, qui n'a pas sa pareille pour dépenser mon argent.

– Ça nous a fait très plaisir, a dit Lidewij.

– Merci, en tout cas, a ajouté Augustus dont je devinais l'agacement.

– Je suis prêt, a annoncé Van Houten un instant plus tard. Quelles sont vos questions?

– Eh bien… a dit Augustus.

– Il me semblait plus brillant à l'écrit, a commenté Van Houten à l'attention de Lidewij. Il se peut que le cancer lui ait colonisé le cerveau.

– Peter! s'est écriée Lidewij, horrifiée.

Je l'étais aussi, mais, en même temps, c'était assez réjouissant qu'un type aussi méprisable ne prenne pas de gants avec nous.

– Nous avons effectivement des questions, ai-je dit. Je vous en ai parlé dans mon e-mail. Je ne sais pas si vous vous en souvenez.

– Non.

– Sa mémoire est compromise, a expliqué Lidewij.

– Si seulement ma mémoire faisait des compromis, a répliqué Van Houten.

– Pour en revenir à nos questions, ai-je insisté.

– Elle emploie le « nous » de majesté, a dit Van Houten à la cantonade.

Encore une gorgée. Je n'avais jamais bu de whisky, mais si c'était aussi fort que le champagne, je ne voyais pas comment Van Houten réussissait à en boire autant, si vite et de si bon matin.

– Avez-vous entendu parler du paradoxe de Zénon ? m'a-t-il demandé.

– Nos questions concernent le sort des autres personnages après la fin du livre, en particulier…

– Vous vous trompez si vous pensez que j'ai besoin d'entendre vos questions pour y répondre. Connaissez-vous le philosophe Zénon ?

J'ai secoué doucement la tête.

– Quelle pitié ! Zénon est un philosophe présocratique qui a découvert quarante paradoxes dans la vision du monde telle que présentée par Parménide – vous connaissez Parménide, bien sûr.

J'ai hoché la tête, alors que je ne connaissais pas Parménide.

– Dieu merci! s'est-il exclamé. Zénon s'était fait un devoir de soulever les inexactitudes et les simplifications hâtives de Parménide, ce qui était assez simple dans la mesure où Parménide se trompait royalement, tout le temps et sur tout. L'intérêt de connaître Parménide est précisément le même que de connaître un type qui parie invariablement sur le mauvais cheval chaque fois que vous allez aux courses avec lui. Mais le plus important chez Zénon – attendez une seconde, vous connaissez le hip-hop suédois?

Je n'aurais pas su dire si Peter Van Houten plaisantait ou non. Augustus a répondu pour moi.

– Très peu.

– Mais vous connaissez forcément *Fläcken*, l'album majeur d'Afasi och Filthy.

– Non, ai-je répondu pour nous deux.

– Lidewij, mettez tout de suite «Bomfalleralla».

Lidewij est allée jusqu'au lecteur MP3, elle a tourné la molette, puis elle a appuyé sur une touche. Un morceau de rap a éclaté dans toute la pièce. Il n'avait rien d'extraordinaire si ce n'est que les paroles étaient en suédois.

À la fin du morceau, Peter Van Houten nous a regardés,

attendant notre réaction, ses petits yeux aussi écarquillés que possible.

– Alors? a-t-il demandé. Alors?

– Je regrette, monsieur, mais nous ne parlons pas
suédois.

– Évidemment que vous ne parlez pas suédois. Moi
non plus. Qui peut bien parler suédois? Ce qui est
important ce ne sont pas les paroles, sans doute imbé-
ciles, mais les sentiments qu'elles expriment. Vous
n'ignorez pas qu'il n'existe que deux émotions au
monde, l'amour et la peur, et Afasi och Filthy navigue
entre les deux avec une facilité qu'on ne trouve pas
d'habitude dans le hip-hop, à part en Suède. Je vous
repasse le morceau?

– C'est une plaisanterie? a dit Gus.

– Pardon?

– Il joue la comédie, c'est ça? a demandé Augustus
à Lidewij.

– J'ai bien peur que non, a-t-elle répondu. D'habitude, il n'est pas comme ça…

– Oh, la ferme, Lidewij! Rudolf Otto disait que si on
n'avait pas rencontré le numineux, si on n'avait pas
fait l'expérience du *mysterium tremendum*, autrement
dit du «mystère effrayant et fascinant», son œuvre ne
nous était pas destinée. Et moi, je vous dis, mes petits
amis, que si vous n'entendez pas la réponse bravache

d'Afasi och Filthy à la peur, alors mon œuvre ne vous est pas destinée.

Je ne le soulignerais jamais assez, c'était un morceau de rap tout ce qu'il y avait de plus normal, sauf qu'il était en suédois.

– Hum, ai-je dit. À propos d'*Une impériale affliction*, à la fin du livre, la mère d'Anna est sur le point de…

Van Houten m'a interrompue en cognant son verre contre l'accoudoir de son fauteuil jusqu'à ce que Lidewij le remplisse à nouveau.

– Donc, ce qui a rendu Zénon si célèbre, c'est le paradoxe de la tortue. Imaginons que vous fassiez la course avec une tortue. La tortue a une avance de dix mètres. Le temps que vous parcouriez ces dix mètres, la tortue, elle, a peut-être parcouru un mètre. Et le temps que vous couvriez cette distance, la tortue a avancé d'une courte tête, et ainsi de suite jusqu'à la nuit des temps. Vous êtes plus rapide que la tortue, mais vous ne la rattrapez jamais, vous ne faites que diminuer son avantage. Bien sûr, vous dépassez la tortue sans observer les mécanismes en jeu, nonobstant la question de savoir comment vous y parvenez est très complexe, et personne ne l'a jamais vraiment résolue jusqu'à Georg Cantor, qui démontra que certains infinis étaient plus vastes que d'autres.

– Hum, ai-je dit.

– Je suppose que cela répond à votre question ? a-t-il déclaré, très sûr de lui, avant d'avaler une longue rasade de whisky.

– Pas vraiment, ai-je répondu. On aimerait savoir ce qui se passe après la fin d'*Une impériale affliction…*

– Je renie ce roman putride dans son intégralité, m'a interrompue Van Houten.

– Non, ai-je dit.

– Je vous demande pardon ?

– Non, je ne peux pas accepter ça, ai-je dit. J'ai compris que l'histoire s'arrêtait en plein milieu parce qu'Anna mourait ou qu'elle était trop malade pour continuer à écrire, mais vous aviez promis de nous raconter ce qui arrivait aux autres et c'est pour cette raison que nous sommes ici et que nous, que *j'ai* besoin de vous entendre.

Van Houten a soupiré. Puis après un autre verre, il a dit :

– Très bien, quel personnage vous intéresse ?

– La mère d'Anna, Monsieur Tulipe, Sisyphe, le hamster. Tout le monde, en fait.

Van Houten a fermé les yeux et soufflé en gonflant les joues, puis il a tourné son regard vers les poutres qui s'entrecroisaient au plafond.

– Le hamster, a-t-il dit quelques instants plus tard. Le hamster est adopté par Christine. (Christine était une des amies d'Anna avant qu'elle soit malade. Ça tenait debout. Dans plusieurs scènes, Anna et Christine jouaient avec Sisyphe.) Il est adopté par Christine et il vit quelques années encore après la fin du livre, puis il meurt paisiblement dans son sommeil de hamster.

Enfin, on tenait quelque chose!

– Génial! me suis-je exclamée. Vraiment génial. Passons maintenant à Monsieur Tulipe, c'est un escroc ou pas? Est-ce que la mère d'Anna et lui finissent par se marier?

Van Houten regardait toujours le plafond. Il a bu une gorgée de whisky, son verre était à nouveau presque vide.

– Lidewij, je ne peux pas, je ne peux pas, je ne peux pas.

Il a baissé la tête et planté son regard dans le mien.

– Il n'arrive rien à Monsieur Tulipe. Ce n'est pas un escroc ni rien, c'est Dieu! Il est sans ambiguïté la représentation métaphorique de Dieu et demander ce qu'il advient de lui équivaut intellectuellement à demander ce qu'il advient des yeux désincarnés du Dr T. J. Eckleburg dans *Gatsby le Magnifique*. Est-ce que la mère d'Anna et Monsieur Tulipe se marient? Nous parlons de roman, ma chère enfant, pas de récit historique.

– Je suis d'accord, mais il n'empêche que vous avez

forcément dû réfléchir à ce qui leur arrivait, je parle des personnages, et ça, indépendamment de leur signification métaphorique ou de je ne sais quoi.

– Ce sont des personnages de fiction, a-t-il martelé en tapant de nouveau son verre contre son accoudoir. Il ne leur arrive rien.

– Vous aviez promis de me raconter, ai-je insisté.

Il fallait que je me montre sûre de moi, que je ramène son attention éparpillée à mes questions.

– C'est possible, mais j'avais la fausse impression que vous n'étiez pas en mesure de faire un voyage à l'étranger. J'ai voulu… sans doute vous réconforter et j'aurais dû avoir la sagesse de ne pas essayer. Pour être tout à fait franc, cette idée puérile selon laquelle l'auteur d'un roman aurait des connaissances particulières concernant les personnages de son roman… C'est ridicule. Mon roman est né de gribouillis sur des feuilles, ma chère. Les personnages qui le peuplent n'ont pas de vie en dehors de ces gribouillis. Que leur est-il arrivé ? Ils ont tous cessé d'exister au moment où le roman a pris fin.

– Non, ai-je dit en me levant du canapé. Non, je comprends ce que vous dites, mais il est impossible de ne pas leur imaginer un avenir. Et vous êtes la personne la plus à même de le faire. Il s'est passé quelque chose pour la mère d'Anna. Soit, elle s'est mariée, soit elle ne l'a pas fait. Soit elle est partie vivre en Hollande avec Monsieur Tulipe, soit elle n'est pas partie. Soit elle a eu d'autres enfants, soit elle n'en a pas eu. J'ai besoin de savoir ce qui lui est arrivé.

Van Houten a pincé les lèvres.

– Je regrette de ne pas pouvoir satisfaire vos caprices infantiles, mais je refuse de m'apitoyer sur vous comme vous en avez si bien pris l'habitude.

– Je ne veux pas de votre pitié.

– Comme tous les enfants malades, a-t-il répondu froidement, vous prétendez ne pas vouloir de pitié, alors que votre existence même en dépend.

– Peter! s'est écriée Lidewij, mais il a continué, vautré dans son fauteuil, ses paroles de plus en plus pâteuses dans sa bouche d'ivrogne :

– Vous, enfants malades, êtes inévitablement stoppés : vous êtes condamnés à vivre le restant de vos jours comme les enfants que vous étiez au moment de votre diagnostic, des enfants qui croient à une vie après la fin d'un roman. Et nous, adultes, cela nous fait pitié, alors nous payons pour vos traitements, pour vos machines à oxygène. Nous vous nourrissons alors qu'il y a peu de chance que vous viviez assez longtemps pour...

– PETER! l'a interrompu Lidewij.

– Vous êtes les effets secondaires d'un processus

évolutif qui fait peu de cas des vies individuelles. Vous êtes une expérience de mutation ratée.

– JE DÉMISSIONNE! a hurlé Lidewij.

Elle avait les larmes aux yeux. Mais je n'étais pas en colère. Van Houten cherchait le moyen le plus douloureux de dire la vérité, sauf que je connaissais déjà la vérité. J'avais passé des années à contempler des plafonds, de celui de ma chambre à celui des urgences, si bien que j'avais découvert, il y a fort longtemps, les moyens les plus douloureux d'imaginer ma propre maladie. Je me suis avancée vers lui.

– Écoutez-moi bien, monsieur Je-porte-des-pyjamas-bleu-layette, vous ne m'apprendrez rien sur ma maladie que je ne sache déjà. Je ne veux savoir qu'une chose avant de sortir de votre vie à tout jamais : QU'EST-IL ARRIVÉ À LA MÈRE D'ANNA?

Il a levé son double menton plus ou moins vers moi et a haussé les épaules.

– Je ne peux pas plus vous dire ce qui arrive à la mère d'Anna que ce qui arrive au narrateur de Proust ou à la sœur de Holden Caulfield ou à Huckleberry Finn après son départ vers l'Ouest.

– Arrêtez de raconter des CONNERIES! Dites-le-moi! Inventez quelque chose!

– Non, et je vous prierais de ne pas jurer sous mon toit. Ce n'est pas seyant dans la bouche d'une jeune fille.

Je n'étais toujours pas en colère, pas exactement, mais je ne pouvais pas renoncer à ce qu'il m'avait promis. J'ai senti quelque chose monter en moi et j'ai frappé la main gonflée qui tenait le verre de whisky, du plat de la mienne. Ce qui restait de liquide a éclaboussé le visage bouffi de Van Houten, le verre a rebondi sur son nez, puis il a décrit des pirouettes dans l'air avant de se briser en s'écrasant sur les lattes du vieux plancher.

– Lidewij, a demandé calmement Van Houten. Je prendrais bien un martini s'il vous plaît, avec un soupçon de vermouth.

– J'ai démissionné, a répondu Lidewij au bout de quelques secondes.

– Ne soyez pas ridicule.

Je ne savais plus quoi faire. Être aimable n'avait pas marché. Être méchante n'avait pas marché. J'avais besoin d'une réponse. J'avais fait ce long voyage, je m'étais emparée du vœu d'Augustus, il fallait que je sache.

– Avez-vous jamais pris le temps de vous demander, a-t-il dit d'une voix pâteuse, pourquoi vos questions idiotes étaient aussi importantes pour vous ?

– VOUS AVIEZ PROMIS ! ai-je crié et, dans ce cri, j'ai entendu les gémissements d'impuissance d'Isaac le soir du Massacre des trophées.

Van Houten n'a pas répondu.

J'étais toujours penchée au-dessus de lui, dans l'attente de sa réponse, quand j'ai senti la main d'Augustus sur mon bras. Il m'a entraînée vers la porte et je l'ai suivi, tandis que Van Houten se plaignait à Lidewij de l'ingratitude des adolescents d'aujourd'hui, de la mort de la bienséance, ce à quoi Lidewij a répondu de façon quelque peu hystérique, en néerlandais et à toute vitesse.

– Je vous prie d'excuser mon ancienne assistante, nous a alors dit Van Houten. Le néerlandais n'est pas tant une langue qu'une maladie de la gorge.

Augustus m'a fait sortir de la pièce et nous avons franchi la porte pour retrouver le printemps tardif et sa pluie de confettis.

J'aurais aimé m'enfuir à toute vitesse, mais ce n'était pas du tout envisageable. Augustus a porté mon chariot pour m'aider à descendre l'escalier, puis on est repartis en direction du Filosoof, sur un trottoir irrégulier en briques rectangulaires savamment enchevêtrées. Pour la première fois depuis l'épisode de la balançoire, je me suis mise à pleurer.

– Ého, a murmuré Augustus en me touchant la taille. Ça va, ne t'en fais pas.

J'ai hoché la tête et je me suis essuyé les yeux du dos de la main.

– Il est vraiment trop naze.

J'ai hoché la tête à nouveau.

– Je t'écrirai un épilogue, a-t-il déclaré, ce qui m'a fait pleurer encore plus fort. Je le ferai, je te le promets. Un truc bien mieux que n'importe quelle connerie que cet ivrogne pourrait écrire. Il a le cerveau en compote. Il ne se rappelle même plus avoir écrit son livre. Je suis dix fois plus capable que lui de faire ça. Il y aura du sang et des tripes, et des sacrifices. Ce sera un croisement entre *Une impériale affliction* et *Le Prix de l'aube*. Tu vas adorer.

J'ai hoché la tête encore une fois, avec un sourire factice. Alors il m'a prise dans ses bras, ses bras forts qui m'ont attirée contre son torse puissant. J'ai encore versé quelques larmes dans son polo, puis j'ai retrouvé suffisamment mon calme pour pouvoir parler.

– J'ai gaspillé ton vœu pour cette face de rat, ai-je dit.

– Hazel Grace, je te confirme que tu as bien utilisé mon seul et unique vœu, mais pas pour lui. Tu l'as utilisé pour nous.

J'ai entendu un *clac clac* de talons hauts derrière nous. Je me suis retournée. C'était Lidewij qui nous courait après, son eye-liner lui dégoulinait sur les joues et comme on pouvait s'y attendre, elle était bouleversée.

– Et si on allait visiter la maison d'Anne Frank ? nous a-t-elle proposé.

– Je ne vais nulle part avec ce monstre, a répondu Augustus.

– Il n'est pas invité, a précisé Lidewij.

Augustus me tenait toujours contre lui de façon protectrice, sa main sur ma joue.

– Je ne crois pas… a-t-il commencé, mais je l'ai coupé.

– Allons-y.

Je voulais toujours obtenir des réponses de Van Houten. Mais je ne voulais pas que ça. Augustus et moi n'avions plus que deux jours à passer à Amsterdam, et je n'allais pas laisser un triste vieillard me les gâcher.

Lidewij conduisait une grosse Fiat grise dont le moteur faisait à peu près le même bruit qu'une petite fille de quatre ans surexcitée. Durant tout le trajet, elle n'a pas cessé de s'excuser.

– Je suis vraiment désolée. Il n'a aucune excuse. C'est un homme malade, a-t-elle dit. J'ai cru que ça l'aiderait de vous rencontrer, de se rendre compte que son livre avait façonné de vraies vies, mais… je suis désolée. J'ai extrêmement honte.

Ni Augustus ni moi n'avons répondu. J'étais assise à l'arrière derrière lui. J'ai glissé ma main entre la portière et son siège pour prendre la sienne, mais je ne l'ai pas trouvée. Lidewij a poursuivi :

– Je continue à travailler pour lui parce que je pense que c'est un génie et parce qu'il me paie très bien, mais il est devenu odieux.

– Je suppose qu'il a gagné beaucoup d'argent avec son livre, ai-je dit quelques instants plus tard.

– Oh non, non, Peter est un Van Houten. Au XVIIe siècle, son ancêtre a découvert comment mélanger de l'eau et du cacao. Certains membres de la famille Van Houten ont émigré aux États-Unis, il y a fort longtemps, et Peter descend de cette branche-là, mais après la parution de son roman, il est venu s'installer en Hollande. Il est la honte de cette grande famille.

Le moteur a hurlé. Lidewij a changé de vitesse et on a franchi un pont qui enjambait un canal.

– Ce sont les circonstances… a-t-elle repris. Ce sont les circonstances qui l'ont rendu si cruel. Ce n'est pas un mauvais homme. Mais aujourd'hui, je n'aurais jamais cru… lorsqu'il a prononcé toutes ces horreurs, je n'en revenais pas. Je suis désolée, tellement désolée.

On a dû se garer un pâté de maisons plus loin que la maison d'Anne Frank et, pendant que Lidewij faisait la queue pour acheter les billets, je me suis assise contre le tronc d'un petit arbre, d'où je voyais les péniches amarrées sur le canal Prinsengracht.

Augustus était debout à côté de moi, il faisait décrire des cercles paresseux à mon chariot juste pour voir les roues tourner. J'avais envie qu'il s'asseye à côté de moi, mais je savais que c'était compliqué pour lui de s'asseoir, et de se relever encore plus.

– Ça va ? m'a-t-il demandé en baissant les yeux vers moi.

J'ai haussé les épaules et je lui ai pris le mollet. C'était le faux, mais je ne l'ai pas lâché. Il m'a regardée.

– Je voulais… ai-je dit.

– Je sais, m'a-t-il interrompue. Je sais. Le monde n'est décidément pas une usine à exaucer les vœux.

Ça m'a fait sourire.

Lidewij est revenue avec les billets, mais elle était consternée.

– Il n'y a pas d'ascenseur, a-t-elle annoncé. Je suis vraiment désolée.

– Ça ne fait rien, ai-je dit.

– Non, il y a beaucoup de marches, des marches très raides, a-t-elle expliqué.

– Ça ne fait rien, ai-je répété.

Augustus s'apprêtait à dire quelque chose, mais je l'ai coupé.

– Ça va, je vais y arriver.

La visite a commencé dans une salle où était projetée une vidéo sur les juifs de Hollande, l'invasion nazie et la famille Frank. Puis on est montés à l'étage, dans la maison du canal où se trouvaient les anciens bureaux d'Otto Frank. Je gravissais les marches lentement et Augustus aussi, mais je me sentais forte. Très vite, je me suis trouvée devant la célèbre bibliothèque derrière laquelle Anne Frank, sa famille et quatre autres personnes s'étaient cachées. La bibliothèque était entrouverte et, derrière, il y avait un autre escalier, encore plus raide et juste assez large pour laisser passer une personne. La salle était pleine de visiteurs et je ne voulais pas ralentir les autres, mais Lidewij a dit :

– Si tout le monde veut bien être patient, s'il vous plaît.

J'ai commencé à monter l'escalier, Lidewij était derrière moi, elle portait mon chariot, et Gus était derrière elle.

Il y avait quatorze marches. Je ne pouvais pas m'empêcher de penser aux gens derrière moi – des adultes pour la plupart, qui parlaient toutes sortes de langues –, de ressentir de la honte, d'avoir l'impression d'être un fantôme qui hante et réconforte à la fois, mais j'y suis arrivée. Je suis entrée dans une pièce affreusement vide, je me suis adossée contre un mur avec mon cerveau qui disait à mes poumons : « Tout va bien, tout va bien, calmez-vous ! »,

et mes poumons qui répondaient à mon cerveau :
« Oh mon Dieu ! On va mourir ici. » Je n'ai même pas
vu Augustus entrer dans la pièce, mais il est venu
me rejoindre en s'essuyant le front avec la main, et
il m'a dit :

– Tu es une championne.

Après m'être reposée quelques minutes contre le
mur, je suis entrée dans la pièce suivante, la chambre
qu'Anne avait partagée avec Fritz Pfeffer, le dentiste.
L'endroit était microscopique et vide. On n'aurait
jamais pu deviner que quelqu'un avait vécu là, si ce
n'est grâce aux photos découpées dans les magazines
et dans les journaux qu'Anna avait placardées au mur
et qui s'y trouvaient toujours.

Un autre escalier menait à la pièce où la famille Van
Pels avait vécu, et celui-ci était encore plus raide que
le précédent. Il avait dix-huit marches, c'était une
échelle améliorée, en fait. Je me suis approchée du
pied et j'ai regardé vers le haut en pensant que je
n'étais sûrement pas capable de le monter, sauf que la
seule façon d'en être sûre, c'était d'essayer.

– Rentrons, a proposé Augustus dans mon dos.

– Ça va, ai-je répondu doucement.

C'est idiot, mais je n'arrêtais pas de me dire que je
le lui devais – je parle d'Anne Frank – parce qu'elle
était morte et que je ne l'étais pas, parce qu'elle était

restée silencieuse, qu'elle avait laissé les volets fermés, qu'elle avait tout fait comme il faut et qu'elle était morte quand même. Par conséquent, je me devais de visiter les autres espaces dans lesquels elle avait vécu, au cours des années qui avaient précédé son arrestation par la Gestapo.

J'ai commencé à monter l'escalier ou plutôt à grimper à quatre pattes comme un petit enfant, d'abord lentement pour pouvoir respirer, puis plus vite parce que je ne pouvais pas respirer et que je voulais arriver en haut avant que tout lâche. À mesure que je me hissais, des zones sombres sont apparues à la périphérie de mon champ de vision, dix-huit marches, affreusement raides. J'ai finalement atteint le sommet, quasiment aveugle et nauséeuse, les muscles de mes bras et de mes jambes réclamant de l'oxygène à cor et à cri. Je me suis affalée contre un mur, la poitrine secouée de quintes de toux imbibées d'eau. Au-dessus de ma tête, une vitrine en verre, vide, était plaquée contre le mur, j'ai regardé le plafond à travers celle-ci en m'efforçant de ne pas m'évanouir.

Lidewij s'est accroupie à côté de moi.

– Tu es arrivée en haut, c'est fini.

J'ai hoché la tête. J'avais vaguement conscience des adultes autour de moi qui me jetaient des coups d'œil inquiets ; de Lidewij qui leur parlait doucement en passant d'une langue à l'autre; d'Augustus debout à côté de moi, de sa main qui caressait mes cheveux tout le temps que je suis restée là.

Au bout d'un long moment, Lidewij et Augustus m'ont aidée à me relever et j'ai pu voir ce que la vitrine en verre protégeait: des marques au crayon sur le mur. Elles mesuraient la hauteur des enfants qui avaient vécu là, dans l'annexe, à mesure qu'ils grandissaient, centimètre après centimètre, jusqu'à ce qu'ils aient cessé de grandir.

Après cette pièce, on a quitté l'espace où les Frank avaient vécu, mais sans quitter le musée pour autant: sur les murs d'un étroit couloir, les photos des huit résidents de l'annexe étaient exposées avec, pour cha-cun, une notice en dessous, indiquant comment, où et quand ils étaient morts.

– C'est le seul membre de la famille à avoir survécu à la guerre, a indiqué Lidewij en montrant la photo d'Otto, le père d'Anne.

Elle parlait tout bas comme on le fait dans une église.

– Mais ce n'est pas à la guerre qu'il a survécu, a répliqué Augustus, c'est au génocide.

– C'est vrai, a dit Lidewij. Je me demande comment on arrive à vivre sans sa famille. Je ne sais vraiment pas.

En lisant ce qui concernait les sept personnes dis-parues, j'ai pensé à Otto, qui n'avait plus été père et à qui il n'était resté qu'un journal à la place de sa femme et de ses deux filles. Au bout du couloir, dans une autre salle, un livre énorme, plus épais qu'un dictionnaire, recensait les noms des cent trois mille personnes originaires des Pays-Bas qui avaient péri durant l'extermination des juifs d'Europe. (Seuls cinq mille juifs hollandais avaient survécu à la déportation, indiquait une étiquette, cinq mille Otto Frank.) Le livre était ouvert à la page où était inscrit le nom d'Anne, mais ce qui m'a interpellée, c'est que, juste en dessous de son nom, il y avait ceux de quatre Aron Frank. Quatre! Quatre Aron Frank sans musée, sans repères historiques, sans personne pour les pleurer. J'ai pris la résolution de prier pour les quatre Aron Frank aussi longtemps que je serais sur terre. (Pour prier, certaines personnes ont besoin de croire en un dieu homologué et tout-puissant, pas moi.)

En parvenant au fond de la salle, Gus s'est arrêté et m'a demandé:

– Ça va?

J'ai dit oui.

Il a fait un geste vers la photo d'Anne qui se trouvait derrière nous à présent.

– Le pire, c'est qu'elle aurait pu vivre. Elle est morte quelques semaines avant la libération des camps.

Lidewij s'est éloignée pour regarder une vidéo, et

j'ai pris la main d'Augustus au moment où on entrait dans la salle suivante. C'était une pièce en forme de « A », dans laquelle étaient exposées les lettres qu'Otto Frank avait écrites à toutes sortes de gens pendant les mois qu'il avait consacrés à essayer de retrouver ses filles. Sur le mur, au milieu de la salle, un écran diffusait une vidéo sur lui. Il parlait en anglais.

– Est-ce qu'il reste des nazis que je pourrais traquer et traîner devant une cour de justice ? a demandé Augustus alors que nous étions penchés au-dessus des vitrines où se trouvaient les lettres d'Otto, ainsi que les réponses déchirantes qu'il avait reçues, et qui disaient toutes que non, personne n'avait vu ses filles après la Libération.

– Je pense que la plupart sont morts. Cela dit, ce n'est pas comme si les nazis avaient le monopole du mal.

– Très juste, a commenté Augustus. Tu sais ce qu'on devrait faire, Hazel Grace ? On devrait monter une équipe, on serait ces fameuses sentinelles handicapées qui parcourraient le monde pour redresser les torts, défendre les faibles et protéger ceux qui sont en danger.

Même si c'était son fantasme et pas le mien, j'ai joué le jeu. Il avait bien joué le mien.

– Notre intrépidité sera notre arme secrète, ai-je renchéri.

– Le récit de nos exploits durera aussi longtemps qu'il y aura quelqu'un pour le raconter.

– Et après ça, lorsqu'ils évoqueront l'absurdité de la compassion et de l'esprit de sacrifice des humains, les robots se souviendront de nous.

– Ils riront de leur rire de robot en se remémorant notre courageuse folie. Mais quelque chose dans leur cœur d'acier regrettera de ne pas avoir vécu et de ne pas être morts comme nous : en héros.

– Augustus Waters, ai-je murmuré, les yeux levés vers lui.

Je me suis dit qu'on ne pouvait pas embrasser quelqu'un dans la maison d'Anne Frank, puis j'ai pensé qu'après tout Anne Frank avait elle-même embrassé quelqu'un dans sa maison et qu'elle aurait sans doute été ravie que celle-ci abrite un jour l'amour de deux jeunes éclopés.

« Je dois dire que j'ai été très surpris par la profondeur des pensées d'Anne », a confié Otto Frank dans la vidéo.

Et c'est là qu'on s'est embrassés. J'ai lâché mon chariot pour glisser ma main derrière la nuque d'Augustus. Il m'a soulevée par la taille et je me suis retrouvée sur la pointe des pieds, tandis que ses lèvres venaient à la rencontre des miennes. J'ai senti le souffle me manquer d'une façon à la fois nouvelle et fascinante. L'espace autour de nous s'est évaporé et, pendant un étrange instant, j'ai vraiment aimé mon corps ; ce corps détruit par le cancer que j'avais passé des années à trimballer partout me semblait soudain valoir la peine que je me batte pour lui, valoir la peine que je supporte les tubes dans ma poitrine, les cathéters et les trahisons incessantes des tumeurs.

« Elle était très différente de la petite fille que j'avais connue. Anne ne montrait pas ce genre de sentiment personnel », a poursuivi Otto Frank.

Le baiser a duré une éternité tandis qu'Otto Frank continuait de parler dans mon dos. « Et j'en suis arrivé à la conclusion, malgré les excellents rapports que j'avais avec Anne, qu'on ne connaît jamais vraiment ses enfants. »

Je me suis rendu compte que j'avais les yeux fermés, je les ai ouverts. Augustus me regardait, je n'avais jamais vu ses yeux bleus d'aussi près. Un attroupement s'était formé autour de nous. Les gens devaient être en colère. Horrifiés même. Ces adolescents incapables de maîtriser leurs pulsions qui s'envoyaient en l'air devant la vidéo d'un ex-père à la voix brisée.

Je me suis écartée d'Augustus, il a déposé un baiser sur mon front et j'ai regardé mes pieds. Et là, les gens ont applaudi, tous les adultes se sont mis à applaudir. Il y en a même un qui a crié : « Bravo ! » avec un accent de je ne sais quel pays d'Europe. Augustus s'est incliné en souriant et, moi, j'ai fait une petite révérence en riant, ce qui nous a valu d'autres applaudissements.

On a redescendu les escaliers en laissant passer les adultes en premier et, juste avant d'arriver à la cafétéria (où, par chance, un ascenseur nous a ramenés au rez-de-chaussée, à la boutique de souvenirs), on a pu voir certaines pages du journal d'Anne ainsi qu'un recueil de citations qu'elle avait compilées et qui n'a pas été publié. Le recueil était ouvert à la page d'une citation de Shakespeare : « Car, quel est l'homme si ferme qu'on ne puisse le séduire ? »

Lidewij nous a raccompagnés au Filosoof. Devant l'hôtel, Augustus et moi sommes restés sur le trottoir quelques instants à nous faire mouiller par la bruine qui s'était mise à tomber.

Augustus : Tu veux sûrement te reposer.

Moi : Non, ça va.

Augustus : OK. (*Petit silence.*) À quoi tu penses ?

Moi : À toi.

Augustus : Et alors ?

Moi : « Je ne sais ce que je préfère, / La beauté des inflexions / Celle des sous-entendus. / Le merle sifflotant, / Ou juste après. »

Augustus : Tu es irrésistible !

Moi : On pourrait aller dans ta chambre.

Augustus : Je ne dis pas non.

On s'est faufilés dans le minuscule ascenseur dont toutes les parois étaient en miroir, le sol compris. Il a fallu tirer la porte nous-mêmes pour qu'elle se referme, puis la vieille cabine brinquebalante a commencé sa lente ascension jusqu'au premier étage. J'étais fatiguée, je transpirais, j'avais surtout peur d'avoir une sale tête et de sentir mauvais. Mais malgré ça, j'ai embrassé Augustus dans l'ascenseur. Puis il s'est écarté pour me montrer les miroirs.

– Regarde ! Une infinité d'Hazel.

– Certains infinis sont plus vastes que d'autres, ai-je répliqué d'une voix traînante pour imiter Van Houten.

– Quel clown, a soupiré Augustus.

L'ascenseur a fini par arriver au premier étage et s'est arrêté avec une secousse. Augustus a poussé la porte en miroir pour l'ouvrir. Mais, lorsqu'elle s'est entrouverte, il l'a lâchée, le visage crispé par la douleur.

– Ça va ? lui ai-je demandé.

– Oui, oui, m'a-t-il répondu un instant après. Cette porte est vraiment lourde, c'est tout.

Il l'a poussée à nouveau et m'a laissée passer devant lui, mais, comme je ne savais pas quelle direction prendre dans le couloir, je suis restée devant l'ascenseur et lui aussi, le visage toujours crispé.

– Ça va ? ai-je répété.

– Je manque juste un peu d'entraînement, Hazel Grace. Tout va bien.

On était dans le couloir et il ne me conduisait pas à sa chambre ni rien, et je ne savais pas où elle était et comme il ne bougeait pas, j'ai pensé qu'il cherchait un moyen de se défiler, que je n'aurais jamais dû lui proposer de monter, que ce n'était pas à la fille de faire le premier pas et donc que j'avais dégoûté Augustus Waters, qui restait planté là à me regarder sans ciller, en essayant de trouver une façon polie de s'extirper de cette situation. C'est alors qu'au bout d'un temps infini il a dit :

– C'est juste au-dessus de mon genou, ça rétrécit un peu et puis après, ce n'est plus que de la peau. Il y a une cicatrice affreuse, mais elle ressemble à…

– De quoi tu parles ?

– De ma jambe, a-t-il répondu. Je voulais que tu sois préparée au cas où tu la verrais ou…

– Oh, arrête avec ça ! ai-je dit, et j'ai parcouru les quelques pas qui me séparaient de lui.

Je l'ai plaqué contre le mur et je l'ai embrassé avec fougue, et j'ai continué à l'embrasser pendant qu'il cherchait la clef de sa chambre à tâtons dans sa poche.

On s'est glissés dans son lit. Je n'étais pas libre de tous mes mouvements à cause de ma bombonne d'oxygène, mais malgré ça, j'ai réussi à me mettre à califourchon sur lui, à lui retirer son polo et à goûter la sueur sur sa peau juste sous sa clavicule en lui murmurant :

– Je t'aime, Augustus Waters.

À ces mots, j'ai senti le corps d'Augustus se détendre sous le mien. Il a essayé de me retirer mon T-shirt, mais celui-ci s'est entortillé avec ma canule. J'ai éclaté de rire.

***

– Comment est-ce que tu arrives à faire ça tous les jours ? m'a-t-il demandé pendant que je dépêtrais mon T-shirt de mon tube.

J'ai alors bêtement pensé que ma culotte rose n'était pas assortie à mon soutif violet, comme si les garçons faisaient attention à ce genre de choses. J'ai enlevé mon pantalon et mes chaussettes sous la couette, puis je l'ai regardée s'agiter tandis que, dessous, Augustus retirait d'abord son jean, puis sa jambe.

On était allongés sur le dos, l'un à côté de l'autre, sans que rien ne soit visible et, au bout d'une seconde, j'ai avancé la main vers sa cuisse et je l'ai laissée glisser jusqu'au moignon, jusqu'à la peau meurtrie par la cicatrice. J'ai tenu le moignon dans ma main, Augustus a tressailli.

— Ça fait mal ? ai-je demandé.

Il s'est tourné sur le côté et m'a embrassée.

— Tu me fais complètement craquer, ai-je dit, ma main toujours sur sa cuisse.

— Je commence à me demander si tu n'es pas une fétichiste de l'amputation, a-t-il répondu en m'embrassant.

J'ai rigolé.

— Je suis une fétichiste d'Augustus Waters, ai-je rétorqué.

Toute l'affaire s'est révélée à l'opposé de ce que j'avais imaginé : ce fut lent, patient, silencieux, ni spécialement douloureux ni spécialement délirant. On a eu pas mal de problèmes de pose de préservatif auxquels je n'ai pas particulièrement prêté attention. La tête de lit n'a pas été cassée. Aucun cri n'a déchiré le silence. Honnêtement, je n'avais jamais passé un moment aussi long avec Augustus sans échanger un seul mot.

La seule chose qui n'a pas échappé aux stéréotypes

est ce qui a suivi : après avoir fait l'amour, alors que j'écoutais les battements de son cœur, le visage contre sa poitrine, Augustus m'a dit :

— Hazel Grace, je ne peux littéralement plus garder les yeux ouverts.

— Usage incorrect de littéralement, ai-je répliqué.

— Non, a-t-il répondu. Je suis trop... fatigué.

Il a tourné le visage de l'autre côté. Mon oreille toujours pressée contre sa poitrine, j'ai écouté ses poumons ralentir le rythme de sa respiration à mesure qu'il s'endormait. Au bout d'un moment, je me suis levée, je me suis rhabillée, j'ai trouvé du papier à lettres à en-tête de l'hôtel Filosoof et je lui ai écrit une lettre d'amour :

Cher Augustus,

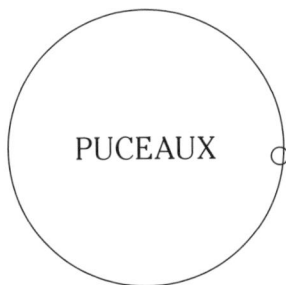

PUCEAUX ← Mecs de dix-sept ans unijambistes

Bien à toi,
Hazel Grace

Chapitre treize

LE LENDEMAIN matin, pour commencer notre dernière journée complète à Amsterdam, Maman, Augustus et moi, avons parcouru les quelques centaines de mètres qui séparaient l'hôtel de Vondelpark, et nous sommes installés à la terrasse d'un café qui bordait le Musée national du cinéma. Tout en buvant nos cafés crème – que les Hollandais appellent « faux cafés » sous prétexte qu'ils contiennent plus de lait que de café – à l'ombre tachetée d'un grand marronnier, on s'est lancés, avec Augustus, dans le récit de notre entrevue avec le grand Peter Van Houten.

On en a fait quelque chose de comique. Je crois qu'on peut choisir dans la vie comment on a envie de raconter une histoire triste, et Augustus et moi avons choisi la manière drôle : Augustus s'est affalé sur sa chaise, imitant Van Houten qui parlait avec la langue pâteuse, incapable de se relever, et moi j'ai joué mon propre rôle de dure à cuire qui fulminait.

– Levez-vous, espèce de vieux croûton bedonnant et moche ! ai-je crié.

– Tu lui as vraiment dit qu'il était moche ? s'est étonné Augustus.

– On s'en fiche, reste dans le personnage, ai-je répliqué.

– Chuis pas moche. C'est toi la moche avec ton bidule dans le nez.

– Vous êtes un lâche ! ai-je tonné, et Augustus a mis fin à la scène en éclatant de rire.

On a aussi raconté à Maman notre visite à la maison d'Anne Frank, sans parler du baiser.

– Vous êtes retournés chez Van Houten, ensuite ? a-t-elle demandé.

Augustus ne m'a même pas laissé le temps de rougir.

– Non, on s'est installés à une terrasse de café, et Hazel a fait des plaisanteries diagramme-de-venniennes pour me faire rire.

Il m'a jeté un coup d'œil en coin. Il était irrésistible.

– Ça devait être charmant. Je vais aller me promener, ça vous laissera le temps de discuter tous les deux, a-t-elle ajouté avec une légère tension dans la voix en regardant Gus. On pourra faire un tour sur les canaux plus tard, si vous voulez.

– Ah, OK, ai-je répondu.

Maman a laissé un billet de cinq euros sous la soucoupe de sa tasse à café, puis elle m'a embrassée sur le sommet du crâne en me murmurant :

– Je t'aime t'aime t'aime.

Ça faisait deux « t'aime » de plus que d'habitude.

Gus m'a montré les ombres de l'arbre qui se croisaient et se décroisaient sur le ciment de la terrasse.

– C'est beau, hein ?

– Oui.

– Belle métaphore, a-t-il marmonné.

– Laquelle ? ai-je demandé.

– L'image en négatif de choses qu'un souffle rassemble puis sépare, a-t-il répondu.

Des centaines de gens passaient devant nous, certains faisaient leur jogging, d'autres étaient à vélo ou sur des rollers. Amsterdam était une ville faite pour le mouvement et l'activité, une ville peu propice aux voitures et dont je me sentais forcément exclue. Mais que c'était beau, ce ruisseau qui courait autour de l'arbre énorme, ce héron immobile au bord de l'eau, à la recherche de son petit déjeuner au milieu de millions de pétales d'ormes qui flottaient à la surface !

Augustus ne voyait rien de tout ça. Il semblait absorbé par les ombres mouvantes. Finalement, il a dit :

— Je pourrais rester à regarder ça toute la journée, mais on ferait mieux de rentrer à l'hôtel.

— On a le temps ? ai-je demandé.

Il a eu un sourire triste.

— Si seulement, a-t-il dit.

— Qu'est-ce qui ne va pas ? ai-je demandé.

Il m'a indiqué la direction de l'hôtel d'un signe de tête.

On a marché en silence, Augustus à peine quelques centimètres devant moi. J'avais trop peur de lui demander si j'avais raison d'avoir peur.

Je ne sais pas si vous connaissez la pyramide des besoins de Maslow. En tout cas, un certain Abraham Maslow s'est rendu célèbre grâce à une théorie qui stipule que certains besoins doivent être satisfaits avant même que d'autres besoins puissent se manifester. La pyramide ressemble à ça :

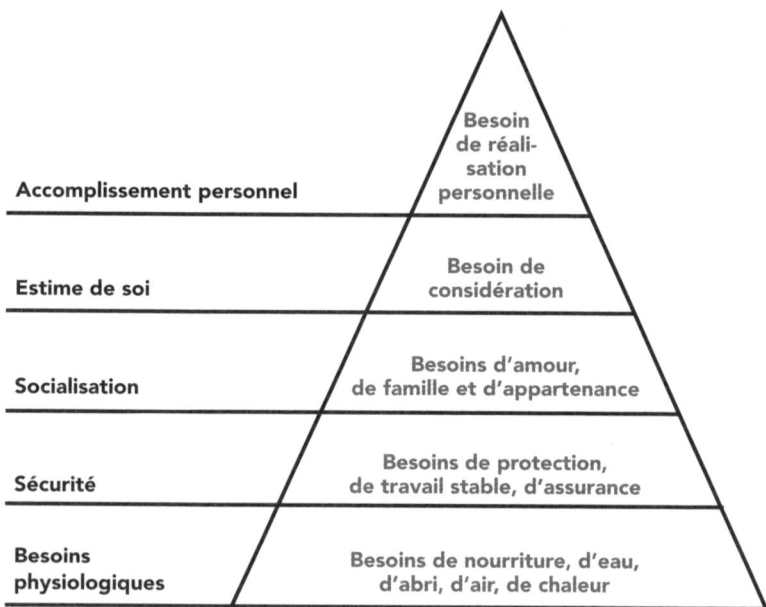

PYRAMIDE DES BESOINS DE MASLOW

Une fois nos besoins en nourriture et en eau comblés, on passe au niveau supérieur des besoins, qui est celui des besoins de sécurité, puis au suivant, puis au suivant, mais le truc important d'après Maslow, c'est que, tant que nos besoins physiologiques ne sont pas satisfaits, on ne se préoccupe même pas de nos besoins de sécurité ou de sociabilité, sans parler d'accomplissement personnel, qui est le stade où on commence à peindre, ou à réfléchir à la moralité, ou à se pencher sur la physique quantique, enfin ce genre de trucs.

Selon Maslow, j'étais coincée au deuxième niveau de la pyramide, incapable de me sentir en sécurité sur le plan de la santé et, par conséquent, incapable d'accéder à l'amour, l'estime de moi-même, à l'art et à je ne sais quoi encore, ce qui est complètement débile. Le besoin de peindre ou de faire de la philosophie ne disparaît pas quand on est malade. Il est simplement transfiguré par la maladie.

Si on s'en référait à la pyramide de Maslow, j'étais moins humaine que les autres humains, et la plupart des gens étaient d'accord avec ça. Mais pas Augustus. J'avais toujours pensé qu'il pouvait m'aimer parce que lui aussi avait été malade. Je réalisais seulement maintenant qu'il l'était peut-être encore.

On est arrivés dans ma chambre, la Kierkegaard. Je me suis assise sur le lit en espérant qu'il vienne me rejoindre, mais il s'est laissé tomber dans le fauteuil poussiéreux à motifs cachemire. Quel âge avait ce fauteuil? Cinquante ans?

J'ai senti la boule dans ma gorge se durcir tandis que je le regardais sortir une cigarette de son paquet, puis la glisser entre ses lèvres. Il s'est renversé contre le dossier et il a soupiré.

– Juste avant que tu entres en soins intensifs, j'ai commencé à avoir mal à la hanche.

– Non! me suis-je écriée.

La panique m'a submergée.

Il a hoché la tête.

– Donc je suis allé faire un PET scan.

Il s'est tu, il a arraché la cigarette de sa bouche et il a serré les dents.

J'avais consacré le plus clair de ma vie à m'efforcer de ne pas pleurer devant les gens qui m'aimaient, je savais donc ce qu'Augustus était en train de faire. Vous serrez les dents, vous relevez la tête, vous vous dites que, s'ils vous voient pleurer, ils vont avoir mal, et que vous ne serez jamais rien d'autre que de la tristesse dans leur vie. Et, comme vous ne voulez pas qu'ils vous résument à de la tristesse, vous ne pleurez pas, vous vous dites tout ça dans votre tête en regardant le plafond, puis vous déglutissez un grand coup, même si votre gorge s'y oppose, et vous regardez la personne qui vous aime en souriant.

Il m'a décoché son sourire en coin, puis il a dit :

– J'ai scintillé comme un arbre de Noël, Hazel Grace. Ma plèvre, ma hanche gauche, mon foie, il y en avait partout.

Partout. Le mot est resté suspendu dans l'air. On savait tous les deux ce que ça voulait dire. Je me suis levée, je me suis traînée avec mon chariot pour traverser la pièce dont la moquette était sans doute plus vieille qu'Augustus ne le serait jamais. Je me suis agenouillée au pied du fauteuil, j'ai posé la tête sur ses genoux et j'ai entouré sa taille de mes bras.

Il m'a caressé les cheveux.

— Je suis tellement désolée.

— Je te demande pardon de ne pas te l'avoir dit plus tôt, a-t-il murmuré d'une voix calme. Je crois que ta mère est au courant. Je l'ai vu dans son regard. La mienne a dû la prévenir. Et j'aurais dû te prévenir aussi. J'ai été bête, égoïste.

Je savais pourquoi il ne m'avait rien dit. C'était pour la même raison que j'avais refusé qu'il me voie en soins intensifs. Je ne pouvais pas être en colère, même pas une seconde. Je comprenais, maintenant que j'étais amoureuse d'une grenade, à quel point c'était stupide de vouloir sauver les autres de ma propre explosion imminente : je ne pouvais pas désaimer Augustus Waters. Et je n'en avais aucune envie.

— Ce n'est pas juste, ai-je dit. C'est vraiment trop pas juste ! me suis-je écriée.

— Le monde n'est pas une usine à exaucer les vœux, a-t-il répliqué avant d'éclater en sanglots, des sanglots qui ont duré à peine une seconde, comme un rugissement d'impuissance, ou un coup de tonnerre sans éclairs, d'une intensité terrible que les amateurs dans le domaine de la souffrance confondent avec de la faiblesse. Puis il m'a attirée contre lui, son visage à quelques centimètres du mien, déterminé.

– Je me battrai, je me battrai pour toi. Ne t'en fais pas pour moi, Hazel Grace. Je me sens bien. Je vais trouver un moyen de rester dans le coin et de t'embêter pendant encore un bon moment.

Je pleurais. Mais, même à ce moment, il restait fort, me serrant tout contre lui, tellement que je pouvais voir le dessin des muscles de ses bras quand il m'a dit :

– Je suis désolé. Ça va aller. Tout ira bien. Je te le promets.

Et il m'a fait son sourire en coin. Puis il m'a embrassée sur le front et j'ai senti son torse puissant se relâcher légèrement.

– Il semblerait que j'aie une *hamartia* finalement.

Au bout d'un moment, je l'ai entraîné vers le lit et on s'est allongés l'un contre l'autre. Il m'a raconté qu'il avait commencé une chimio palliative, mais qu'il l'avait laissée tomber pour venir à Amsterdam, même si ses parents étaient furieux. Ils avaient fait des pieds et des mains pour l'empêcher de partir jusqu'à ce fameux matin où je l'avais entendu crier que sa vie lui appartenait.

– On aurait pu repousser le voyage, ai-je dit.

– Non, on n'aurait pas pu, a-t-il répondu. De toute façon, ça ne marchait pas. Je le sentais que ça ne marchait pas, tu comprends ?

J'ai acquiescé.

– C'est vraiment nul, tout ça, ai-je murmuré.

– Ils essaieront autre chose à mon retour. Ils ont toujours de nouvelles idées.

– Oui, ai-je dit, ayant moi-même servi de cobaye.

– Je t'ai un peu arnaquée en te faisant croire que tu tombais amoureuse d'un type en bonne santé, a-t-il dit.

J'ai haussé les épaules.

– Je t'aurais fait la même chose.

– Non, sûrement pas, mais on ne peut pas tous être aussi géniaux que toi.

Il m'a embrassée, puis il a fait la grimace.

– Ça fait mal ? ai-je demandé.

– Non, c'est juste que…

Il a contemplé le plafond un long moment avant de poursuivre :

– J'aime cette vie. J'aime boire du champagne. J'aime ne pas fumer. J'aime entendre les Hollandais parler hollandais. Et maintenant… Je n'ai même pas le droit à un combat.

– Tu dois te battre contre le cancer, ai-je répliqué. C'est ça, ta bataille. Et tu vas continuer de lutter.

Je détestais quand les gens essayaient de me motiver à me battre. Et voilà que je faisais la même chose avec lui.

– Tu… tu vas vivre aujourd'hui le meilleur de ta vie. C'est ça ta guerre désormais.

Je m'en voulais d'utiliser des arguments aussi nuls, mais qu'est-ce que j'avais d'autre à lui proposer?

– Tu parles d'une guerre, a-t-il soupiré. Contre qui je suis en guerre? Contre mon cancer? Et mon cancer, c'est qui? C'est moi. Les tumeurs sont faites de moi. Elles sont faites de moi comme mon cerveau, mon cœur sont faits de moi. C'est une guerre civile, Hazel Grace, dont le vainqueur est déjà désigné.

– Gus, ai-je murmuré.

Que dire d'autre? Gus était trop intelligent pour se contenter de ce type de consolation.

– OK, a-t-il dit.

Mais rien n'était OK. Quelques instants plus tard, il m'a dit:

– Si tu vas au Rijksmuseum, ce que j'aurais adoré faire – mais qu'est-ce que je raconte, aucun de nous deux n'est en état de visiter un musée. Mais bref, j'ai regardé la collection du Rijksmuseum sur Internet avant de partir. Si jamais tu y vas, et avec un peu de chance, tu iras un de ces jours, tu verras des tas de tableaux qui représentent des morts: Jésus sur la croix, des types qui se font poignarder dans le cou, d'autres qui meurent en mer ou sur un champ de bataille et une flopée de martyrs. Mais pas un seul enfant victime d'un cancer, pas un seul type qui meurt de la peste, de la variole, de la fièvre jaune ou d'un autre truc, parce qu'il n'y a aucune gloire à être malade, pas de sens à la maladie. On ne retire aucun honneur à mourir de maladie.

Abraham Maslow, permettez que je vous présente Augustus Waters, dont la curiosité existentielle éclipse celle de ses petits camarades bien nourris, couverts d'amour et en bonne santé. Alors que la plupart des hommes continuaient de mener leur vie consacrée à une consommation obscène sans se poser une seule question, Augustus Waters, lui, étudiait la collection du Rijksmuseum à distance.

– Quoi ? a-t-il demandé au bout d'un moment.

– Rien, ai-je répondu. C'est juste que…

Je n'arrivais pas à finir ma phrase, je ne savais pas comment la formuler.

– Tu me plais vraiment, vraiment, beaucoup.

Il m'a fait son petit sourire en coin, son nez à quelques centimètres du mien.

– Le sentiment est réciproque. Je suppose que tu ne peux pas l'oublier et faire comme si je n'étais pas en train de mourir.

– Je ne pense pas que tu sois en train de mourir. Je pense que tu es légèrement atteint par le cancer.

Il a souri à mon humour macabre.

– Je suis sur des montagnes russes qui ne font que monter, a-t-il déclaré.

– Et c'est mon droit et mon devoir de monter jusqu'en haut avec toi.

– Tu crois que ce serait ridicule d'essayer de faire l'amour ?

– Il n'est pas question d'essayer, ai-je répondu. Il est question de le faire !

Chapitre quatorze

PENDANT LE VOL du retour, à six mille mètres au-dessus des nuages, eux-mêmes à trois mille mètres au-dessus de la terre, Gus m'a dit :

– Il m'est arrivé de penser que ce serait génial de vivre sur un nuage.

– Oui, ai-je renchéri. Un peu comme dans les châteaux gonflables qu'il y a sur les plages, sauf que ce serait pour toujours.

– Et puis, un jour, au collège, M. Martinez, le prof de sciences, a demandé qui avait déjà rêvé de vivre dans les nuages, et toute la classe a levé la main. M. Martinez

nous a alors expliqué qu'à cette altitude le vent soufflait à deux cent quarante kilomètres à l'heure, que le
thermomètre affichait moins trente au-dessous de
zéro, qu'il n'y avait pas d'oxygène et qu'on mourait en
quelques secondes.

– Il a l'air sympa, ce M. Martinez.

– C'était un docteur ès massacre de rêves, Hazel
Grace. Tu es fascinée par les volcans ? Va donc dire ça
aux dix mille victimes de Pompéi. Tu crois encore
secrètement que la magie existe dans ce monde ?
Erreur, le monde n'est qu'un amas de molécules sans
âme qui se cognent les unes aux autres au hasard. Tu
te demandes qui s'occupera de toi si tes parents
meurent ? Tu fais bien, parce qu'avec le temps tes
parents finiront par servir de nourriture aux asticots.

– Vive l'ignorance.

Une hôtesse a remonté la travée avec un chariot
rempli de bouteilles.

– Boisson ? Boisson ? Boisson ? chuchotait-elle au
passage.

Augustus s'est penché par-dessus mon siège et il a
levé la main.

– Pourrions-nous avoir du champagne, s'il vous
plaît ?

– Vous avez vingt et un ans ? a-t-elle demandé d'un
air sceptique.

J'ai rajusté les embouts de ma canule dans mes narines avec ostentation. L'hôtesse a souri, puis a jeté un coup d'œil à ma mère qui dormait :

— Elle ne dira rien ?

— Non, ai-je répondu.

L'hôtesse nous a alors servi deux coupes de champagne. Cadeau cancer.

Gus et moi avons trinqué.

— À toi, a-t-il dit.

— À toi, ai-je dit à mon tour en faisant tinter ma coupe contre la sienne.

Nous avons bu une gorgée. Les étoiles étaient plus éteintes qu'à l'Oranjee, mais c'était bon quand même.

— Tu sais quoi ? m'a demandé Augustus. Tout ce que Van Houten a dit est vrai.

— C'est possible, mais ce n'était pas une raison pour se conduire comme ça. Je n'en reviens pas qu'il ait imaginé un avenir à Sisyphe le hamster et pas à la mère d'Anna.

Augustus a haussé les épaules. Il semblait soudain ailleurs.

— Ça va ? ai-je demandé.

Il a vaguement secoué la tête.

— Ça fait mal.

— À la poitrine ?

Il a acquiescé et serré les poings. Plus tard, il m'a

expliqué qu'il avait eu l'impression qu'un obèse uni-jambiste en talon aiguille lui était monté sur la poitrine. J'ai relevé ma tablette et je me suis penchée pour prendre une boîte de médicaments dans son sac à dos. Augustus a avalé un comprimé avec une gorgée de champagne.

– Ça va ? ai-je demandé à nouveau.

Il ouvrait et fermait le poing, en attendant que le médicament fasse effet, un médicament qui n'allait pas anéantir la douleur, mais nous (Augustus et moi) en tenir à distance.

– On aurait dit qu'il se sentait attaqué personnelle-ment, a dit Gus à mi-voix, qu'il nous en voulait de quelque chose. Je parle de Van Houten.

Il a fini sa coupe de champagne en quelques gor-gées, puis il s'est endormi.

À notre arrivée, mon père nous attendait dans la zone de retrait des bagages, au milieu des chauffeurs de limousines en costume brandissant des pancartes où étaient inscrits les noms des passagers qu'ils atten-daient : JOHNSON, BARRINGTON, CARMICHAEL. Mon père en tenait une aussi, sur laquelle il avait écrit : MA FAMILLE CHÉRIE et en dessous : (ET GUS).

Je l'ai serré dans mes bras, et il s'est mis à pleurer (bien sûr). Sur le chemin du retour, Gus et moi lui avons raconté des anecdotes sur Amsterdam. Mais ce n'est qu'à la maison, quand j'ai été branchée sur Philip et que Papa et moi mangions des pizzas américaines sur nos genoux, protégés par une serviette en papier, en regardant une bonne vieille émission de la télévision américaine, que je lui ai parlé de ce qui arrivait à Gus.

– Le cancer de Gus est revenu.

– Je sais, a-t-il dit en se penchant aussitôt vers moi. Sa mère nous a prévenus avant votre départ. Je regrette qu'il ne t'ait pas avertie plus tôt. Je suis désolé, Hazel.

Je suis restée silencieuse un long moment. Dans l'émission qu'on était en train de regarder, des gens n'arrivaient pas à décider quelle maison acheter.

– Tu sais que j'ai lu *Une impériale affliction* pendant votre absence? a dit Papa.

Je me suis tournée vers lui.

– Cool! Qu'est-ce que tu en penses?

– C'est un bon livre. Qui me dépasse un peu. Je te rappelle que mon domaine d'étude c'est la biochimie, pas la littérature. Et j'aurais préféré qu'il ait une fin.

– Oui, ai-je dit. Tout le monde s'en plaint.

– Et puis, je l'ai trouvé un peu désespéré, un peu défaitiste, a-t-il ajouté.

– Si, par défaitiste, tu veux dire honnête, alors je suis d'accord.

– Je ne crois pas que défaitisme soit synonyme d'honnêteté, a rétorqué Papa. Je refuse cette idée.

– Alors tout ce qui arrive a une explication et on finira au ciel à jouer de la harpe dans des manoirs en nuages ?

Papa a souri. Il m'a serrée fort contre lui en m'embrassant sur la tempe.

– Je ne sais pas à quoi je crois, Hazel. Je pensais qu'être adulte signifiait savoir ce à quoi on croyait, mais, en fait, ce n'est pas ce qui s'est passé pour moi.

– Oui, ai-je dit. Je comprends.

Il m'a répété qu'il était désolé pour Gus, puis il s'est remis à regarder l'émission, et les gens ont fini par choisir une maison, et j'avais toujours le bras de Papa autour de mes épaules, et j'étais sur le point de m'endormir, mais je n'avais pas envie d'aller me coucher, et alors Papa a dit :

– Tu sais à quoi je crois ? Je me rappelle d'un cours de maths que je suivais à la fac, un cours extraordinaire, donné par une toute petite vieille dame. Un jour elle était en train de parler de la transformée rapide de Fourier quand elle s'est arrêtée en plein milieu de sa phrase. Et elle a dit : « On a parfois l'impression que l'univers a envie d'être remarqué. » Voilà ce à quoi je crois, je crois que l'univers a envie d'être remarqué. Je pense que, de façon invraisemblable, l'univers favorise la conscience, qu'il récompense l'intelligence, en partie parce que l'univers adore que son élégance soit observée. Et qui suis-je, moi qui vis en plein milieu de l'histoire, pour dire à l'univers qu'il est – ou que l'observation que j'en fais est – temporaire ?

– Tu m'en bouches un coin, ai-je dit quelques instants après.

– Merci pour le compliment, a-t-il répondu.

Le lendemain après-midi, j'ai pris la voiture de ma mère pour aller voir Augustus. Une fois chez lui, j'ai mangé des sandwichs au beurre de cacahuète et à la confiture avec ses parents, à qui j'ai raconté nos aventures à Amsterdam, pendant que Gus faisait la sieste sur le canapé du salon, celui où on avait regardé *V pour Vendetta*. Je le voyais de la cuisine, il était allongé sur le dos, la tête tournée vers le dossier, on lui avait déjà posé un cathéter. Les médecins attaquaient son cancer avec un nouveau cocktail : deux médicaments utilisés en chimio, plus un récepteur de protéines censé détruire le virus oncogène. Ses parents m'ont dit qu'il avait de la chance de bénéficier de cette expérimentation thérapeutique. De la chance. Je connaissais un des médicaments qui entrait dans la composition du cocktail. Rien que le nom me donnait envie de vomir.

Un peu plus tard, Isaac est arrivé, accompagné par sa mère.

– Salut, Isaac! C'est Hazel-du-groupe-de-soutien, pas ta méchante ex-petite amie.

Sa mère l'a conduit jusqu'à moi. Je me suis levée pour l'embrasser et, après avoir tâtonné un instant, il a trouvé mes épaules et il m'a serrée très fort contre lui.

– C'était comment, Amsterdam? a-t-il demandé.

– Génial, ai-je dit

– Waters? a-t-il appelé. Tu es là, mon pote?

– Il fait la sieste, ai-je expliqué, la gorge soudain nouée.

Isaac a secoué la tête. Tout le monde s'est tu.

– Ça craint, a-t-il dit, une seconde plus tard.

Sa mère l'a guidé jusqu'à une chaise et il s'est assis.

– À Contre-Attaque, je suis toujours capable de mettre une raclée à ton petit cul aveugle, a grommelé Augustus sans se tourner vers nous.

Les médicaments ralentissaient un peu son débit naturel, mais il ne parlait pas plus lentement que quelqu'un en bonne santé.

– Je suis quasi certain que tous les petits culs sont aveugles, a répondu Isaac en cherchant sa mère à tâtons.

Elle lui a pris la main pour l'aider à se relever et elle l'a accompagné jusqu'au canapé. Isaac et Gus se sont étreints maladroitement.

– Comment tu te sens ? a demandé Isaac.

– Tout a un goût métallique. À part ça, je suis sur des montagnes russes qui ne font que monter, mon vieux, a répondu Gus, ce qui a fait rire Isaac. Et tes yeux, ça va ?

– Super, a dit Isaac. Le seul problème, c'est qu'on me les a enlevés.

– Génial, a dit Gus. Pas que je veuille jouer la surenchère, hein, mais mon corps n'est plus que cancer.

– J'avais cru comprendre, a répondu Isaac en s'efforçant de ne pas se laisser submerger par l'émotion.

Il a tâtonné vers Gus pour lui prendre la main, mais il n'a trouvé que sa cuisse.

– Je suis déjà pris, a dit Gus.

La mère d'Isaac a approché deux chaises du canapé, et Isaac et moi nous sommes assis près de Gus. J'ai pris sa main et je l'ai caressée en dessinant des cercles sur sa peau, entre son pouce et son index.

Les adultes sont descendus au sous-sol pour se témoigner mutuellement de la sympathie, ou je ne sais quoi d'autre, nous laissant tous les trois seuls au salon. Peu de temps après, Augustus a tourné la tête vers nous, un peu plus éveillé cette fois.

– Comment va Monica ? a-t-il demandé.

– Je n'ai pas eu de ses nouvelles, pas une seule fois, a répondu Isaac. Pas une carte postale, pas un e-mail.

J'ai un logiciel qui me lit mes e-mails. C'est génial. Je peux changer la voix, prendre une voix de femme ou une voix d'homme, avec accent ou pas.

– Donc, si je t'envoie une histoire porno, tu peux te la faire lire par un vieil Allemand?

– Tout à fait, a dit Isaac. D'un autre côté, j'ai encore besoin de ma mère pour ouvrir le logiciel, alors si tu peux attendre une semaine ou deux avant de m'envoyer l'histoire porno allemande, ce serait mieux.

– Elle ne t'a même pas envoyé de texto pour te demander comment tu allais? ai-je demandé.

Je trouvais ça d'une injustice flagrante.

– Silence radio, a répondu Isaac.

– C'est absurde, ai-je dit.

– J'ai arrêté d'y penser. Je n'ai pas le temps d'avoir une copine. Maintenant, j'ai un boulot à plein temps : apprendre à être aveugle.

Gus a tourné la tête vers la fenêtre qui donnait sur le jardin. Il avait les yeux fermés.

Isaac m'a demandé comment j'allais et j'ai répondu que j'allais bien. Il m'a annoncé qu'une nouvelle fille, à la voix super sexy, venait au groupe de soutien et il m'a demandé de venir vérifier si elle était effectivement sexy. Quand, tout à coup, Augustus s'est écrié :

– Comment peut-on ne pas contacter son ex alors qu'on vient de lui retirer les yeux de la tête !

– Un seul… a voulu rectifier Isaac.

– Hazel Grace, tu as quatre dollars ? a demandé Gus.

– Oui.

– Parfait. Ma jambe est sous la table basse.

Gus s'est redressé et il s'est assis au bord du canapé. Je lui ai tendu sa prothèse et il l'a fixée à sa jambe comme au ralenti.

Puis je l'ai aidé à se mettre debout et j'ai offert mon bras à Isaac pour lui éviter de se cogner dans les meubles, qui m'ont soudain paru très envahissants. J'ai réalisé alors que, pour la première fois depuis des années, j'étais la personne la plus en forme dans une pièce.

J'ai conduit. Augustus était assis à côté de moi et Isaac à l'arrière. Je me suis arrêtée à une épicerie où, suivant les instructions d'Augustus, j'ai acheté une douzaine d'œufs pendant qu'Isaac et lui m'attendaient dans la voiture. Puis, de mémoire, Isaac m'a indiqué le chemin pour aller chez Monica. Nous sommes arrivés devant une maison impersonnelle, située à proximité d'un centre sportif. La voiture de Monica, une Firebird Pontiac vert pétant des années 1990, était garée dans l'allée.

– La voiture est là ? a demandé Isaac quand il a senti que je m'arrêtais.

– Oh que oui, elle est là, a répondu Augustus. Tu sais à quoi elle ressemble, Isaac? Elle ressemble à tous les espoirs auxquels on a été fous de s'accrocher.

– Monica est chez elle?

Gus a tourné lentement la tête vers Isaac à l'arrière.

– On s'en fiche d'elle. Il ne s'agit pas d'elle, il s'agit de toi.

Gus a pris la boîte d'œufs qui reposait sur ses genoux, il a ouvert sa portière et il a balancé ses jambes dehors, puis il a ouvert la portière d'Isaac. Je l'ai regardé dans le rétroviseur aider Isaac à sortir de la voiture, puis je les ai vus s'éloigner tous les deux, l'un appuyé sur l'épaule de l'autre, un peu comme des mains en prière, pas tout à fait jointes au niveau de la paume.

J'ai descendu ma vitre, préférant assister au spectacle distance parce que le vandalisme me mettait plutôt mal à l'aise. Ils se sont approchés de la Firebird de Monica, puis Gus a ouvert la boîte d'œufs et en a donné un à Isaac. Isaac l'a lancé aussitôt, ratant la voiture d'au moins dix mètres.

– Un peu sur la gauche, lui a conseillé Augustus.

– Je l'ai jeté un peu sur la gauche, ou il faut que je vise un peu plus à gauche?

– Que tu vises plus à gauche.

Isaac a fait pivoter ses épaules.

– Encore plus, a dit Gus.

Isaac a encore pivoté.

– Oui. Parfait. Et vas-y carrément, l'a encouragé Gus en lui donnant un autre œuf.

Isaac a lancé l'œuf, qui a décrit un arc de cercle au-dessus de la voiture avant de s'écraser sur le toit en pente de la maison.

– En plein dans le mille! a dit Gus.

– C'est vrai? a demandé Isaac, tout excité.

– Non pas du tout, tu es passé à six mètres au-dessus de la voiture. Lance fort, mais plus bas. Et un peu plus sur la droite que la dernière fois.

Isaac a tendu la main et il a pris sans aide un œuf dans la boîte que Gus tenait. Il a visé et atteint un feu arrière.

– Oui! a dit Gus. Oui! FEU ARRIÈRE!

Isaac a pris un autre œuf, qu'il a lancé beaucoup trop à droite, puis un autre œuf qui a manqué la voiture de peu, puis un autre encore, qui a touché le pare-brise arrière. Après quoi, il en a écrasé trois d'affilée sur le coffre.

– Hazel Grace! a crié Gus. Prends une photo pour qu'Isaac puisse la voir quand on aura inventé des yeux de robot.

Je me suis hissée par la vitre ouverte, puis, assise sur le rebord de ma portière, les coudes appuyés sur le toit de la voiture, j'ai pris une photo avec mon téléphone:

Augustus, une cigarette non allumée au coin de la bouche, son sourire délicieusement narquois, tient la boîte d'œufs rose aux trois quarts vide au-dessus de sa tête. Il a un bras autour des épaules d'Isaac, dont les lunettes de soleil ne sont pas tournées exactement vers l'appareil. Derrière eux, du jaune d'œuf dégouline sur le pare-brise et le pare-chocs arrière de la Firebird verte. Et derrière la Firebird, une porte est en train de s'ouvrir.

– Qu'est-ce que c'est que ça ? a demandé une femme d'âge mûr, une seconde après que j'ai pris la photo, puis elle n'a plus rien dit.

– Madame, a dit Augustus avec un signe de tête vers elle, la voiture de votre fille vient, à juste titre, de se faire couvrir d'œufs par un garçon aveugle. Je vous prierais de rentrer chez vous, ou je me verrais dans l'obligation d'appeler la police.

La mère de Monica a hésité une seconde, puis elle est rentrée chez elle en refermant la porte. Isaac a jeté les trois derniers œufs coup sur coup, puis Gus l'a guidé jusqu'à la voiture.

– Tu vois, Isaac, si tu leur retires – on arrive à un trottoir – leur sentiment de légitimité, si tu retournes le sentiment dans l'autre sens pour qu'ils aient, *eux*, l'impression de commettre un crime en regardant – encore quelques pas – leur voiture se faire couvrir d'œufs, ils seront perplexes, ils auront peur, ils seront inquiets et ils retourneront gentiment – la poignée de la portière est juste devant toi – à leur misérable petite vie.

Gus s'est dépêché de reprendre sa place sur le siège à côté de moi. Les portières ont claqué et j'ai démarré sur les chapeaux de roues, parcourant plusieurs centaines de mètres avant de me rendre compte que je fonçais dans une impasse. J'ai fait demi-tour au bout du cul-de-sac et je suis repassée en trombe devant la maison de Monica.

Je n'ai plus jamais pris de photos de lui.

Chapitre quinze

QUELQUES jours plus tard, chez Gus, ses parents, mes parents, Gus et moi, tous les six serrés autour de la table de la salle à manger drapée pour l'occasion d'une nappe qui n'avait pas servi depuis le siècle dernier – selon le père de Gus –, mangions des poivrons farcis.

Mon père : Emily, ce risotto…

Ma mère : Il est tout simplement délicieux.

La mère de Gus : Merci beaucoup. Je serais ravie de vous donner la recette.

Gus, après une première bouchée : Je dirais, de prime abord, que ça n'a pas le goût de l'Oranjee.

Moi : Très juste, Gus. Ce plat, bien que délicieux, n'a pas le goût de l'Oranjee.

Ma mère : Hazel !

Gus : Il a un goût de...

Moi : De nourriture.

Gus : Exactement. Il a un goût de nourriture, bien préparée, certes, mais il n'a pas ce goût, comment le dire avec tact...?

Moi : Il n'a pas le goût de Dieu en personne, divinement cuisiné, puis décliné en cinq plats, servis accompagnés de boules de plasma pétillant, sous une pluie de pétales de fleurs, qui flottent véritablement et littéralement autour de votre table au bord du canal.

Gus : C'est joliment dit.

Le père de Gus : Nos enfants sont bizarres.

Mon père : C'est joliment dit.

Une semaine après ce dîner, Gus a fini aux urgences à cause d'une douleur à la poitrine et il a été admis pour la nuit. Alors, le lendemain matin, j'ai pris la voiture et je suis allée lui rendre visite à Memorial, dans sa chambre au quatrième étage. Je n'avais pas remis les pieds dans cet hôpital depuis que j'étais venue voir Isaac. À la différence de celui des Enfants malades, les murs n'étaient pas peints en rose bonbon et on n'y voyait pas d'images de chiens en train de conduire une voiture, mais la stérilité absolue du lieu m'a rendue nostalgique de l'ambiance guimauve de l'hôpital des Enfants malades. Memorial était tellement fonctionnel, on aurait dit un entrepôt, ou une antichambre de la mort.

Quand les portes de l'ascenseur se sont ouvertes au quatrième étage, j'ai vu la mère de Gus qui faisait les cent pas dans la salle d'attente en parlant au téléphone. Elle n'a pas tardé à raccrocher, puis elle est venue m'embrasser et m'a proposé de tirer mon chariot.

– Non, ça va, merci, ai-je dit. Comment va Gus?

– Il a passé une mauvaise nuit, Hazel, a-t-elle répondu. Son cœur est trop sollicité. Il faut qu'il se ménage. À partir de maintenant, c'est chaise roulante obligatoire. On essaie un nouveau médicament qui devrait atténuer la douleur. Ses sœurs vont venir lui rendre visite.

– Je peux le voir? ai-je demandé.

La mère de Gus m'a serré l'épaule. Ça m'a fait une drôle d'impression.

– Tu sais qu'on t'adore, Hazel, mais pour l'instant, on a besoin d'être en famille. Gus est d'accord avec ça. Tu comprends?

– Oui, OK.

– Je lui dirai que tu es passée.

– OK, ai-je répété. Je vais aller lire un peu, je crois.

Elle s'est éloignée dans le couloir, vers la chambre où il se trouvait. Je comprenais, bien sûr, mais il me manquait quand même, je me disais que j'étais peut-être en train de rater ma dernière chance de le voir, de lui dire au revoir, ou je ne sais quoi. La salle d'attente était toute marron : de la moquette au sol au tissu qui recouvrait les fauteuils rembourrés. Je me suis assise un moment dans un fauteuil, mon chariot à mes pieds. J'avais mis mes tennis et mon T-shirt *Ceci n'est pas une pipe*, la tenue que je portais quinze jours plus tôt, le fameux après-midi du diagramme de Venn, et Augustus ne le verrait pas. J'ai commencé à faire défiler les photos que j'avais prises avec mon portable, à repasser à l'envers le film de ces derniers mois, un film qui commençait par Gus et Isaac devant la maison de Monica et qui se terminait par la première photo que j'avais prise de lui en voiture, quand on était allés pique-niquer au parc, devant *Funky Bones*. J'avais l'impression que ça faisait des siècles, comme si on avait déjà vécu une éternité ensemble, brève mais toujours infinie. Certains infinis sont plus vastes que d'autres.

Deux semaines plus tard, je poussais Gus en chaise roulante à travers le parc jusqu'à *Funky Bones*, une bouteille de champagne hors de prix et ma bombonne d'oxygène sur ses genoux. Le champagne avait été offert par un des médecins de Gus – Gus étant le genre de personne capable d'inciter un médecin à offrir du champagne à deux adolescents. On s'est installés, Gus dans sa chaise et moi sur l'herbe humide, le plus près possible de *Funky Bones*. Je lui ai montré les gamins qui se défiaient mutuellement de sauter de la cage thoracique à l'épaule, et Gus m'a répondu juste assez fort pour que je l'entende au-dessus du chahut.

– La dernière fois, je me voyais à la place du gamin. Aujourd'hui, je me vois à la place du squelette.

On a bu le champagne dans des gobelets en carton Winnie l'Ourson.

Chapitre seize

UNE JOURNÉE type avec Gus en stade terminal :
Je suis arrivée chez lui vers midi, après qu'il a pris,
puis vomi son petit déjeuner. Il m'a ouvert la porte.
Dans sa chaise roulante, il n'était plus le garçon
canon, tout en muscles, qui m'avait fixée au groupe de
soutien, mais il avait toujours son sourire en coin,
toujours sa cigarette pas allumée aux lèvres, ses yeux
bleus pétillants et vivants.

J'ai déjeuné avec ses parents dans la salle à manger : sandwichs au beurre de cacahuète et à la confiture, plus asperges de la veille. Gus n'a pas mangé.

Je lui ai demandé comment il se sentait.

– Super bien, a-t-il répondu. Et toi?

– Bien. Qu'est-ce que tu as fait hier soir?

– J'ai beaucoup dormi. Je voudrais t'écrire une suite, Hazel Grace, mais je suis crevé en permanence.

– Tu n'as qu'à me la raconter, ai-je proposé.

– Concernant Monsieur Tulipe, je m'en tiens à mon analyse pré-Van Houten. Ce n'est pas un escroc, mais il n'est pas aussi riche qu'il le prétend.

– Et la mère d'Anna?

– Je n'ai pas encore d'idée précise. Attention, tu risques d'avoir l'air impatiente, a-t-il répondu avec un sourire.

Ses parents ne disaient rien, ils le regardaient, ils ne le quittaient pas des yeux, comme pour ne pas perdre une miette du «Gus Waters Show» tant qu'il était à l'affiche.

– Parfois je rêve que je suis en train d'écrire mes Mémoires. Ce serait le truc idéal pour rester à jamais dans le cœur et le souvenir de mon public qui m'adore.

– Pourquoi as-tu besoin d'un public qui t'adore quand tu m'as, moi?

– Hazel Grace, quand on est aussi séduisant que je le suis, charmer les gens qu'on rencontre est un jeu d'enfant. Alors que provoquer l'amour de gens inconnus… ça, c'est quelque chose!

J'ai levé les yeux au ciel.

Après déjeuner, on est sortis dans le jardin. Gus était encore assez vaillant pour manipuler sa chaise tout seul, en actionnant une paire de roulettes miniatures pour permettre aux roues avant de franchir le seuil de la porte. Il était encore athlétique, malgré tout, il avait un bon sens de l'équilibre et d'excellents réflexes que la consommation massive de psychotropes n'avait pas complètement faussés.

Ses parents sont restés à l'intérieur, mais quand je me retournais vers la salle à manger, je voyais bien qu'ils avaient les yeux rivés sur nous.

On est restés silencieux un moment, puis Gus a dit :

– Parfois, cette balançoire me manque.

– Celle qui était dans mon jardin ?

– Oui. Je suis tellement nostalgique que je suis capable de regretter une balançoire qui n'a jamais connu mon derrière.

– La nostalgie est un effet secondaire du cancer, ai-je dit.

– Non, la nostalgie est un effet secondaire de mourir, a-t-il répliqué.

Le vent qui soufflait au-dessus de nos têtes a redistribué les ombres des branches d'arbres qui dessinaient des taches sur notre peau. Gus m'a pris la main et l'a serrée.

– La vie est belle, Hazel Grace.

On est rentrés quand il a eu besoin de médicaments. Ceux-ci lui étaient administrés par un tube en plastique qui disparaissait dans son ventre et qui le nourrissait en même temps. Il n'a rien dit pendant un moment, il était ailleurs. Sa mère aurait voulu qu'il fasse une sieste, mais il persistait à dire non chaque fois qu'elle le lui proposait. Alors, on l'a laissé somnoler dans sa chaise.

Ses parents ont regardé une vieille vidéo où on le voyait, lui et ses sœurs – à l'époque, elles devaient avoir mon âge et Gus environ cinq ans. Ils jouaient au basket dans l'allée d'une autre maison et, bien que Gus ait été tout petit, il dribblait comme s'il était né avec un ballon à la main, il zigzaguait entre ses sœurs, mortes de rire. C'était la première fois que je le voyais jouer au basket.

– Il se débrouillait bien, ai-je fait remarquer.

– Tu aurais dû le voir au collège, a dit son père. En troisième, il jouait déjà chez les juniors.

– Je peux aller dans ma chambre? a marmonné Gus.

Ses parents ont fait descendre la chaise roulante par l'escalier, Gus toujours dedans, qui brinquebalait comme un pantin désarticulé, d'une façon qui aurait pu être dangereuse, si le mot « dangereux » avait encore eu un sens. Puis ils nous ont laissés seuls. Gus s'est mis au lit et je me suis allongée contre lui sous les couvertures, ma tête sur son épaule amaigrie, la chaleur de son corps se propageant jusqu'à mon corps à travers l'étoffe de son polo, mes pieds entortillés autour de son vrai pied, ma main sur sa poitrine.

Quand j'ai approché mon visage assez près du sien pour toucher son nez avec le mien, et que je n'ai plus vu que ses yeux, il ne m'a plus semblé malade. On s'est embrassés un long moment, puis on a écouté le premier album des Hectic Glow avant de s'endormir tels quels, dans un incroyable méli-mélo de tubes et de corps.

Quand on s'est réveillés un peu plus tard, on s'est assis confortablement au bord du lit avec une tonne d'oreillers dans le dos pour jouer à «Contre-Attaque 2 : Le Prix de l'aube». J'étais nulle, bien sûr, mais ça lui a été bien utile : il était plus facile pour lui de mourir avec panache, de bondir en face de la balle d'un tireur isolé et de se sacrifier pour moi, ou bien de tuer une sentinelle qui s'apprêtait à me descendre. Il s'éclatait à me sauver.

– Ce n'est pas encore aujourd'hui que tu tueras ma petite amie, espèce de terroriste international de nationalité indéterminée ! criait-il.

À un moment, j'ai même imaginé faire semblant de

m'étouffer avec un truc pour qu'il puisse pratiquer la méthode de Heimlich sur moi. Il se serait peut-être alors débarrassé de sa peur d'avoir eu une vie et une mort qui n'aient pas plus œuvré pour le bien de l'humanité. Mais j'ai pensé ensuite qu'il n'aurait peut-être pas eu la force de le faire et que j'aurais alors été obligée de lui avouer que je simulais, ce qui nous aurait humiliés tous les deux.

Il est infiniment difficile de garder sa dignité quand la lumière du soleil levant est trop vive à nos yeux en perdition était la pensée qui me tournait dans la tête pendant qu'on traquait des méchants à travers les ruines d'une ville virtuelle.

Finalement, le père de Gus est descendu et il l'a hissé au rez-de-chaussée. Dans l'entrée, je me suis agenouillée pour l'embrasser. Je suis rentrée chez moi et j'ai dîné avec mes parents, laissant Gus manger (et vomir) de son côté.

Après avoir regardé un peu la télé, je suis allée me coucher.

Je me suis réveillée.

Et vers midi, je suis retournée chez lui.

Chapitre dix-sept

UN MATIN, un mois après notre retour d'Amsterdam, je suis allée chez lui en voiture. À mon arrivée, ses parents m'ont annoncé qu'il dormait toujours, j'ai donc frappé un grand coup à la porte de sa chambre au sous-sol avant d'entrer. Comme il ne répondait pas, je l'ai appelé :

– Gus ?

Je l'ai découvert, marmonnant dans une langue de son invention. Il avait pissé au lit. C'était affreux. Je n'arrivais pas à le regarder, en fait. J'ai crié pour avertir ses parents. Dès qu'ils sont arrivés, je suis remontée au rez-de-chaussée attendre qu'ils aient fini de lui faire sa toilette.

Au moment où je suis redescendue, il émergeait doucement des brumes des psychotropes pour commencer l'atroce journée qui l'attendait. J'ai empilé des oreillers afin qu'on puisse jouer à Contre-Attaque sur le matelas nu, mais il était trop fatigué, il était presque aussi nul que moi, et il ne se passait pas cinq minutes avant qu'on meure tous les deux. Et encore pas d'une mort héroïque et flamboyante, d'une mort par étourderie.

Je ne lui ai pratiquement rien dit. J'aurais presque voulu qu'il oublie que j'étais là et j'espérais qu'il ne se rappelait pas que j'avais découvert le garçon que j'aimais, délirant et baignant dans son urine. J'espérais qu'il se tourne vers moi et me dise : « Oh, Hazel Grace ! Qu'est-ce que tu fais ? »

Mais il s'en souvenait, malheureusement.

– À chaque minute qui passe, je comprends un peu mieux le sens du mot « humilié », a-t-il fini par lâcher.

– Crois-moi, Gus, j'ai déjà pissé au lit, moi aussi. Ce n'est pas la fin du monde.

– Autrefois, a-t-il répondu avant de prendre une brusque inspiration, tu m'appelais Augustus.

– Je sais que c'est ridicule, a-t-il dit plus tard, mais

j'ai toujours pensé que ma nécrologie serait dans tous les journaux, j'ai toujours pensé que je vivrais une vie qui mériterait d'être racontée. J'avais l'intuition secrète d'être unique.

— Tu l'es.

— Tu vois très bien ce que je veux dire.

Je savais très bien ce qu'il voulait dire, mais je n'étais pas d'accord.

— Je me fiche que le *New York Times* publie ma nécrologie. Ce que j'aimerais, c'est que tu m'en écrives une, toi, ai-je répondu. Tu prétends que tu n'es pas unique parce que les gens ne te connaissent pas, mais c'est une insulte pour moi. Moi, je te connais !

— Je ne crois pas que j'arriverai à t'écrire une nécrologie, a-t-il dit au lieu de s'excuser.

Il me mettait en rage.

— Je voudrais te suffire, mais je ne te suffis jamais. Ça n'est jamais assez pour toi. Je regrette, mais c'est tout ce que tu as : tu as moi, ta famille et ce monde. C'est ta vie et je suis désolée si elle craint. Mais tu ne seras pas le premier homme à marcher sur Mars et tu ne seras pas une star de la NBA et tu ne pourchasseras pas les derniers nazis. Non, mais regarde-toi, Gus !

Il n'a pas réagi.

— Ce n'est pas ce que je voulais dire… ai-je dit.

— Oh que si, m'a-t-il interrompue.

J'ai commencé à me confondre en excuses.

– Non, m'a-t-il dit. Je te demande pardon. Tu as raison. Allez, on joue.

Alors on a joué.

Chapitre dix-huit

J'AI ÉTÉ réveillée par la sonnerie de mon téléphone, qui jouait le morceau des Hectic Glow qu'Augustus préférait. Ce qui signifiait qu'il m'appelait – ou que quelqu'un m'appelait de son portable. J'ai regardé l'heure à mon réveil : 2 h 35 du matin. « Il est mort », ai-je pensé, comme si tout en moi se réduisait soudain à une seule chose.

J'ai à peine réussi à dire :

– Allô ?

Je pensais entendre la voix brisée d'un de ses parents.

– Hazel Grace, a soufflé Augustus.

– Oh, merci mon Dieu, c'est toi. Salut salut je t'aime.

– Hazel Grace, je suis à une station-service. J'ai un problème, il faut que tu m'aides.

– Quoi ? Tu es où ?

– À la station-service au croisement de la 86ᵉ Rue et de Ditch Road. J'ai fait une bêtise avec ma sonde et je n'arrive pas à la…

– J'appelle les urgences.

– Non non non non non, ils m'emmèneraient à l'hôpital. Hazel, écoute-moi bien. N'appelle ni les urgences ni mes parents, je ne te le pardonnerais jamais. Ne fais pas ça, je t'en supplie. Viens m'arranger cette sonde, s'il te plaît. Je ne veux pas que mes parents sachent que je suis sorti. S'il te plaît. J'ai les médicaments avec moi, c'est juste que je n'arrive pas à les faire passer par le tube. S'il te plaît.

Il pleurait. Je ne l'avais jamais entendu sangloter comme ça, à part le jour de notre départ pour Amsterdam quand j'étais devant chez lui.

– D'accord, ai-je dit. Je pars maintenant.

Je me suis débranchée du BiPAP, rebranchée sur une bombonne d'oxygène, que j'ai mise dans mon chariot, j'ai lacé mes tennis, gardé mon bas de pyjama rose et enfilé un T-shirt de l'équipe de basket des Butler, qui avait appartenu à Gus. Puis j'ai pris les clefs de la voiture de ma mère dans le tiroir de la cuisine où elle les rangeait et j'ai écrit un mot pour mes parents, au cas où ils se réveilleraient pendant mon absence.

Je suis allée voir Gus. C'est super important.
Pardon.
Bisous, H.

Le temps de parcourir les quelques kilomètres qui me séparaient de la station-service, j'étais suffisamment réveillée pour me demander pourquoi Gus était sorti de chez lui en pleine nuit. Il avait peut-être eu des hallucinations, à moins que son désir de mourir en martyr ait eu raison de lui.

J'ai remonté Ditch Road à toute allure, sans ralentir aux feux orange clignotants. Je roulais trop vite, d'abord pour le retrouver et ensuite parce que j'espérais me faire arrêter par les flics. Ça m'aurait donné une excuse pour raconter à quelqu'un que mon copain mourant était coincé à une station-service avec un tube de gastrostomie qui ne marchait plus. Mais aucun policier ne s'est pointé pour prendre la décision à ma place.

Il n'y avait que deux voitures sur le parking. Je me suis garée à côté de la sienne. J'ai ouvert sa portière et la lumière intérieure s'est allumée. Augustus était assis derrière le volant, il était couvert de vomi et il appuyait sur son ventre, à l'endroit où le tube pénétrait.

– Salut, a-t-il bafouillé.

– Oh, mon Dieu, Augustus, il faut aller à hôpital !

– Je t'en supplie, regarde ça.

J'avais des haut-le-cœur à cause de l'odeur, mais je me suis penchée pour examiner l'endroit, au-dessus de son nombril, où le tube avait été introduit chirurgicalement. Il avait le ventre chaud et la peau rouge vif.

– Ça a l'air infecté, Gus. Je ne peux rien faire. Qu'est-ce que tu fais là ? Pourquoi tu n'es pas chez toi ?

Il a vomi sans même avoir la force de tourner la tête pour ne pas en mettre sur ses genoux.

– Oh, mon cœur, ai-je dit.

– Je voulais m'acheter un paquet de cigarettes, a-t-il marmonné. J'ai perdu mon paquet. À moins que mes parents ne l'aient caché. Je ne sais pas. Ils m'ont promis de m'en acheter un autre, mais je voulais… le faire moi-même, je voulais faire un petit truc moi-même.

Il regardait droit devant lui. J'ai sorti discrètement mon portable et j'ai composé le numéro des urgences.

– Je suis désolée, lui ai-je dit. *Les urgences bonjour, quel est votre problème ?* Bonjour, je me trouve à la station-service, située au croisement de la 86e Rue et de Ditch Road, j'ai besoin d'une ambulance. Le grand

amour de ma vie a un problème avec son tube de gastrostomie.

Il a levé la tête vers moi. C'était horrible, je pouvais
à peine le regarder. L'Augustus Waters au sourire en
coin et aux cigarettes non fumées avait disparu, il
avait été remplacé par cette créature désespérée,
humiliée, que j'avais sous les yeux.
    – Cette fois, c'est bon, a-t-il dit. Je ne peux même
plus ne pas fumer.
    – Gus, je t'aime.
    – Quelle chance j'ai alors d'être un jour le Peter Van
Houten de quelqu'un ?
    Il a tapé faiblement sur le volant et le Klaxon s'est
déclenché, au milieu de ses pleurs. Il a renversé la tête
en arrière, le regard tourné vers le plafond.
    – Je me déteste je me déteste je déteste tout ça je
déteste tout ça je me dégoûte je me déteste je déteste
ça je déteste ça laissez-moi crever, putain !
    Selon les idées reçues en la matière, Augustus
Waters a gardé son sens de l'humour jusqu'à la fin, il
n'a jamais, au grand jamais, renoncé à son courage, et
son esprit est monté en flèche vers le ciel, tel un aigle
indomptable, si haut que le monde lui-même n'a plus
été capable de contenir son âme joyeuse.
    Mais la vérité, c'était ça : un garçon pitoyable qui

aurait voulu ne pas inspirer la pitié, un garçon qui criait et pleurait, empoisonné par un tube de gastrostomie infecté, qui le maintenait en vie, mais pas assez.

Je lui ai essuyé le menton, j'ai pris son visage entre mes mains et je me suis agenouillée tout près de lui de sorte que je puisse voir ses yeux toujours vivants.

– Je suis désolée. J'aurais voulu que ça se passe comme dans le film avec les Perses et les Spartiates.

– Moi aussi, a-t-il dit.

– Mais ça ne se passe pas comme ça.

– Je sais.

– Il n'y a pas de méchants.

– Même le cancer n'est pas vraiment un méchant : le cancer veut juste vivre lui aussi.

– Oui.

– OK, ai-je dit.

J'entendais les sirènes de l'ambulance.

– OK, a-t-il répondu.

Il était en train de perdre connaissance.

– Gus, jure-moi de ne pas recommencer. Je t'achèterai des cigarettes, d'accord ?

Il m'a regardée, ses yeux flottaient dans ses orbites.

– Il faut que tu me le jures.

Il a vaguement hoché la tête, puis ses yeux se sont fermés, sa tête a ballotté sur son cou.

– Gus! Reste avec moi!

– Lis-moi quelque chose, a-t-il articulé au moment où cette satanée ambulance passait en trombe devant nous sans s'arrêter.

Et donc, en attendant que l'ambulance fasse demi-tour et nous retrouve, je lui ai récité le seul poème qui me venait à l'esprit : « La brouette rouge » de William Carlos Williams :

Tant de choses
dépendent

d'une brouette
rouge

vernie d'eau
de pluie

à côté des poulets
blancs.

William Carlos Williams était médecin, et je trouvais que ça se sentait dans ses vers. Le poème était terminé, mais l'ambulance a continué de s'éloigner, alors j'ai écrit une suite.

Et tant de choses dépendent, ai-je dit à Augustus, d'un ciel ouvert par les branches des arbres au-dessus. Tant de choses dépendent d'un tube transparent qui émerge du ventre d'un garçon aux lèvres bleues. Tant de choses dépendent de cet observateur de l'univers.

Il m'a regardée, à demi conscient, et a murmuré :

– Et tu oses dire que tu n'écris pas de poésie.

Chapitre dix-neuf

IL EST RENTRÉ de l'hôpital quelques jours plus tard, délesté à jamais de ses ambitions. Il lui fallait encore plus de médicaments qu'avant pour se soustraire à la douleur et il a migré définitivement au salon dans un lit médicalisé, près de la fenêtre.

C'était la période où il passait ses journées en pyjama, pas rasé, à marmonner et à demander des trucs, en remerciant inlassablement tout le monde de ce qu'il faisait pour lui. Un après-midi que j'étais là, il m'a montré le panier à linge qui se trouvait dans le coin de la pièce et il m'a demandé :

– C'est quoi, ça?

– Le panier à linge?

– Non, à côté.

– Je ne vois rien à côté.

– C'est ma dernière parcelle de dignité. Elle est toute petite.

***

Le lendemain de la parcelle de dignité, je suis entrée chez lui sans m'annoncer. Ses parents ne voulaient plus que je sonne de peur que ça le réveille. Ses sœurs et leurs maris banquiers étaient là, ainsi que leurs trois enfants, tous des garçons, qui se sont précipités sur moi en répétant en boucle : « T'es qui, toi? T'es qui, toi? T'es qui, toi? » Ils me tournicotaient autour dans l'entrée comme si la capacité respiratoire était une énergie renouvelable. J'avais déjà rencontré ses sœurs, mais pas leurs enfants ni leurs maris.

– Je m'appelle Hazel.

– Gus a une *amoureuse*, a annoncé un des garçons.

– Je suis au courant, ai-je dit.

– Elle a des nénés, a déclaré un autre.

– C'est vrai?

— Pourquoi tu as ça? a demandé le premier en indiquant mon chariot.

— Ça m'aide à respirer, ai-je répondu. Gus est réveillé?

— Non, il dort.

— Il est en train de mourir, a dit un autre.

— Il est en train de mourir, a confirmé le troisième, soudain sérieux.

Le silence s'est fait, et je cherchais ce que je pouvais répondre à ça, quand un des trois garnements a donné un coup de pied à un autre, ce qui a relancé la course, puis ils sont tombés les uns sur les autres avant de partir tel un essaim vers la cuisine.

Je suis entrée au salon où j'ai fait la connaissance des beaux-frères de Gus, Chris et Dave.

Je n'étais pas très intime avec ses demi-sœurs, mais elles m'ont quand même serrée dans leurs bras. Julie était assise au bord du lit et elle parlait à un Gus somnolent sur le ton qu'on emploierait pour dire à un bébé qu'il est mignon.

— Et alors, Gussy Gussy? Et alors, notre Gussy Gussy?

«Notre Gussy?» Parce qu'ils en avaient fait l'acquisition, peut-être?

— Ça va, Augustus? ai-je demandé dans l'espoir qu'elles comprennent comment se comporter.

— Notre beau Gussy, a dit Martha en se penchant vers lui.

J'ai commencé à me demander s'il dormait vraiment ou s'il avait appuyé un peu fort sur la pompe antidouleur, histoire d'échapper à cette attaque de sœurs bien intentionnées.

Il s'est réveillé un moment plus tard, et la première chose qu'il a dite, c'est :

– Hazel.

Ce qui, je dois le reconnaître, m'a remplie de joie. J'avais l'impression de faire partie de la famille.

– On peut aller dehors ? a-t-il demandé doucement.

On y est allés. Sa mère poussait sa chaise roulante, ses sœurs, ses beaux-frères, ses neveux, son père et moi suivions derrière. Le ciel était nuageux, l'air était immobile et il faisait chaud en ce début d'été. Gus portait un T-shirt bleu marine à manches longues et un pantalon de survêtement en polaire. C'était bizarre, mais il avait tout le temps froid. Il a demandé de l'eau, et son père est allé lui en chercher.

Martha a essayé d'engager la conversation avec lui, agenouillée à ses pieds.

– Tu as toujours d'aussi beaux yeux, a-t-elle dit.

Gus a vaguement hoché la tête.

Un des beaux-frères a posé son bras autour de ses épaules.

– Alors, ça fait du bien, cet air frais ? a-t-il demandé.

Gus n'a rien dit.

– Tu veux tes médicaments ? a proposé sa mère s'agenouillant à son tour.

Je me suis écartée. Les neveux étaient en train de piétiner un massif de fleurs pour rejoindre le carré de pelouse qui se trouvait au fond du jardin. Ils se sont lancés immédiatement dans un nouveau jeu qui consistait à se pousser par terre les uns les autres.

– Les enfants ! a crié mollement Julie. J'espère seulement, a-t-elle ajouté en se tournant vers Gus, qu'ils deviendront des jeunes gens aussi réfléchis et intelligents que toi.

J'ai résisté à l'envie d'avoir un haut-le-cœur sonore.

– Il n'est pas aussi intelligent que ça, ai-je dit à Julie.

– Hazel a raison. C'est juste que la plupart des mecs canon sont stupides. Par conséquent, je me situe au-delà des espérances.

– Oui, il est avant tout sexy, ai-je déclaré.

– C'en est parfois aveuglant, a-t-il renchéri.

– D'ailleurs, Isaac, un de nos copains, est devenu aveugle à cause de ça.

– Quelle tragédie ! Mais comment puis-je m'empêcher d'être mortellement beau ?

– Tu ne peux pas.

– Ah, c'est un fardeau d'avoir un visage sublime.

– Sans parler de ton corps.

– Ne me lancez pas sur le sujet de mon corps parfait. Il faut éviter de me voir nu, Dave. Hazel Grace m'a vu nu et ça lui a coupé le souffle, a-t-il dit avec un petit signe de tête en direction de ma bombonne d'oxygène.

– OK, ça suffit, a dit le père de Gus, puis, sans que je m'y sois attendue une seconde, il m'a serrée contre lui et m'a embrassé la tempe en me chuchotant : « Je remercie Dieu tous les jours que tu sois là, Hazel. »

Bref, c'était la dernière bonne journée que j'ai passée avec Gus avant la Dernière Bonne Journée.

Chapitre vingt

UNE DES IDÉES reçues parmi les moins pourries concernant les enfants cancéreux est celle de la Dernière Bonne Journée, au cours de laquelle la victime bénéficie de quelques heures imprévues, où le déclin inexorable s'est soudain figé, où la douleur est à peu près tolérable. Le problème, bien sûr, c'est qu'il est impossible de savoir que l'on vit sa Dernière Bonne Journée. Sur le moment, ce n'est qu'une bonne journée parmi d'autres.

Ce jour-là, je n'étais pas allée voir Augustus parce que je me sentais un peu patraque moi-même : rien de particulier, j'étais juste fatiguée. Je n'avais pas fait grand-chose de la journée et quand Augustus m'a appelée juste après 17 h, j'étais déjà branchée sur le BiPAP, qui avait été traîné jusqu'au salon pour que je puisse regarder la télé avec Papa et Maman.

– Salut, Augustus, ai-je dit.

Il m'a répondu avec la belle voix qui m'avait fait craquer.

– Bonsoir, Hazel Grace. Tu crois que tu trouverais ton chemin jusqu'au Cœur Littéral de Jésus vers 20 h ?

– Hum, oui.

– Parfait. Et si ce n'est pas trop te demander, tu pourrais me rédiger un éloge funèbre, s'il te plaît.

– Hmm.

– Je t'aime, a-t-il ajouté.

– Moi aussi, ai-je répondu, et il a raccroché.

– Il faut que je sois au groupe de soutien à 20 h pour une séance d'urgence.

Ma mère a coupé le son de la télé.

– Est-ce que tout va bien ?

Je l'ai regardée en haussant les sourcils.

– Je suppose que c'est une question de pure forme.

– Mais pourquoi tu veux aller…

– Parce que Gus a besoin de moi. Ça va, je peux conduire.

J'ai tripoté le masque du BiPAP, certaine que ma

mère allait m'aider à le retirer, mais elle ne l'a pas fait.

– Hazel, on a l'impression avec ton père de ne plus te voir beaucoup.

– En particulier, ceux d'entre nous qui travaillent toute la semaine, a dit mon père.

– Il a besoin de moi, ai-je rétorqué en réussissant finalement à me débarrasser moi-même du BiPAP.

– Nous aussi, on a besoin de toi, ma puce, a dit Papa en me prenant fermement le poignet, comme si j'étais une gamine de deux ans prête à se sauver dans la rue.

– Eh bien tu n'as qu'à te choper une maladie incurable, Papa, et je resterai plus souvent à la maison.

– Hazel, a dit Maman.

– Ce n'est pas toi qui voulais que je sorte ? lui ai-je demandé, tandis que Papa me tenait toujours par le poignet. Et maintenant, tu voudrais que Gus se dépêche de mourir pour que je reste enchaînée ici, à me faire dorloter par toi comme je t'ai toujours laissée le faire ? Je n'en ai pas besoin, Maman, plus maintenant. C'est toi qui ferais bien de sortir un peu.

– Hazel ! a dit Papa en me serrant plus fort le poignet. Excuse-toi auprès de ta mère.

J'ai secoué le bras pour essayer de me dégager, mais il ne voulait pas me lâcher, et je ne pouvais pas récupérer ma canule d'une seule main. Ça me rendait hystérique. J'aurais voulu pouvoir faire une vraie sortie d'ado en crise : partir de la pièce en tapant des pieds, claquer la porte de ma chambre, et mettre les Hectic Glow à fond pour écrire rageusement mon éloge funèbre. Mais c'était impossible parce que je ne pouvais pas respirer.

— La canule, ai-je gémi. Vite.

Mon père m'a lâchée aussitôt et il s'est précipité pour me brancher sur l'oxygène. J'ai vu de la culpabilité dans ses yeux, mais il était toujours en colère.

— Hazel, excuse-toi auprès de ta mère.

— D'accord, je te demande pardon. Mais, je t'en supplie, laisse-moi y aller.

Ils n'ont rien dit. Maman est restée, les bras croisés, sans même me regarder. J'ai fini par me lever et je suis allée dans ma chambre écrire un texte sur Augustus.

Papa et Maman sont venus, à plusieurs reprises et à tour de rôle, frapper à ma porte pour essayer de me parler, mais je leur ai répondu que j'étais en train de faire quelque chose d'important. J'ai mis un temps fou à trouver ce que je voulais exprimer et, même après avoir trouvé, je n'étais pas satisfaite. Je n'avais pas tout à fait terminé, quand je me suis aperçue qu'il était 19 h 40, ce qui signifiait que je serais en retard, même si je ne me changeais pas. Je suis donc restée en pantalon de pyjama bleu layette, tongs et T-shirt de l'équipe des Butler ayant appartenu à Gus.

Je suis sortie de ma chambre en essayant de forcer le passage, mais mon père m'a arrêtée.

– Tu ne quittes pas la maison sans autorisation.

– Il voulait que je lui écrive un éloge funèbre, Papa! Tu comprends ça? Et d'un jour à l'autre, je serai à la maison tous-les-soirs. C'est clair?

Ça leur a finalement cloué le bec.

Il m'a fallu tout le trajet pour réussir à me calmer après la scène avec mes parents. Je me suis garée dans l'allée en arc de cercle derrière l'église à côté de la voiture d'Augustus. La porte de l'église était maintenue ouverte par un gros caillou. Une fois à l'intérieur, j'ai envisagé de prendre l'escalier, puis j'ai décidé d'attendre le vieil ascenseur grinçant.

Quand ses portes se sont rouvertes, je me suis retrouvée dans la salle du groupe de soutien, avec les mêmes chaises disposées en cercle. Sauf que maintenant, je ne voyais que Gus dans une chaise roulante, d'une maigreur cadavérique. Il s'était mis au milieu et il avait manifestement attendu l'arrivée de l'ascenseur.

– Hazel Grace, a-t-il dit, tu es ravissante.

– N'est-ce pas?

J'ai entendu quelqu'un remuer dans un coin sombre de la pièce. C'était Isaac, il était debout devant un petit lutrin en bois, auquel il s'accrochait des deux mains.

– Tu veux t'asseoir ? lui ai-je demandé.

– Non, je m'apprêtais à faire un éloge funèbre. Tu es en retard.

– Tu te… Je suis… quoi ?

Gus m'a fait signe de m'asseoir. J'ai traîné une chaise au centre du cercle pendant qu'il tournait la sienne pour faire face à Isaac.

– Je voulais assister à mes obsèques, a expliqué Gus. Au fait, tu diras quelque chose à la cérémonie ?

– Oui, bien sûr, ai-je répondu en posant ma tête sur son épaule.

Je l'ai serré contre moi par-dessus le dossier de sa chaise, mais il a fait une grimace, et j'ai retiré mon bras.

– Génial, s'est-il exclamé. J'ai bon espoir d'assister à la cérémonie en tant que fantôme, mais, au cas où, j'ai pensé que – mon intention n'était pas de vous prendre de court –, mais cet après-midi, j'ai pensé que je pourrais organiser des préfunérailles et, comme je me sentais plutôt bien aujourd'hui, j'en ai déduit qu'il fallait le faire immédiatement.

– Comment as-tu réussi à entrer ici ? lui ai-je demandé.

– Tu me crois si je te dis que la porte reste ouverte toute la nuit ?

– Non, ai-je répondu.

– Et tu as bien raison, a confirmé Gus en souriant. J'ai conscience que cela frise un peu l'autoglorification.

– Eh! Tu es en train de me voler mon texte! s'est écrié Isaac. Je commence justement en disant que tu es un salopard d'autoglorificateur.

J'ai éclaté de rire.

– OK, d'accord, quand tu veux, a dit Gus.

Isaac s'est éclairci la voix.

– Augustus Waters était un salopard d'autoglorificateur, mais on lui pardonne. On lui pardonne non pas parce qu'il avait le cœur aussi bon au sens figuré qu'il était naze au sens propre, ou parce qu'il savait mieux tenir une cigarette que tous les non-fumeurs du monde, ou parce qu'il avait dix-huit ans alors qu'il aurait dû vivre plus longtemps.

– Dix-sept, a corrigé Gus.

– Je pars du principe qu'il te reste encore du temps à vivre et arrête de m'interrompre, espèce de salopard. Je voudrais vous dire, a poursuivi Isaac, qu'Augustus Waters était tellement bavard qu'il vous aurait volontiers coupé la parole à ses propres obsèques. Et il était prétentieux : chaque fois qu'il pissait, ce mec ne pouvait s'empêcher de cogiter sur les multiples résonnances métaphoriques que ce geste entretenait avec la production de déchets sécrétés par l'homme.

Et il était vaniteux : je crois que je n'ai jamais rencontré quelqu'un d'aussi séduisant qui soit aussi conscient de son propre potentiel de séduction. Cependant, j'ajouterai ceci : quand les scientifiques du futur se pointeront chez moi pour me proposer d'essayer des yeux de robot, je leur dirai de se barrer parce que je refuse de voir le monde s'il n'y est pas.

Là, j'étais au bord des larmes.

– Puis, après cette envolée de pure forme, je mettrai mes yeux de robot, parce que bon, avec des yeux de robot on peut sans doute voir à travers les T-shirts des filles et faire d'autres trucs du genre. Augustus, mon pote, bon voyage !

Augustus a hoché la tête pendant quelques instants, les lèvres serrées, avant de lever les deux pouces en l'air. Puis, son sang-froid retrouvé, il a ajouté :

– Si j'étais toi, je couperais le passage sur les T-shirts des filles.

Isaac se tenait toujours devant le lutrin. Il a commencé à pleurer, le front appuyé contre le bois, je voyais ses épaules se soulever, et finalement il s'est exclamé :

– Nom de Dieu, Augustus, tu te rends compte que tu corriges ton propre éloge funèbre !

– Ne jure pas dans le Cœur Littéral de Jésus, a répliqué Augustus.

– Nom de Dieu! a répété Isaac, puis il a levé la tête et il a ravalé ses larmes. Hazel, tu peux venir m'aider? m'a-t-il demandé.

J'avais oublié qu'il ne pouvait pas se déplacer tout seul. Je suis allée le chercher, j'ai pris sa main et je l'ai posée sur mon bras, puis je l'ai accompagné lentement jusqu'à la chaise sur laquelle je m'étais assise à côté d'Augustus. Puis je suis retournée sur l'estrade et j'ai déplié la feuille de papier sur laquelle j'avais imprimé mon éloge funèbre.

– Je m'appelle Hazel. Augustus Waters était le grand amour maudit de ma vie. Notre histoire d'amour fut épique, et je doute de pouvoir en dire le moindre mot sans fondre en larmes. Gus savait, Gus sait, que je ne raconterai pas notre histoire d'amour parce que – comme toutes les vraies histoires d'amour – elle mourra avec nous, comme il se doit. J'espérais qu'il écrirait mon éloge funèbre, parce que personne mieux que lui...

Je me suis mise à pleurer.

– OK, c'est impossible de ne pas pleurer. Comment est-ce que... OK. OK.

J'ai respiré profondément et j'ai repris ma feuille.

– Comme je ne peux pas parler de notre histoire d'amour, je vais parler de maths. Je ne suis pas très forte en maths, mais je sais une chose : il existe des nombres infinis entre 0 et 1. Il y a par exemple : 0,1 et 0,12 et 0,112 et toute une ribambelle d'autres nombres infinis. Évidemment, l'ensemble de nombres infinis compris entre 0 et 2 ou 0 et 1 000 000 est beaucoup plus important que celui compris entre 0 et 1. Certains infinis sont plus vastes que d'autres, nous a appris un écrivain qu'on aimait bien, Augustus et moi. Il y a des jours, beaucoup de jours, où j'enrage d'avoir un ensemble de nombres infinis aussi réduit. Je voudrais plus de nombres que je n'ai de chances d'en avoir, et pour Augustus Waters, j'aurais voulu tellement plus de nombres qu'il n'en a eus. Mais, Gus, mon amour, je ne te dirai jamais assez combien je te suis reconnaissante de notre petite infinité. Je ne l'échangerais pas pour tout l'or du monde. Tu m'as offert une éternité dans un nombre de jours limités, et j'en suis heureuse.

Chapitre vingt et un

AUGUSTUS Waters est mort huit jours après ses préfunérailles, au service de soins intensifs de l'hôpital Memorial, quand le cancer, qui était fait de lui, a finalement arrêté son cœur, qui était fait de lui aussi.

Ses parents et ses sœurs étaient à ses côtés. Sa mère m'a appelée à 3 h 30. Je savais, bien sûr, que c'était la fin parce que j'avais parlé à son père au téléphone juste avant d'aller me coucher et qu'il m'avait dit :

– Ça pourrait être cette nuit.

Il n'empêche, quand j'ai pris mon téléphone sur ma table de nuit et que j'ai vu le nom de la mère de Gus s'afficher, tout en moi s'est écroulé. Elle pleurait à l'autre bout du fil en me disant qu'elle était désolée, et je lui ai dit que j'étais désolée aussi, puis elle a ajouté que, dans les heures qui avaient précédé sa mort, Gus était inconscient.

Mes parents sont venus dans ma chambre en me regardant d'un air interrogateur, j'ai hoché la tête, et ils sont tombés dans les bras l'un de l'autre, ressentant, j'en suis sûre, la terreur qui, un jour, viendrait les frapper directement.

J'ai appelé Isaac, qui a maudit la vie, l'univers et Dieu lui-même, et qui s'est plaint de l'absence de trophées à massacrer quand on avait le plus besoin d'eux. Puis je me suis rendu compte qu'il n'y avait plus personne à appeler, ce qui était le plus triste. La seule personne avec qui j'avais vraiment envie de parler de la mort d'Augustus Waters, c'était Augustus Waters.

Mes parents sont restés dans ma chambre pendant une éternité, jusqu'au matin, jusqu'au moment où Papa a dit :

– Tu as envie d'être seule ?

J'ai acquiescé et Maman a ajouté :

– On sera juste derrière la porte.

« Ça ne fait aucun doute », ai-je pensé.

C'était insupportable, tout était insupportable,

chaque seconde était pire que la précédente. Je ne pensais qu'à une chose : l'appeler. Et je me demandais ce qui allait se passer, si quelqu'un allait répondre. Dans les dernières semaines, on avait été réduits à consacrer notre temps ensemble à évoquer nos souvenirs, mais c'était déjà ça. Même le plaisir de se souvenir du passé m'avait été retiré parce que, désormais, je n'avais plus personne pour s'en souvenir avec moi. J'avais l'impression que, en perdant la personne avec qui je partageais mes souvenirs, j'avais perdu les souvenirs eux-mêmes, comme si les choses qu'on avait faites ensemble étaient devenues moins réelles, moins importantes qu'elles ne l'étaient encore quelques heures auparavant.

Quand on est admis aux urgences, une des premières choses qu'on vous demande, c'est d'évaluer votre douleur sur une échelle de un à dix. Et, à partir de là, on décide de quels médicaments vous avez besoin et à quelle vitesse il faut vous les administrer. On m'avait posé cette question des centaines de fois au cours des dernières années et je me rappelais d'une fois en particulier où je ne trouvais plus ma respiration, où j'avais l'impression d'avoir la poitrine en feu, des flammes qui me léchaient l'intérieur de la cage thoracique à la recherche d'un moyen de s'échapper en me brûlant tout le corps au passage.

Mes parents m'avaient emmenée aux urgences où une infirmière m'avait demandé d'évaluer ma douleur sur la fameuse échelle. Je ne pouvais même pas parler, alors j'avais levé neuf doigts.

Plus tard, après qu'on m'avait donné des médicaments, l'infirmière était entrée dans ma chambre pour prendre ma tension et elle m'avait dit en me caressant la main :

– Tu sais comment je sais que tu es une battante ? Tu dis neuf quand c'est dix.

Mais ce n'était pas tout à fait vrai. J'avais dit neuf parce que je gardais le dix en réserve. Et voilà qu'il était là, cet énorme et terrible dix, qui me giflait à tour de bras tandis que j'étais allongée sur mon lit à regarder le plafond, les vagues de douleur me projetant contre les rochers, puis me tirant en arrière vers le large pour mieux me rejeter contre la paroi déchiquetée de la falaise, me laissant flotter à la surface, le visage tourné vers l'eau, sans me noyer.

J'ai fini par l'appeler. La sonnerie a retenti cinq fois avant que j'entende son message : « Vous êtes sur la boîte vocale d'Augustus Waters », a-t-il dit de la voix claironnante qui m'avait fait craquer. « Merci de laisser un message. » Puis j'ai entendu le bip. Le silence à l'autre bout de la ligne était surnaturel. J'aurais voulu retourner avec lui dans ce troisième espace secret dans lequel on se promenait lorsqu'on se parlait au téléphone. J'ai attendu que l'impression revienne, mais elle n'est jamais revenue : le silence à l'autre bout du fil ne m'apportait aucun réconfort, et j'ai fini par raccrocher.

J'ai sorti mon ordinateur portable de sous mon lit, je l'ai allumé et je suis allée sur son mur, où les condoléances affluaient déjà. La plus récente disait :

Je t'aime, vieux. À plus, de l'autre côté.

… écrite par quelqu'un dont je n'avais jamais entendu parler. En fait, la plupart des posts, qui arrivaient quasiment à la vitesse à laquelle je les lisais, étaient rédigés par des gens que je ne connaissais pas et dont il ne m'avait jamais rien dit, des gens qui vantaient ses mérites maintenant qu'il était mort, même si je savais pertinemment qu'ils ne l'avaient pas vu depuis des mois et qu'ils n'avaient fait aucun effort pour venir lui rendre visite. Je me suis demandé si ma page ressemblerait à ça quand je mourrais, ou si je serais restée suffisamment longtemps à l'écart de la fac et de toute vie sociale pour échapper à une commémoration généralisée.

J'ai continué à lire.

Tu me manques, vieux.

Je t'aime, Augustus. Que Dieu te garde.

Tu vivras dans nos cœurs pour toujours, champion.

(Celui-là m'a particulièrement énervée, car il insinuait que ceux qui restaient étaient immortels : tu vivras dans mon souvenir pour toujours, parce que je vivrai pour toujours ! DÉSORMAIS, JE SUIS TON DIEU, TOI QUI ES MORT ! TU M'APPARTIENS ! Penser qu'on ne va pas mourir est encore un autre effet secondaire de mourir.)

Tu as toujours été un ami extraordinaire. Je regrette de ne pas t'avoir vu davantage après que tu as quitté le lycée. Je parie que tu dribbles déjà au paradis.

J'ai imaginé l'analyse qu'Augustus Waters aurait faite de cette dernière remarque : si je joue au basket au paradis, est-ce que ça signifie qu'il existe un emplacement physique du paradis avec de vrais ballons à l'intérieur ? Et dans ce cas, qui fabrique les ballons en question ? Y a-t-il des âmes moins chanceuses que la mienne qui travaillent dans une usine céleste de ballons pour que je puisse jouer ? Ou est-ce qu'un dieu tout-puissant crée des ballons à partir du vide de l'espace ? Est-ce que ce paradis se trouve dans un univers qu'on ne peut pas observer et où les lois de la physique ne s'appliquent pas et si la réponse est « oui », pourquoi est-ce que je m'emmerderais à jouer au basket alors que je pourrais voler ou lire, ou regarder des gens beaux, ou faire quelque chose qui me fait vraiment plaisir ? J'ai l'impression que la façon dont vous me voyez mort en dit plus sur vous que sur la personne que j'étais ou sur ce que je suis à présent.

Ses parents ont appelé vers midi pour me prévenir que les obsèques auraient lieu cinq jours plus tard, un samedi. J'ai imaginé une église bourrée de gens persuadés qu'il aimait le basket, et ça m'a donné envie de vomir. Mais je devais y aller, puisque j'allais prendre la parole, entre autres. Après avoir raccroché, j'ai recommencé à lire les posts sur son mur :

> Je viens d'apprendre que Gus Waters est mort après une longue bataille contre le cancer. Demeure en paix, mon pote.

Je me doutais que ces gens étaient réellement tristes et je n'étais pas aussi en colère que ça contre eux. J'étais en colère contre l'univers. Mais ça me rendait quand même furieuse : tous ces amis qui se pointaient quand on n'en avait justement plus besoin. J'ai écrit une réponse à ce dernier post :

On vit dans un univers dédié à la création et à l'éradication de la conscience. Augustus Waters n'est pas mort après une longue bataille contre le cancer, mais après une longue bataille contre la conscience humaine, en victime – comme tu le seras un jour – du besoin de l'univers de faire et défaire absolument tout.

J'ai envoyé mon mot et j'ai attendu que quelqu'un réagisse. J'ai rafraîchi la page toutes les cinq secondes, mais rien. Mon commentaire s'est perdu dans l'avalanche de nouveaux posts qui s'est vite abattue. Il allait tellement manquer à tout le monde et tout le monde priait pour sa famille. Je me suis rappelé ce que Van Houten affirmait dans sa lettre : la langue enterre, mais ne ressuscite pas.

Au bout d'un moment, je suis allée dans le salon pour regarder la télé avec mes parents. Je serais incapable de dire quelle émission passait, mais à un moment donné, ma mère m'a demandé :

– Hazel, qu'est-ce qu'on peut faire pour toi?

J'ai secoué la tête et je me suis remise à pleurer.

– Qu'est-ce qu'on peut faire? a-t-elle répété.

J'ai haussé les épaules.

Mais elle a continué à me poser la même question, comme si elle avait réellement pu faire quelque chose, jusqu'à ce que, finalement, je me couche à moitié sur le canapé, la tête sur ses genoux. Mon père est venu nous rejoindre et il m'a serré les jambes bien fort, j'ai passé les bras autour de la taille de ma mère et tous les deux m'ont tenue contre eux pendant des heures tandis que les vagues déferlaient.

Chapitre vingt-deux

QUAND on est arrivés sur place, je me suis assise au fond de la chapelle ardente, une petite pièce aux murs de pierres apparentes, adjacente à l'église du Cœur Littéral de Jésus. Il devait y avoir environ quatre-vingts chaises dans la salle, qui était pleine aux deux tiers mais qui paraissait surtout au tiers vide.

Pendant quelques instants, je me suis contentée de regarder les gens marcher jusqu'au cercueil, qui était posé sur une sorte de chariot recouvert d'un drap violet. Tous ces gens que je n'avais jamais vus allaient s'agenouiller à côté de lui ou restaient debout et le regardaient, pleuraient ou disaient quelque chose peut-être, puis ils effleuraient le cercueil au lieu de le toucher, lui, parce que personne ne voulait toucher un mort.

Les parents de Gus se tenaient à côté du cercueil et embrassaient tous ceux qui passaient, mais quand ils se sont aperçus que j'étais là, ils m'ont souri et sont venus me voir. Je me suis levée et j'ai d'abord serré son père dans mes bras, puis sa mère. Elle m'a étouffée contre elle, comme Gus le faisait, en m'écrasant les omoplates. Ils semblaient avoir vieilli – les yeux creux, la peau flasque sur leur visage épuisé. Eux aussi étaient arrivés au bout d'une course de haies.

– Il t'aimait tant, m'a dit la mère de Gus. Il t'aimait vraiment. Ce n'était pas une amourette, a-t-elle ajouté comme si j'en avais douté.

– Il vous aimait beaucoup aussi, ai-je murmuré.

C'est difficile à expliquer, mais leur parler me donnait l'impression de les poignarder et d'être poignardée par eux à mon tour.

– Je suis désolée, ai-je ajouté.

Après quoi, les parents de Gus ont discuté avec mes parents – une conversation tout en hochements de tête et pincements de lèvres. J'ai jeté un coup d'œil vers le cercueil et je me suis aperçue qu'il n'y avait personne devant, alors j'ai décidé d'y aller. J'ai retiré mon tube à oxygène de mes narines, je l'ai fait passer au-dessus de ma tête et je l'ai tendu à mon père. Je voulais que ce soit rien que lui et moi. J'ai pris mon petit sac et j'ai remonté la travée improvisée entre les rangées de chaises.

Ça m'a paru interminable, mais je n'ai pas arrêté de dire à mes poumons de la fermer, de leur rappeler qu'ils étaient forts, qu'ils étaient capables de le faire. En approchant du cercueil, je l'ai vu : ses cheveux avaient été soigneusement peignés et séparés par une raie sur le côté gauche, une coiffure qui l'aurait horrifié, et son visage avait été embaumé, mais il était toujours le Gus que je connaissais, mon grand et beau Gus.

Je voulais mettre la petite robe noire que j'avais achetée pour la fête d'anniversaire de mes quinze ans, ma robe de morte, mais elle était trop petite maintenant, alors j'avais mis une robe noire toute simple qui m'arrivait aux genoux. Et Augustus avait le costume élégant qu'il portait pour le dîner à l'Oranjee.

En m'agenouillant devant le cercueil, j'ai réalisé qu'on lui avait fermé les yeux – évidemment – et que je ne reverrais jamais ses yeux bleus.

– Je t'aime au présent, ai-je murmuré en posant la main sur sa poitrine. Tout va bien, Gus. Tout va bien. Je te jure. Tout va bien, tu m'entends ?

Je n'avais pas – et je n'ai toujours pas – l'assurance absolue qu'il m'entendait. Je me suis penchée pour l'embrasser sur la joue.

– OK, ai-je dit. OK.

J'ai soudain pris conscience que toute l'assistance nous regardait. La dernière fois qu'une foule pareille nous avait vus en train de nous embrasser, c'était à la maison d'Anne Frank. Sauf que cette fois, il n'y avait plus de « nous » au sens propre du terme, il n'y avait plus que moi qu'on regardait.

J'ai ouvert mon petit sac et j'ai pris le paquet de cigarettes qui se trouvait à l'intérieur, je l'ai glissé d'un geste furtif dans le creux qu'il y avait entre Gus et la doublure pelucheuse argentée du cercueil, en espérant que personne ne me voie.

– Celles-là, tu peux les fumer, lui ai-je murmuré. Je m'en fiche.

Pendant que je lui parlais, Papa et Maman s'étaient avancés au second rang avec mon chariot, pour que je n'aie pas trop à marcher jusqu'à ma place. Papa m'a tendu un mouchoir en papier et je me suis mouchée, puis j'ai glissé les tubes derrière mes oreilles et mis les embouts dans mes narines.

Je pensais que les obsèques proprement dites se dérouleraient dans l'église, mais tout s'est passé dans cette petite pièce adjacente, dans la Main Littérale de Jésus en somme, à l'endroit de la croix où Il avait été cloué. Un prêtre s'est avancé et il s'est placé derrière le cercueil, comme si c'était un pupitre, ou je ne sais quoi. Il a parlé un peu d'Augustus, vantant le courage qu'il avait montré face à la maladie et qui devait nous servir d'exemple à tous. Ce prêtre commençait déjà à m'agacer quand il a ajouté :

– Au paradis, Augustus sera enfin soigné et entier.

Ce qui sous-entendait qu'en raison de sa jambe en moins il avait été moins entier que les autres et je n'ai pas pu réprimer un soupir d'impatience. Mon père m'a serré la cuisse au-dessus du genou et m'a jeté un regard réprobateur, mais, dans la rangée derrière moi, quelqu'un a marmonné dans mon oreille de façon quasi inaudible :

– De bien belles conneries, n'est-ce pas, fillette ?

Je me suis retournée.

Peter Van Houten portait un costume en lin blanc, coupé de façon à contenir son embonpoint, une chemise bleu ciel et une cravate verte. Une tenue qui aurait convenu dans une exploitation coloniale au Panamá, plutôt qu'à des obsèques.

– Prions, a dit le prêtre.

Tandis que tout le monde inclinait la tête, j'ai fixé, incrédule, Peter Van Houten.

– Faisons semblant de prier, a-t-il soufflé au bout d'un moment, puis il a incliné la tête à son tour.

J'ai essayé de l'oublier et de prier pour Augustus,

d'écouter le prêtre, de ne pas regarder derrière moi.

Le prêtre a appelé Isaac, qui a été beaucoup plus sérieux qu'il ne l'avait été aux préfunérailles.

– Augustus Waters était le maire de la cité secrète de Cancervania, a commencé Isaac, et il est irremplaçable. On vous racontera sûrement des histoires drôles à son sujet, parce que c'était un type drôle, mais laissez-moi vous en raconter une sérieuse : le lendemain du jour où je me suis fait retirer l'œil, Gus s'est pointé à l'hôpital. J'étais aveugle, je venais de me faire larguer, je n'avais envie de rien, et Gus a déboulé dans ma chambre en criant : « J'ai une nouvelle sensationnelle ! » Et moi : « Je ne suis pas d'humeur à entendre une nouvelle sensationnelle. » Et Gus : « C'est une nouvelle sensationnelle que tu auras envie d'entendre. » Alors je lui ai demandé : « Bon, c'est quoi ? » Et lui : « Tu vas vivre une longue et belle vie, pleine de moments géniaux et de moments terribles dont tu n'as même pas idée ! »

Isaac n'a pas pu poursuivre, ou alors c'était parce qu'il n'avait rien écrit de plus.

Ensuite, un copain de lycée est venu raconter les exploits de Gus au basket et vanter son esprit d'équipe. Puis le prêtre a annoncé :

– À présent, nous allons entendre quelques mots d'Hazel, l'amie très chère d'Augustus.

L'amie très chère? Il y a eu quelques gloussements dans l'assistance, j'en ai déduit que je ne prenais aucun risque en commençant par dire au prêtre :

– J'étais sa *petite* amie.

Ce qui a fait rire les gens. Puis j'ai lu l'éloge funèbre que j'avais écrit.

– Dans la maison de Gus, il y a une citation formidable qu'on trouvait, Gus et moi, très réconfortante : «Sans souffrance, comment connaître la joie ?»

J'ai continué à débiter des conneries d'Encouragements tandis que les parents de Gus, bras dessus, bras dessous, s'embrassaient et hochaient la tête à chacune de mes paroles. Les obsèques, avais-je décidé, étaient pour les vivants.

Après que sa sœur Julie a parlé, la cérémonie s'est terminée par une prière où il était question de l'union de Gus avec Dieu, ce qui m'a fait repenser à notre conversation à l'Oranjee, quand Gus m'avait dit qu'il ne croyait pas aux manoirs en nuages ni aux harpes, mais qu'il croyait à un truc avec un grand T. Alors, pendant la prière, j'ai essayé de l'imaginer dans un quelque part avec un grand Q, mais même à ce moment, je n'arrivais pas à me persuader qu'on se retrouverait. Je connaissais déjà trop de morts. Je savais que le temps s'écoulerait différemment pour moi que pour lui – que, comme chacun dans cette salle, je continuerais d'accumuler les amours et les pertes alors que lui, non. Et pour moi, c'était la tragédie ultime, la véritable tragédie : comme tous les morts du monde, il avait été rétrogradé une fois pour toutes d'esprit hanté à esprit qui hante.

Ensuite, un des beaux-frères de Gus a apporté un gros lecteur de CD et il a passé une chanson que Gus avait choisie – « Le nouveau partenaire », un morceau triste et doux des Hectic Glow. Franchement, j'avais envie de rentrer à la maison. Je ne connaissais pratiquement personne et je sentais les petits yeux de Peter Van Houten vriller mes omoplates dénudées, sauf qu'après la chanson tout le monde est venu vers moi pour me dire que j'avais merveilleusement parlé et que c'était une belle cérémonie, alors que c'était un mensonge : ce n'était pas une belle cérémonie, c'étaient des obsèques, qui ressemblaient à n'importe quelles autres obsèques.

Les porteurs de cercueil – ses cousins, son père, un oncle et des amis que je n'avais jamais vus – sont venus le soulever pour le ramener au corbillard.

Une fois dans la voiture avec Papa et Maman, je leur ai déclaré :

– Je ne veux pas y aller, je suis fatiguée.

– Hazel, a dit ma mère.

– Maman, il n'y aura pas de chaise pour s'asseoir, ça va durer des plombes et je suis crevée.

– Hazel, on doit y aller pour M. et Mme Waters, a répondu ma mère.

– C'est juste que…

Je ne sais pas pourquoi, mais je me sentais toute petite à l'arrière. J'aurais bien aimé être toute petite, en fait, avoir six ans, quelque chose comme ça.

– Bon d'accord, ai-je soupiré.

J'ai regardé par la vitre. Je n'avais aucune envie d'y aller, aucune envie de le voir descendre en terre, à l'endroit qu'il avait choisi avec son père, et aucune envie de voir ses parents agenouillés dans l'herbe humide gémir de chagrin, et aucune envie de voir le ventre d'alcoolique de Peter Van Houten tendre sa veste en lin, et aucune envie de pleurer devant tout un tas de gens, et aucune envie de lancer une poignée de terre sur sa tombe et aucune envie de voir mes parents obligés d'être là, sous ce beau ciel clair avec la lumière rasante de fin d'après-midi, en pensant à leur jour et leur enfant et mon emplacement et mon cercueil et ma poignée de terre.

Mais j'ai fait toutes ces choses, sans exception, et même pire, parce que Papa et Maman étaient persuadés qu'on devait les faire.

***

Après l'enterrement, Van Houten est venu me trouver.

– Je peux monter en voiture avec vous ? m'a-t-il demandé en posant une main grassouillette sur mon épaule. J'ai laissé ma voiture de location au pied de la colline.

J'ai haussé les épaules et il a ouvert la portière arrière juste au moment où mon père déverrouillait la fermeture automatique des portes.

Une fois à l'intérieur, Van Houten s'est penché entre les deux sièges de devant et il a dit :

– Peter Van Houten : romancier émérite et déception ambulante semi-professionnelle.

Mes parents se sont présentés à leur tour, et il leur a serré la main. J'étais sidérée que Peter Van Houten ait fait tout ce voyage pour assister à des obsèques.

– Mais comment avez-vous… ai-je commencé, mais il m'a coupée.

– J'ai utilisé l'infernal Internet pour consulter les avis de décès de la ville d'Indianapolis.

Il a plongé la main dans la poche intérieure de son costume en lin et en a ressorti une petite bouteille de whisky.

– Alors vous avez acheté un billet et…

Il m'a de nouveau interrompue tout en dévissant le bouchon de sa bouteille.

– Le billet en première coûtait quinze mille dollars, mais j'ai de quoi satisfaire ce genre de caprice. Sans compter que les boissons sont gratuites sur le vol. Pour peu que vous ayez soif, vous pouvez presque rentabiliser le billet.

Van Houten a avalé une gorgée de whisky, puis il s'est penché pour en offrir à mon père, qui a répondu :

– Euh, non merci.

Van Houten m'a tendu la bouteille, et je l'ai prise.

– Hazel ! a dit ma mère, mais j'ai enlevé le bouchon et bu un peu de whisky.

J'ai ressenti la même chose dans l'estomac que ce que je ressentais dans les poumons. J'ai rendu la bouteille à Van Houten, qui a pris une grande lampée avant de déclarer :

– *Omnis cellula e cellula.*

– Hein ?

– Votre Waters et moi avons correspondu un peu et dans ses derniers…

– Vous lisez les mails de vos fans, maintenant ?

– Non, il a envoyé son courrier chez moi, non pas chez mon éditeur. Et je ne le qualifierais pas de fan, il me détestait. Cependant, il a insisté pour que j'assiste à ses obsèques et vous raconte ce qu'il était arrivé à la mère d'Anna afin de me faire pardonner ma mauvaise conduite. Alors me voici et voici la réponse que vous attendiez : *Omnis cellula e cellula.*

– Quoi ?

– *Omnis cellula e cellula*, a-t-il répété. « Toutes les cellules sont issues d'autres cellules. » Chaque cellule provient de la division d'une cellule antérieure, qui elle-même provient de la division d'une cellule antérieure. La vie est issue de la vie. La vie engendre la vie qui engendre la vie qui engendre la vie qui engendre la vie.

On était parvenus au pied de la colline.

– OK, d'accord, ai-je dit.

Je n'étais pas d'humeur. Il était hors de question que Peter Van Houten joue les vedettes aux obsèques de Gus, je ne le permettrais pas.

– Merci, ai-je ajouté. On est arrivés.

– Vous ne voulez pas d'explication ? a-t-il demandé.

– Non, ça suffit comme ça, ai-je répondu. Je pense que vous n'êtes qu'un pathétique alcoolique qui dit des trucs pointus pour attirer l'attention comme un gamin de onze ans précoce et ça me met super mal à l'aise pour vous. Mais non, vous n'êtes plus le type qui a écrit *Une impériale affliction*, donc vous ne pouvez pas écrire de suite même si vous le vouliez. Merci quand même. Bonne vie à vous.

– Mais…

– Et merci pour le whisky, ai-je ajouté. Maintenant, sortez de la voiture.

Il avait la tête de quelqu'un qui s'est fait gronder. Papa avait arrêté la voiture et il a laissé tourner le moteur pendant qu'on attendait, en dessous de l'endroit où Gus avait été enterré, que Van Houten ouvre la portière et, enfin muet, s'en aille.

Tandis qu'on s'éloignait, je l'ai regardé par la vitre arrière boire une gorgée de whisky, puis lever la bouteille dans ma direction, comme pour trinquer avec moi. Il avait l'air si triste. J'avoue qu'il m'a fait de la peine.

On a fini par rentrer à la maison vers 18 h, j'étais épuisée. Je n'avais qu'une envie : dormir, mais Maman a insisté pour que je mange des pâtes au fromage, en m'autorisant cependant à le faire au lit. J'ai dormi quelques heures, branchée sur le BiPAP. Le réveil a été horrible parce que, le temps que je reprenne mes esprits, j'ai eu l'impression que tout allait bien, puis tout s'est à nouveau écroulé. Ma mère m'a débranchée du BiPAP, je me suis connectée à une bombonne portative et je me suis traînée jusqu'à la salle de bains pour me laver les dents.

En me regardant dans la glace, je me suis fait la réflexion qu'il existait deux sortes d'adultes : les Peter Van Houten – ces êtres pitoyables qui parcourent la planète en quête de quelqu'un à qui faire du mal, et puis les gens comme mes parents, qui déambulent comme des zombies, vaquant à leurs diverses occupations pour continuer de pouvoir déambuler.

Aucune de ces deux perspectives d'avenir ne m'apparaissait particulièrement tentante. J'avais l'impression d'avoir déjà vu toute la pureté, tout le bien que le monde renfermait, et je commençais à soupçonner que, même si la mort ne l'avait pas contrarié, l'amour qu'Augustus et moi partagions était le genre d'amour qui ne pouvait pas durer. « L'aube cède au jour cruel », a écrit le poète. « L'or n'est en rien éternel. »

Quelqu'un a frappé à la porte de la salle de bains.

– C'est pris, ai-je dit.

– Hazel, a demandé mon père. Je peux entrer ?

Je n'ai pas répondu, mais j'ai ouvert le verrou. Je me suis assise sur le couvercle de la cuvette des toilettes. Pourquoi respirer demandait autant d'efforts ? Papa s'est accroupi à côté de moi. Il a pris mon visage entre ses mains, il l'a pressé contre son épaule, et il a dit :

– Je suis désolé que Gus soit mort.

Je suffoquais presque contre son T-shirt, mais ça faisait du bien d'être serrée bien fort dans l'odeur rassurante de mon père. J'avais l'impression qu'il était en colère ou je ne sais quoi, et ça m'a plu parce que moi aussi j'étais en colère.

– C'est nul, a-t-il ajouté. Quatre-vingts pour cent de chances de survie, et il est dans les vingt pour cent restants? C'est nul. C'était un garçon brillant. C'est nul. Je suis furieux. Mais c'était sûrement un privilège de l'aimer, non?

J'ai hoché la tête.

– Alors ça te donne une idée de ce que je ressens pour toi, a-t-il dit.

Mon vieux papa. Il avait toujours le mot juste.

Chapitre vingt-trois

QUELQUES jours plus tard, je me suis réveillée vers midi et je suis allée chez Isaac en voiture. C'est lui qui m'a ouvert.

— Ma mère a emmené Graham au cinéma, a-t-il dit.

— On devrait faire quelque chose, ai-je dit.

— Est-ce que ce quelque chose pourrait être : jouer à un jeu vidéo d'aveugle sur le canapé ?

— C'est exactement le genre de quelque chose auquel je pensais.

On est donc restés plusieurs heures sur le canapé à parler à l'écran en nous frayant un passage dans cette éternelle grotte labyrinthique et invisible. Le plus drôle, et de loin, c'était d'engager l'ordinateur dans des conversations comiques :

Moi : Toucher la paroi de la grotte.

L'ordinateur : Vous touchez la paroi de la grotte. Elle est humide.

Isaac : Lécher la paroi de la grotte.

L'ordinateur : Je ne comprends pas. Répétez.

Moi : Chouchouter la paroi humide de la grotte.

L'ordinateur : Vous avez essayé de shooter dans la paroi humide de la grotte. Vous vous êtes fait mal au pied.

Isaac : J'ai dit se frotter, pas sauter !

L'ordinateur : Je ne comprends pas.

Isaac : Écoute, mon pote, ça fait des semaines que je suis tout seul dans le noir au fond de cette grotte, j'ai besoin de me détendre. CHOUCHOUTE LA PAROI DE LA GROTTE !

L'ordinateur : Vous avez essayé de shoot…

Moi : Caresser la paroi de la grotte.

L'ordinateur : Je ne…

Isaac : Faire l'amour à la grotte.

L'ordinateur : Je ne…

Moi : OK. Prendre le boyau de gauche.

L'ordinateur : Vous suivez le boyau de gauche. Le passage rétrécit.

Moi : Avancer courbé.

L'ordinateur : Vous avancez courbé sur cent mètres. Le passage rétrécit.

Moi : Ramper.

L'ordinateur : Vous rampez sur trente mètres. De l'eau vous dégouline sur le dos. Vous atteignez un monticule de pierres qui bloque le passage.

Moi : Est-ce que maintenant je peux chouchouter la grotte ?

L'ordinateur : Vous ne pouvez pas shooter sans vous mettre debout.

Isaac : Je déteste vivre dans un monde où il n'y a plus Augustus Waters.

L'ordinateur : Je ne comprends pas.

Isaac : Moi non plus. Pause.

Il a laissé tomber la télécommande sur le canapé.

– Tu sais si ça fait mal ? m'a-t-il demandé.

– Il n'arrivait pratiquement plus à respirer, ai-je répondu. Il a fini par perdre connaissance, mais je crois que oui, ce n'était pas trop le pied. Ça craint de mourir.

– Oui, a dit Isaac, puis, au bout d'un certain temps, il a ajouté : Ça semble tellement impossible.

– Ça arrive tous les jours, ai-je dit.

– Tu as l'air en colère, a-t-il remarqué.

– Je le suis.

On est restés un long moment sans rien dire, ce qui

m'allait très bien, et j'ai repensé à cette fois, dans le Cœur Littéral de Jésus, où Gus avait parlé de sa peur de l'oubli, et je lui avais répondu qu'il avait peur de quelque chose d'universel et d'inévitable et que le vrai problème, ce n'était ni la souffrance ni l'oubli, mais leur absence perverse de sens, le nihilisme absolument inhumain de la souffrance. Puis j'ai repensé à ce que mon père m'avait dit à propos de l'univers qui voulait être remarqué. Quand ce qu'on veut, nous, c'est que l'univers nous remarque, qu'il s'intéresse à ce qui nous arrive – et je ne parle pas de la vie des hommes en général mais de la petite vie de chacun d'entre nous.

– Gus t'aimait vraiment, tu sais, a dit Isaac.

– Je sais.

– Il ne parlait que de toi.

– Je sais.

– C'était horripilant.

– Je ne trouvais pas ça horripilant, ai-je répliqué.

– Finalement, il t'a donné le truc qu'il écrivait ?

– Quel truc ?

– La suite du bouquin que vous aimiez tous les deux.

Je me suis tournée vers Isaac.

– Quoi ?

– Il m'a dit qu'il travaillait sur quelque chose pour toi, mais qu'il était nul comme écrivain.

– C'était quand?

– Je ne sais pas. Un peu après votre retour d'Amster-dam.

– Quand ça, un peu après? ai-je insisté.

Avait-il pu la terminer? L'avait-il écrite et laissée sur son ordinateur ou ailleurs?

– Hum, a soupiré Isaac. Je n'en sais rien. On en a parlé une fois ici. Il est venu… et on a joué avec mon logiciel à lire les e-mails. Je venais d'en recevoir un de ma grand-mère. Je peux vérifier la date si tu…

– Oui! Oui! Elle est où?

Gus en avait parlé un mois auparavant. Un mois. Pas un bon mois, il faut le reconnaître, mais quand même – un mois. C'était suffisant pour qu'il ait eu le temps d'écrire, ne serait-ce qu'un peu. Il restait quelque chose de lui ou quelque chose écrit par lui quelque part. Il me le fallait.

– Je vais chez lui, ai-je annoncé à Isaac.

Je suis retournée en quatrième vitesse à la voiture, j'ai hissé mon chariot à oxygène sur le siège passager, j'ai mis le contact et un morceau de hip-hop a explosé dans les baffles. Au moment où je me suis penchée pour changer de station de radio, j'ai entendu une voix rapper. En suédois.

Je me suis retournée d'un bloc et j'ai hurlé en

découvrant Peter Van Houten assis sur le siège arrière.

– Je vous prie de m'excuser si je vous ai fait peur! s'est exclamé Peter Van Houten par-dessus la musique.

Il portait toujours le même costume qu'aux obsèques, presque une semaine après. Il sentait comme s'il transpirait de l'alcool.

– Vous pouvez garder le CD, a-t-il dit. C'est Snook, un des groupes suédois les plus…

– Ah ah ah ah SORTEZ DE MA VOITURE!

J'ai éteint la musique.

– J'ai cru comprendre que c'était celle de votre mère, a-t-il rétorqué. Je vous signale qu'elle n'était pas fermée.

– J'y crois pas! Sortez de cette voiture, ou j'appelle la police. C'est quoi, votre problème?

– S'il n'y en avait qu'un, a-t-il répondu, songeur. Je suis ici simplement pour vous présenter mes excuses. Vous avez vu juste l'autre jour en disant que j'étais un petit homme pathétique, dépendant de l'alcool. Encore récemment, ma vie sociale se résumait à une seule personne qui acceptait de passer du temps avec moi uniquement parce que je la payais pour ça. Aujourd'hui c'est pire, elle a démissionné, faisant de moi la seule âme au monde à qui personne, même contre de l'argent, ne veut tenir compagnie. Tout est vrai, Hazel. Tout cela et bien plus.

– OK, ai-je dit.

Son discours aurait été plus émouvant s'il n'avait pas trébuché sur chaque mot.

– Vous me rappelez Anna.

– Je rappelle un tas de gens à un tas de gens, ai-je répondu. Il faut vraiment que j'y aille.

– Alors roulez, a-t-il dit.

– Sortez de la voiture.

– Non. Vous me rappelez Anna, a-t-il répété.

J'ai fini par passer la marche arrière et sortir de chez Isaac. Je n'arrivais pas à le faire partir et je n'y étais pas obligée. Chez Gus, ses parents s'en chargeraient.

– Vous connaissez Antonietta Meo, bien sûr ? a demandé Van Houten.

– Oui, non, ai-je répondu en remettant la musique.

Le hip-hop suédois hurlait dans la voiture, mais Van Houten hurlait plus fort que lui.

– Elle risque d'être bientôt la plus jeune sainte non martyre de l'Église catholique. Elle a eu le même cancer que M. Waters, un ostéosarcome. Elle a été amputée de la jambe droite et a souffert de façon atroce. Tandis qu'elle mourait de cet épouvantable cancer à l'âge avancé de six ans, Antonietta Meo a dit à son père : « La souffrance, c'est comme le tissu : plus c'est solide, plus ça a de la valeur. » Est-ce que c'est vrai, Hazel ?

Je ne le regardais pas directement, je regardais son reflet dans le rétroviseur.

– Non. C'est des conneries. ai-je crié par-dessus la musique.

– Mais vous auriez bien aimé que ce soit vrai, a-t-il crié à son tour.

J'ai éteint la musique.

– Je vous demande pardon d'avoir gâché votre voyage. Vous étiez trop jeunes, vous étiez…

Il a explosé en sanglots, comme s'il avait le droit de pleurer la mort de Gus. Van Houten n'était qu'un autre de ces innombrables endeuillés qui ne le connaissaient pas, un autre de ces auteurs de posts qui se lamentaient trop tard sur son mur.

– Vous n'avez pas gâché notre voyage, espèce de gros plein de soupe suffisant. On a fait un voyage merveilleux.

– J'essaie, a-t-il dit. J'essaie vraiment, je vous le jure.

J'ai réalisé à peu près à cet instant que Van Houten avait perdu quelqu'un de sa famille. J'ai repensé à l'honnêteté avec laquelle il avait écrit sur le cancer des enfants ; au fait qu'à Amsterdam il avait été incapable de me parler sauf pour me demander si j'avais fait exprès de m'habiller comme Anna ; à ses remarques odieuses concernant Augustus et moi ; à sa question blessante sur le rapport entre l'intensité de la souffrance et sa valeur. Il buvait à l'arrière de la voiture, il avait l'air d'un vieil homme qui n'avait pas dessoûlé depuis des années. Je me suis rappelé une statistique que j'aurais préféré ne pas connaître : la moitié des couples se séparaient un an après la mort d'un enfant. J'ai regardé Van Houten dans le rétroviseur. J'étais en train de descendre College Avenue, j'ai ralenti et je me suis garée derrière une file de voitures.

– Vous avez eu un enfant qui est mort ? ai-je demandé.

– Ma fille. Elle avait huit ans, elle a admirablement souffert et elle ne sera pas béatifiée.

– Elle avait une leucémie ? ai-je demandé.

Il a acquiescé.

– Comme Anna, ai-je ajouté.

– Oui, exactement comme Anna.

– Vous étiez marié ?

– Non. Enfin, pas au moment de la mort d'Anna. J'étais déjà invivable bien longtemps avant que nous la perdions. Le chagrin ne vous change pas, Hazel, il vous révèle.

– Vous viviez avec elle ?

– Non, pas de façon permanente, bien que, vers la fin, nous l'ayons fait venir à New York, où j'habitais, pour lui faire subir une série de tortures expérimentales qui ont eu pour seul résultat d'accroître le supplice de ses jours sans en augmenter le nombre.

– Alors c'est un peu comme si vous lui aviez donné une seconde vie, dans laquelle elle atteint l'adolescence, ai-je dit une seconde après.

– Oui, on pourrait penser ça, a-t-il acquiescé, puis il s'est empressé d'ajouter : je suppose que vous connaissez le fameux problème du tramway de Philippa Foot ?

– Et voilà que j'arrive chez vous, habillée comme la fille que vous aviez espéré qu'elle devienne si elle avait vécu et vous en êtes complètement abasourdi.

– Un tramway, dont les freins ont lâché, descend une pente à toute vitesse…

– Je me fiche de votre problème de tramway, ai-je dit.

– C'est celui de Philippa Foot, en fait, a-t-il précisé.

– Je me fiche du sien aussi.

– Elle ne comprenait pas ce qui lui arrivait, a-t-il poursuivi. J'ai été obligé de lui dire qu'elle allait mourir. L'assistante sociale avait insisté pour que je le fasse. Je lui ai raconté qu'elle irait au paradis. Alors elle m'a demandé si j'y serais aussi et je lui ai répondu que non, pas tout de suite. Mais plus tard, elle a insisté, et j'ai promis que je la rejoindrais très vite, bien sûr. Et qu'entre-temps les familles formidables qui vivaient au paradis s'occuperaient d'elle. Alors elle m'a redemandé quand je la retrouverais là-bas, et je lui ai redit bientôt. Ça fait vingt-deux ans.

– Je suis désolée.

– Moi aussi.

– Qu'est devenue sa mère ?

Il m'a souri.

– Vous n'avez pas renoncé à votre suite, petite canaille.

Je lui ai souri aussi.

– Vous devriez rentrer chez vous dessoûler, écrire un autre roman, faire ce pour quoi vous êtes doué. Peu de gens ont la chance d'avoir un talent comme le vôtre.

Il m'a regardée un long moment dans le rétroviseur.

– D'accord, oui, vous avez raison. Vous avez raison.

Mais alors même qu'il disait cela, il a sorti sa bouteille de whisky aux trois quarts vide, il en a bu une gorgée, puis il l'a rebouchée et il a ouvert la portière.

– Au revoir, Hazel.

– Bon courage, Van Houten.

Il s'est assis au bord du trottoir derrière la voiture. Et, tandis que je le regardais rétrécir dans le rétroviseur, il a sorti sa bouteille et, l'espace d'une seconde, j'ai cru qu'il allait l'abandonner sur la chaussée, puis il a repris une gorgée.

Il faisait chaud cet après-midi-là à Indianapolis, l'air était lourd et immobile, on se serait cru à l'intérieur d'un nuage. Pour moi, c'était ce qu'il y avait de pire, ce qui m'a permis de me persuader que c'était pour ça que la distance entre ma voiture et la porte d'entrée de chez Gus me semblait interminable. J'ai sonné, c'est la mère de Gus qui m'a ouvert.

– Oh, Hazel, a-t-elle dit en m'enveloppant dans ses bras et en pleurant.

Elle et son mari m'ont ensuite invitée à manger des lasagnes aux aubergines avec eux – je suppose que plein de gens leur avaient apporté de la nourriture et d'autres trucs.

– Comment vas-tu ? m'ont-ils demandé.

– Il me manque.

– Oui.

Je ne savais pas quoi leur dire d'autre. Je voulais juste descendre dans sa chambre et trouver ce qu'il avait écrit pour moi. Le silence qui régnait dans la pièce me mettait mal à l'aise. J'aurais voulu qu'ils se parlent, qu'ils se réconfortent, qu'ils se tiennent la main, ou je ne sais quoi. Mais ils mangeaient de toutes petites bouchées, sans même se regarder.

– Le paradis avait besoin d'un ange, a dit son père un moment plus tard.

– Je sais, ai-je dit.

Puis ses sœurs et leurs gosses turbulents se sont entassés dans la cuisine avec nous. Je me suis levée pour embrasser ses sœurs, puis j'ai regardé les gamins courir autour de la cuisine avec ce trop-plein de bruit et d'énergie dont nous avions affreusement besoin, comme des molécules surexcitées qui se cognaient les unes contre les autres – et crier: «Touché non tu es touché j'étais touché mais ensuite je t'ai dit touché non tu ne m'as pas dit touché tu m'as raté maintenant je te dis touché non espèce de débile on jouait plus DANIEL NE TRAITE PAS TON FRÈRE DE DÉBILE maman pourquoi je n'ai pas le droit de dire ce mot alors que tu viens de le dire débile débile débile» puis tous en chœur débile débile débile débile débile, et à table les parents de Gus se tenaient la main, ce qui m'a rassurée.

– Isaac m'a dit que Gus écrivait quelque chose, quelque chose pour moi, ai-je dit.

Les gamins chantaient toujours le chant des débiles.

– On peut regarder sur son ordinateur, a proposé sa mère.

– Il ne s'en servait plus beaucoup les derniers temps, ai-je dit.

– C'est vrai. Je ne suis même pas sûre qu'on l'ait monté au salon. Il est toujours en bas, Mark?

– Je n'en sais rien.

– Dans ce cas, est-ce que je peux… ai-je demandé en indiquant la porte du sous-sol.

– Nous ne sommes pas encore prêts, a dit son père. Mais toi, tu peux y aller, Hazel, bien sûr.

J'ai descendu l'escalier, je suis passée devant son lit défait, devant les fauteuils dans lesquels on jouait aux jeux vidéo. Son ordinateur était toujours en veille. J'ai secoué la souris pour le rallumer, puis j'ai cherché les documents les plus récents dans ses dossiers. Rien le mois dernier. La dernière chose qu'il avait rédigée, c'était un essai sur *L'Œil le plus bleu* de Toni Morrison.

Peut-être avait-il écrit quelque chose à la main. Je me suis mise en quête d'un journal ou d'un carnet sur les étagères. Rien. J'ai feuilleté son exemplaire d'*Une impériale affliction*. Il n'avait rien écrit dessus.

Puis j'ai regardé sur sa table de nuit. À côté de sa lampe de chevet, j'ai trouvé *Mayhem illimité*, le neuvième tome du *Prix de l'aube*, corné à la page 138. Il n'avait pas réussi à le finir.

– Attention, spoiler: Max Mayhem survit, ai-je dit à Gus, au cas où il m'entendrait.

Puis je me suis allongée sur son lit défait, je me suis enroulée dans sa couette, comme dans un cocon, m'imprégnant de son odeur. J'ai retiré ma canule pour mieux la sentir, inspirant, expirant son odeur, qui se dissipait sans même que je bouge du lit. J'avais la poitrine en feu et je ne savais plus ce qui faisait le plus mal.

J'ai fini par me rasseoir au bord du lit, j'ai remis ma canule et j'ai respiré ainsi un moment avant de remonter l'escalier. Dans la cuisine, j'ai juste secoué la tête pour dire non en réponse au regard interrogateur de ses parents. Les gamins sont passés en trombe à côté de moi. Une des sœurs de Gus – j'étais incapable de les distinguer l'une de l'autre – a dit:

– Maman, tu veux que je les emmène au parc?

– Non, non, ce n'est pas la peine.

– Est-ce qu'il aurait pu ranger un carnet quelque part? ai-je demandé. À côté de son lit médicalisé, par exemple?

Le lit avait déjà disparu, récupéré par l'établissement de soins palliatifs.

– Hazel, tu es venue tous les jours, a dit son père. Tu… il n'était jamais seul, ma chérie. Il n'aurait pas eu le temps d'écrire quoi que ce soit. Je sais que tu as envie… j'en ai envie moi aussi. Mais les messages qu'il nous laisse désormais viennent d'en haut, a-t-il ajouté en indiquant le plafond, comme si Gus planait juste au-dessus de la maison.

Il planait peut-être, d'ailleurs, je n'en sais rien. Mais je ne sentais pas sa présence.

– Oui, ai-je renchéri, et j'ai promis de revenir les voir d'ici quelques jours.

Plus jamais je n'ai retrouvé son odeur.

Chapitre vingt-quatre

TROIS JOURS après, le onzième jour post Gus, son père m'a appelée dans la matinée. J'étais encore branchée sur le BiPAP, je n'ai pas répondu, mais j'ai tout de suite écouté son message. « Bonjour, Hazel, c'est le père de Gus. J'ai trouvé un, euh, carnet noir dans le porte-revues qui se trouvait à côté de son lit médicalisé, assez près du lit, en fait, pour qu'il puisse l'atteindre. Malheureusement, il n'y a rien écrit dessus, toutes les pages sont vierges. Mais les trois ou quatre premières pages du carnet ont été arrachées. On a fouillé toute la maison, on ne les a pas retrouvées. Je ne sais donc pas trop quoi en penser. Peut-être que ce sont les pages dont Isaac parlait. Bref, j'espère que tu vas bien. Tu es dans nos prières tous les jours, Hazel. OK, au revoir. »

Trois ou quatre pages arrachées à un carnet noir qui ne se trouvaient plus dans la maison d'Augustus Waters. Où me les aurait-il laissées ? Sur le *Funky Bones* ? Non, il n'était pas assez en forme pour aller jusqu'au parc.

Dans le Cœur Littéral de Jésus ? Peut-être les avait-il cachées là-bas pendant sa dernière bonne journée.

Je suis donc partie vingt minutes en avance au groupe de soutien, j'ai pris Isaac chez lui au passage et on a roulé jusqu'au Cœur Littéral de Jésus, vitres baissées, en écoutant le dernier album des Hectic Glow que Gus ne connaîtrait jamais.

Une fois sur place, on est descendus par l'ascenseur, j'ai guidé Isaac jusqu'aux chaises du cercle de la vérité, puis j'ai fait un tour méthodique du Cœur Littéral de Jésus. J'ai vérifié partout : sous les chaises, près du lutrin devant lequel j'avais lu mon éloge funèbre, sous la table où se trouvaient les biscuits, sur le tableau d'affichage du catéchisme recouvert de dessins d'enfants représentant l'amour de Dieu. Rien. C'était le seul endroit où nous étions allés ensemble dans les derniers jours, à part chez lui, et les pages n'y étaient pas non plus, ou alors quelque chose m'échappait. Peut-être les avait-il laissées à l'hôpital, mais, dans ce cas, elles avaient dû être jetées après sa mort.

Quand je me suis assise à côté d'Isaac, je n'avais plus de souffle et, pendant le récit de Patrick-n'a-plus-de-couilles, je n'ai pas arrêté de dire à mes poumons que tout allait bien, qu'ils étaient capables de respirer, qu'il y avait assez d'oxygène pour eux dans ce monde. Je m'étais fait retirer du liquide une semaine avant la mort de Gus – j'avais regardé l'eau cancéreuse ambrée s'écouler à travers le tube –, et pourtant, j'avais déjà l'impression qu'ils étaient pleins. J'étais tellement concentrée sur ma respiration qu'au début je n'ai pas remarqué que Patrick m'appelait.

Je me suis figée.

– Oui ? ai-je demandé.

– Comment vas-tu ?

– Je vais bien, Patrick. J'ai juste un peu de mal à respirer.

– Est-ce que tu voudrais partager un souvenir d'Augustus avec le groupe ?

– J'aimerais juste mourir, Patrick. Ça ne t'arrive jamais ?

– Si, a-t-il répondu sans marquer un temps comme il le faisait d'habitude. Si, bien sûr. Alors pourquoi tu ne le fais pas ?

J'ai réfléchi à la question. Ma réponse habituelle,

c'était que je voulais rester vivante pour mes parents, parce qu'après ma disparition ils seraient dévastés et sans enfant. Je le pensais toujours, enfin plus ou moins, mais il n'y avait pas que ça.

– Je n'en sais rien, ai-je répondu finalement.

– Parce que tu espères aller mieux?

– Non, ce n'est pas ça. Je n'en sais vraiment rien. Et toi, Isaac? ai-je demandé.

J'étais fatiguée de parler.

Isaac s'est mis à parler du grand amour. Je ne pouvais pas dire au groupe ce que je pensais vraiment, je me serais sentie beaucoup trop cruche, mais je pensais à l'univers et à son désir d'être remarqué et à moi qui devais le remarquer du mieux que je pouvais. J'avais l'impression d'avoir une dette envers l'univers, que je ne pourrais rembourser qu'en étant attentive à lui, et une dette aussi envers ceux qui ne deviendraient pas des personnes et envers ceux qui n'étaient pas encore devenus des personnes. En gros, ce que mon père m'avait raconté.

Je suis restée silencieuse jusqu'à la fin de la séance. Patrick a dit une prière particulière pour moi et le nom de Gus a été ajouté au bas de la longue liste des morts – quatorze morts pour un vivant –, et on s'est engagés à vivre le meilleur de notre vie aujourd'hui, puis j'ai raccompagné Isaac à la voiture.

En rentrant, j'ai trouvé Papa et Maman installés à la table de la salle à manger devant leur ordinateur portable. À mon arrivée, ma mère a refermé brutalement le sien.

– Qu'est-ce que tu as là-dessus ? lui ai-je demandé.

– Des recettes de plats riches en antioxydants. Tu es prête pour le BiPAP et *Top Model USA* ?

– Je crois que je vais aller m'allonger cinq minutes.

– Ça va ?

– Oui, je suis juste fatiguée.

– Il faut d'abord que tu manges quelque…

– Maman, tu n'imagines pas à quel point je n'ai pas faim.

Je me suis avancée vers la porte, mais elle m'a barré le passage.

– Hazel, tu dois manger. Ne serait-ce qu'un peu de fro…

– Non. Je vais me coucher.

– Non, tu ne vas pas te coucher.

J'ai lancé un regard à mon père, qui a haussé les épaules.

– C'est ma vie, ai-je dit.

– Tu ne vas pas te laisser mourir de faim parce qu'Augustus est mort. Tu vas dîner.

Je ne sais pas pourquoi, mais j'étais vraiment agacée.

– Maman, je ne peux pas manger! Tu comprends?

J'ai essayé de l'écarter de mon chemin, mais elle m'a attrapée par les épaules.

– Hazel, tu dînes. Il faut que tu restes en bonne santé!

– NON! ai-je crié. Je ne dîne pas et je ne peux pas rester en bonne santé parce que je ne suis pas en bonne santé. Je suis en train de mourir, Maman. Je vais mourir et je te laisserai seule sans personne sur qui veiller et tu ne seras plus jamais une maman, et j'en suis désolée, mais je ne peux rien y faire, OK?

J'ai regretté aussitôt ce que j'avais dit.

– Tu m'as entendue, a-t-elle murmuré.

– Quoi?

– Tu m'as entendue dire ça à ton père, n'est-ce pas? a-t-elle répété, les larmes aux yeux.

J'ai hoché la tête.

– Oh, mon Dieu, Hazel, pardonne-moi. J'avais tort, ma puce. Ce n'est pas vrai. J'ai pensé ça dans un moment de désespoir. Je ne le crois pas une seconde.

Elle s'est assise, et je me suis assise à côté d'elle. Je me suis dit que j'aurais mieux fait de vomir quelques pâtes pour lui faire plaisir plutôt que de péter les plombs.

– Qu'est-ce que tu crois alors?

– Tant qu'une de nous deux vivra, je serai ta mère, a-t-elle dit. Et même si tu meurs, je…

– Et même *quand* je mourrai, ai-je rectifié.

Elle a acquiescé.

– Et même quand tu seras morte, je resterai ta maman, Hazel. Je ne cesserai jamais de l'être. As-tu cessé d'aimer Gus?

J'ai secoué la tête.

– Alors comment pourrais-je cesser de t'aimer?

– OK, ai-je dit.

Mon père pleurait.

– Je veux que vous profitiez de la vie, ai-je ajouté. J'ai peur que vous ne fassiez plus rien, que vous restiez là toute la journée, quand vous n'aurez plus à vous occuper de moi, et que vous regardiez le plafond en ayant envie de vous suicider.

Une minute après, Maman a déclaré:

– Je suis une formation par correspondance à l'université de l'Indiana pour devenir travailleur social. En fait, je ne regardais pas des recettes de plats riches en antioxydants, je rédigeais un exposé.

– Vraiment?

– Je ne voudrais pas que tu crois que j'imagine un monde sans toi. Mais si j'obtiens mon diplôme, je pourrai aider des familles en difficulté ou animer des groupes de soutien pour des gens qui sont confrontés à la maladie d'un proche ou...

– Attends une seconde! Tu vas devenir une Patrick?

– Pas tout à fait. Il y a toutes sortes de travailleurs sociaux.

– On avait peur, tous les deux, que tu aies l'impression d'être abandonnée, a dit Papa. Il faut que tu saches que nous serons toujours là pour toi, Hazel. Ta mère ne va pas s'en aller.

– Non, c'est super. C'est génial ! ai-je dit avec un vrai sourire. Maman va devenir une Patrick. Elle sera géniale comme Patrick. Elle sera bien meilleure que Patrick lui-même.

– Merci, Hazel. Tes compliments me vont droit au cœur.

J'ai hoché la tête. Je pleurais. Je n'en revenais pas d'être aussi heureuse. Pour la première fois depuis longtemps, peut-être même depuis toujours, je pleurais de bonheur parce que ma mère allait devenir une Patrick. J'ai pensé aussitôt à la mère d'Anna. Elle aussi serait devenue une excellente travailleuse sociale.

Un peu plus tard, on a allumé la télé et on a regardé *Top Model USA*. Mais au bout de cinq secondes, j'ai décroché parce que j'avais trop de questions à poser à Maman.

– Tu auras fini quand ?

– Si j'arrive à passer une semaine à la fac de Bloomington cet été, j'aurai peut-être fini en décembre.

– Ça fait combien de temps que tu me le caches ?

– Un an.

– Maman !

– Je ne voulais pas te blesser.

Je n'en revenais pas.

– Alors, quand tu m'attendais devant la salle du groupe de soutien ou devant la fac ou ailleurs, tu étais toujours…

– En train de travailler, oui, ou de lire.

– C'est génial. Si je suis morte, je veux que tu saches que, chaque fois que tu demanderas à quelqu'un de partager ses sentiments avec les autres, je pousserai un soupir au paradis.

Mon père a ri.

– Moi aussi, ma puce, m'a-t-il assuré.

On a fini par regarder *Top Model USA*. Papa a fait de son mieux pour ne pas mourir d'ennui et il a passé son temps à confondre les candidats.

– On l'aime, celle-là ?

– Non, non, on ne supporte pas Anastasia, a expliqué Maman. Nous, on aime Antonia, la blonde.

– Elles sont toutes grandes et horribles, a-t-il rétorqué. Comment voulez-vous que j'arrive à les reconnaître ?

Papa a pris la main de Maman en passant par-dessus mes épaules.

– Vous croyez que vous allez rester ensemble si je meurs ? ai-je demandé.

– Hazel, qu'est-ce que tu racontes, mon cœur? s'est exclamée Maman.

Elle a farfouillé pour retrouver la télécommande et a éteint la télé.

– Qu'est-ce qu'il y a? a-t-elle insisté.

– Je veux juste savoir si vous resterez ensemble.

– Mais oui, bien sûr, a répondu Papa. Ta mère et moi, on s'aime, et si on te perd, on traversera cette épreuve ensemble.

– Jure-le, ai-je dit.

– Je te le jure, a dit Papa.

J'ai regardé Maman.

– Je le jure, a-t-elle dit aussitôt. Tu ne devrais même pas t'inquiéter de ça.

– C'est juste que je ne veux pas gâcher votre vie.

Maman a enfoui son visage dans mes cheveux en bataille et elle m'a embrassé le haut du crâne.

– Je ne veux pas que tu deviennes un gros plein de soupe alcoolique au chômage, ai-je dit à Papa.

Ma mère a souri.

– Ton père n'est pas Peter Van Houten, Hazel. Tu sais mieux que personne qu'il est possible de vivre avec la souffrance.

– Bon, d'accord.

Maman m'a serrée dans ses bras et je l'ai laissée faire bien que je n'en avais pas très envie.

– Tu peux rallumer la télé, ai-je dit.

Anastasia s'est fait éliminer. Elle a piqué une crise. C'était génial.

J'ai mangé un peu – des farfalle au pesto – et j'ai réussi à tout garder.

Chapitre vingt-cinq

LE LENDEMAIN matin, je me suis réveillée en panique. J'avais rêvé que j'étais seule au milieu d'un immense lac, sans bateau. Je me suis redressée d'un coup en bataillant avec le BiPAP, j'ai senti les mains de Maman sur mon bras.

– Bonjour, ça va ?

J'avais le cœur qui battait à tout rompre, mais j'ai dit oui.

– Il y a Kaitlyn pour toi au téléphone.

Je lui ai montré le BiPAP, elle m'a aidée à retirer le masque, puis elle m'a branchée sur Philip et j'ai pu enfin prendre mon portable.

– Salut Kaitlyn.

– Je t'appelais juste pour vérifier, pour voir comment tu allais.

– Merci, c'est sympa. Je vais pas mal, ai-je répondu.

– Tu n'as vraiment pas eu de chance, ma chérie. C'est extravagant.

– Sans doute, ai-je dit.

Je ne me posais plus trop de questions sur ma chance. À vrai dire, je n'avais pas très envie de parler avec Kaitlyn, mais elle persistait à faire durer la conversation.

– Alors c'était comment? a-t-elle demandé.

– Voir son copain mourir? Euh, nul.

– Non. Être amoureuse.

– Ah, ai-je dit. C'était… sympa de passer du temps avec quelqu'un d'aussi intéressant. On était très différents, on n'était pas d'accord sur plein de trucs, mais je ne m'ennuyais jamais avec lui, tu vois ce que je veux dire?

– Hélas, non. Les garçons avec qui je sors sont affreusement ennuyeux.

– Ce n'était pas le mec parfait ni le Prince charmant des contes de fées, ni rien. Il essayait parfois de l'être, mais j'aimais moins quand il était comme ça, je le préférais nature.

– Tu as des photos de lui, des lettres, un album de souvenirs?

– J'ai quelques photos, mais il ne m'a pas vraiment écrit de lettres. Il manque des pages dans son carnet et je crois qu'elles m'étaient destinées, mais il a dû les jeter, ou elles ont été perdues, je ne sais pas.

– Il te les a peut-être envoyées par la poste, a-t-elle dit.

– Non, je les aurais déjà reçues.

– Alors peut-être qu'elles n'étaient pas pour toi. Peut-être… Je ne veux pas te miner ni rien, mais il se peut qu'il les ait écrites pour quelqu'un d'autre et qu'il les ait envoyées à…

– VAN HOUTEN ! ai-je crié.

– Ça va ? Tu as toussé ?

– Kaitlyn, je t'adore. Tu es un génie. Il faut que j'y aille.

J'ai raccroché, je me suis retournée pour prendre mon ordinateur portable sous mon lit, je l'ai allumé et j'ai envoyé un e-mail à lidewij.vliegenthart.

Lidewij,

J'ai de bonnes raisons de penser qu'Augustus Waters a envoyé des pages de son carnet à Peter Van Houten peu avant sa mort (celle d'Augustus). Il est très important que quelqu'un lise ces pages. J'ai évidemment envie de les lire, mais elles n'ont peut-être pas été écrites pour moi. Quoi qu'il en soit, elles doivent être lues, il le faut absolument.

Pouvez-vous m'aider?

Avec toute mon amitié,
Hazel Grace Lancaster

Elle m'a répondu en fin d'après-midi.

Chère Hazel,

J'ignorais qu'Augustus était mort. Cette nouvelle me remplit de tristesse. C'était un jeune homme au charme éblouissant. Je suis vraiment désolée et tellement triste.

Je n'ai pas parlé à Peter depuis que j'ai démissionné, le jour de notre rencontre. Ici, c'est la nuit, mais dès demain matin, j'irai chez lui pour trouver la lettre d'Augustus et obliger Peter à la lire. En général, c'est le matin qu'il est le plus en forme.

Avec toute mon amitié,
Lidewij Vliegenthart

P-S : J'irai avec mon compagnon au cas où il faudrait maîtriser Peter.

Je me suis demandé pourquoi, dans les derniers jours, Gus avait préféré écrire à Van Houten, l'informant qu'il lui offrait son pardon contre ma fameuse suite, plutôt que de m'écrire. Peut-être que, dans les pages arrachées, il ne faisait que réitérer sa requête. C'était plausible. Il avait pu mettre son état dans la balance pour que mon rêve se réalise. Obtenir la fin d'*Une impériale affliction* était une cause dérisoire pour laquelle mourir, mais c'était la plus glorieuse qu'il lui restait.

Ce soir-là, j'ai passé mon temps à vérifier si j'avais des e-mails, puis j'ai dormi quelques heures, et vers 5 h du matin, j'ai recommencé à guetter. Mais rien n'arrivait. J'ai essayé de regarder la télé pour me distraire, mais mes pensées revenaient sans cesse à Amsterdam. J'imaginais Lidewij Vliegenthart et son petit ami traverser la ville à vélo pour accomplir la folle mission qui consistait à retrouver la dernière lettre d'un adolescent mort. J'aurais adoré rebondir sur le porte-bagages du vélo de Lidewij Vliegenthart filant par les rues pavées, le vent m'aurait soufflé les boucles rousses de la jeune femme au visage, l'odeur des canaux et de la fumée de cigarettes me serait parvenue par bouffées, les gens auraient bu de la bière à la terrasse des cafés en prononçant leur « r » et leur « g » d'une façon que je n'apprendrais jamais.

L'avenir me manquait. Je savais, bien sûr, même avant sa rechute que je ne vieillirais pas avec Augustus Waters. Mais en pensant à Lidewij et à son petit ami, j'ai eu le sentiment d'avoir été dépossédée. Je ne reverrai sans doute jamais plus l'océan d'un hublot à neuf mille mètres d'altitude, de si haut qu'on ne distingue plus ni les vagues ni les bateaux et que l'océan ressemble à un monolithe splendide et interminable. Je pouvais l'imaginer. Je pouvais m'en souvenir. Mais je ne pourrais pas le revoir. J'ai compris alors que les hommes ne peuvent se satisfaire de rêves réalisés, car il reste toujours l'idée que tout peut être refait, en mieux.

Cela doit même être vrai si on vit jusqu'à quatre-vingt-dix ans – il n'empêche que je suis jalouse de ceux qui en feront eux-mêmes l'expérience. D'un autre côté, j'avais déjà vécu deux fois plus longtemps que la fille de Van Houten. Que n'aurait-il pas donné pour avoir une enfant qui vive jusqu'à seize ans ?

Soudain, Maman s'est dressée entre la télé et moi, les mains croisées derrière le dos.

– Hazel, a-t-elle dit d'un ton sérieux qui m'a inquiétée.

– Oui ?

– Tu sais quel jour on est ?

– Ce n'est pas mon anniversaire quand même ?

Elle a ri.

– Non pas encore. On est le 14 juillet, Hazel !

– C'est ton anniversaire?

– Non…

– C'est l'anniversaire d'Harry Houdini?

– Non.

– Je donne ma langue au chat.

– C'EST LE JOUR DE LA PRISE DE LA BASTILLE!

Elle a brandi les deux petits drapeaux français en plastique qu'elle cachait derrière son dos et les a agités frénétiquement.

– On dirait un faux truc, comme la journée de sensibilisation au choléra.

– Sais-tu, Hazel, qu'il y a deux cent vingt-trois ans aujourd'hui, le peuple de France déferlait sur la prison de la Bastille pour prendre les armes et réclamer la liberté?

– Ouah, ai-je dit. Ça se fête!

– Il se trouve que j'ai justement prévu un pique-nique avec ton père à Holliday Park.

Elle ne se décourageait jamais, ma mère. Je me suis levée du canapé et, ensemble, on a préparé quelques sandwichs, puis on les a empilés dans un panier poussiéreux déniché dans le placard à balais de l'entrée.

C'était une assez belle journée, digne d'un véritable été à Indianapolis, chaud et humide – le genre de temps qui, après un long hiver, vous rappelle que si le monde n'a pas été conçu pour les hommes, les hommes ont été conçus pour le monde. Papa, en costume clair, nous attendait sur une place de parking réservée aux personnes handicapées en pianotant sur son portable. Il a agité la main le temps qu'on se gare, puis il m'a embrassée.

– Quelle journée, a-t-il dit. Si on vivait en Californie, on aurait ce temps-là tous les jours.

– Oui, mais tu ne l'apprécierais pas autant, a dit Maman.

Elle avait tort, mais je ne l'ai pas corrigée.

On a fini par étaler notre couverture au pied des Ruines, cet étrange rectangle de ruines romaines qui, à Indianapolis, est posé en plein milieu d'une prairie. En fait, ce sont des copies érigées il y a quatre-vingts ans, mais ces fausses ruines ont été si peu entretenues qu'elles sont devenues de vraies ruines sans le faire exprès. Elles auraient plu à Van Houten, et à Gus, aussi.

On s'est assis à l'ombre des Ruines et on a mangé.

– Tu veux de la crème solaire? a demandé Maman.

– Non, ça va, merci, ai-je répondu.

On entendait le vent dans le feuillage des arbres, et les cris des enfants qui jouaient dans l'aire de jeux un peu plus loin. Des gamins qui faisaient l'apprentissage de la vie, qui comprenaient comment s'orienter dans un monde qui n'était pas conçu pour eux en expérimentant dans une aire de jeux qui, elle, était conçue pour eux. Papa m'a surprise en train de regarder les enfants.

– Ça te manque de courir comme ça?

– Parfois, oui.

Mais je ne pensais pas à ça. Je m'efforçais juste de m'imprégner de tout : la lumière sur les Ruines, un enfant qui marchait à peine et venait de découvrir un bâton dans un coin de l'aire de jeux, mon infatigable mère qui dessinait des zigzags de moutarde sur son sandwich à la dinde, mon père qui tapotait son portable dans sa poche en résistant à l'envie de le consulter, un type qui lançait un frisbee et son chien qui en suivait la course avant de le rapporter à son maître.

Qui suis-je pour dire que ces choses pourraient ne pas durer éternellement? Qui est Peter Van Houten pour assurer que le travail de l'homme est éphémère? Tout ce que je sais du paradis et de la mort est là, dans ce parc : un univers élégant en mouvement perpétuel, grouillant de ruines croulantes et d'enfants qui crient.

Mon père était en train d'agiter la main devant mon visage.

– Reviens parmi nous, Hazel. Tu es là?

– Pardon, oui. Qu'est-ce qu'il y a?

– Maman propose d'aller voir Gus.

– Oh. Oui, ai-je dit.

Et donc, après déjeuner, on est allés au cimetière de Crown Hill, la dernière demeure de trois vice-présidents, d'un président, et d'Augustus Waters. On a roulé jusqu'au sommet de la colline et on s'est garés. Derrière nous, les voitures fonçaient sur la 38ᵉ Rue. La tombe de Gus était facile à trouver : c'était celle qui avait été fraîchement retournée. La terre était toujours entassée au-dessus de son cercueil, la pierre tombale n'avait pas encore été posée.

Je n'ai pas senti sa présence ni rien, mais j'ai quand même pris un des petits drapeaux débiles de ma mère et je l'ai planté au pied de sa tombe. Peut-être que des passants imagineraient qu'un soldat de la Légion étrangère ou je ne sais quel mercenaire héroïque était enterré là.

***

Lidewij m'a finalement répondu juste après 18 heures. J'étais sur le canapé en train de regarder la télé en même temps que des vidéos sur mon ordinateur portable. J'ai tout de suite vu qu'il y avait quatre pièces jointes, je mourais d'envie de les ouvrir, mais j'ai résisté à la tentation et j'ai lu l'e-mail d'abord.

Chère Hazel,

Peter était extrêmement soûl lorsque nous sommes arrivés chez lui ce matin, mais, d'une certaine façon, cela nous a facilité la tâche. Bas (mon compagnon) l'a occupé pendant que je fouillais les sacs-poubelle dans lesquels Peter conserve le courrier de ses fans. Puis je me suis rappelé qu'Augustus connaissait l'adresse de Peter. Il y avait une énorme pile de lettres sur la table du salon, au milieu de laquelle j'ai très vite trouvé celle d'Augustus. Je l'ai ouverte et j'ai constaté qu'elle était adressée à Peter, alors je lui ai demandé de la lire.
Il a refusé.
À ce stade, j'étais très en colère, Hazel. Mais au lieu de lui crier dessus, je lui ai dit qu'il devait lire la lettre de ce garçon disparu en hommage à sa fille défunte, qu'il le lui devait. Je lui ai alors donné la lettre et il l'a lue en entier, puis il a dit – je le cite : « Envoyez ça à la fille et dites-lui que je n'ai rien à ajouter. »

Je n'ai pas lu la lettre, mais mes yeux sont tombés sur certaines phrases alors que je scannais les pages. Je vous les mets ici en pièces jointes et je vous les enverrai aussi par la poste à votre adresse personnelle. Elle n'a pas changé?
Que Dieu vous garde, Hazel.

Avec toute mon amitié,
Lidewij Vliegenthart

J'ai ouvert les quatre pièces jointes. L'écriture de Gus était brouillonne, elle penchait sur le côté, la taille des lettres et la couleur du stylo variait. Il avait visiblement écrit dans un état de conscience fluctuant, sur plusieurs jours.

Van Houten,

Je suis quelqu'un de bien, mais j'écris comme un pied. Vous n'êtes pas quelqu'un de bien, mais vous écrivez remarquablement. On aurait fait une bonne équipe. Je ne veux pas vous demander ça comme un service mais, si vous avez du temps – et d'après ce que j'ai constaté, vous en avez beaucoup –, je me demandais si vous pouviez écrire l'éloge funèbre d'Hazel.

J'ai pris des notes, mais j'aimerais que vous en fassiez quelque chose de cohérent ou même que vous m'indiquiez ce que je dois changer.

Le truc important chez Hazel, c'est ça : à peu près tout le monde est obsédé par l'idée de laisser une trace derrière soi, de léguer un héritage, de survivre à sa mort, de marquer les mémoires. Je n'échappe pas à cette règle. Ce qui m'inquiète le plus, c'est de devenir une énième victime oubliée de cette vieille guerre sans gloire contre la maladie.

Je veux laisser une trace.

Sauf que, Van Houten, les traces que les hommes laissent sont trop souvent des cicatrices. On construit un centre commercial hideux, on fomente un coup d'État, on devient une rock star en se disant : « On se souviendra de moi », mais a) on ne se souviendra pas de nous et b) on ne laisse derrière nous que de nouvelles cicatrices. Le coup d'État mène à une dictature, le centre commercial devient une lésion urbaine.

(D'accord, je n'écris peut-être pas si mal que

ça. Mais je n'arrive pas à rassembler mes idées, Van Houten. Mes pensées sont des étoiles qui ne veulent plus former de constellation.)

Nous sommes comme une meute de chiens qui pissent sur les bouches d'incendie. On empoisonne la terre avec notre pisse toxique, pour marquer « À moi » partout et sur tout, dans l'espoir ridicule de survivre à notre mort. Je ne peux pas m'empêcher de pisser sur les bouches d'incendie. Je sais que c'est idiot et inutile – ô combien inutile dans mon état –, mais je suis un animal comme les autres.

Hazel est différente. Elle se déplace avec légèreté, mec. Elle effleure le sol de ses pas. Hazel connaît la vérité : on a autant de chances de nuire à l'univers qu'on en a de l'aider, et on n'est pas près de faire ni l'un ni l'autre.

Certains pourraient trouver triste qu'elle laisse une plus petite cicatrice que les autres, qu'on se souvienne moins d'elle, qu'elle ait été aimée profondément mais par peu de gens. Mais ce n'est pas triste, Van Houten. C'est glorieux, c'est héroïque. N'est-ce pas justement ça le véritable héroïsme ? Comme disent les médecins : « Avant tout, ne pas nuire. »

De toute façon, les véritables héros ne sont pas les gens qui font les choses ; les véritables héros sont les gens qui *remarquent* les choses, qui y prêtent attention. Le type qui a inventé le vaccin contre la variole n'a rien inventé du tout. Il a juste remarqué que les gens qui avaient la variole bovine n'attrapaient pas la variole.

Après mon PET scan, quand j'ai su que j'avais des métastases partout, je me suis faufilé en douce dans le service des soins intensifs et je l'ai vue alors qu'elle était inconsciente. Je suis entré derrière une infirmière et j'ai réussi à rester dix minutes près d'elle avant de me faire choper. J'ai vraiment cru qu'elle allait mourir avant que je puisse lui dire que j'allais mourir aussi. C'était terrible : la litanie incessante des machines de soins intensifs, l'eau sombre et cancéreuse qui s'écoulait de son torse, ses yeux fermés, l'intubation, mais sa main restait sa main, toujours chaude, les ongles vernis en bleu foncé presque noir. Je lui ai tenu la main en essayant d'imaginer le monde sans nous. Et, l'espace d'une seconde, j'ai fait preuve d'assez d'humanité pour espérer qu'elle meure, afin qu'elle ne sache jamais que j'allais mourir aussi. Mais ensuite, j'ai voulu plus de temps pour qu'on puisse tomber amoureux l'un de l'autre. Mon vœu a été exaucé. J'ai laissé ma cicatrice.

Un infirmier est entré et m'a dit de partir, les visites n'étaient pas autorisées. Je lui ai demandé comment elle allait, et il a répondu : « Elle continue à prendre l'eau. » Une bénédiction pour un désert, une malédiction pour un océan.

Quoi d'autre ? Elle est si belle qu'on ne se lasse pas de la regarder. Ça ne vous ennuie jamais qu'elle soit plus intelligente que vous : parce que vous savez qu'elle l'est. Elle est drôle sans jamais être méchante. Je l'aime. J'ai tellement de chance de l'aimer, Van Houten. Dans ce monde, mec, ce n'est pas nous qui choisissons si on nous fait du mal ou non, en revanche on peut choisir qui nous fait du mal. J'aime mes choix. J'espère qu'elle aime les siens.

Je les aime, Augustus.
Je les aime.

Remerciements

Tout d'abord, je souhaite apporter une précision : dans ce roman, la maladie et son traitement sont abordés de façon fictionnelle. C'est-à-dire que, par exemple, le Phalanxifor n'existe pas. Je l'ai inventé parce que j'aurais justement voulu qu'il existe.

Quant à ceux et celles qui sont à la recherche d'une histoire réaliste sur le cancer, je leur conseille de lire *The Emperor of All Maladies* (l'empereur de toutes les maladies) de Siddhartha Mukherjee. Je dois aussi beaucoup à Robert A. Weinberg et son livre *The Biology of Cancer* (la biologie du cancer), ainsi qu'à Josh Sundquist, Marshall Urist et Jonneke Hollanders qui m'ont fait partager leurs compétences en matière médicale – compétences que j'ai joyeusement ignorées quand cela m'arrangeait.

Je remercie :

Esther Earl, la connaître fut un cadeau pour moi comme pour nombre de personnes.

Sa famille – Lori, Wayne, Abby, Angie, Grant et Abe – pour leur générosité et leur amitié. À la mémoire d'Esther, les Earl ont créé la fondation « This Star Won't Go Out », sur laquelle vous pourrez en apprendre plus en cliquant sur : tswgo.org.

La Fondation néerlandaise des lettres qui m'a permis de rester deux mois à Amsterdam à écrire. En particulier : Fleur Van Koppen, Jean Christophe Boele Van Hensbroek, Janetta de With, Carlijn Van Ravenstein, Margje Scheepsma et la communauté hollandaise des nerdfighters.

Mon éditrice, Julie Strauss-Gabel, qui s'est accrochée à cette histoire malgré les tours et détours qu'elle a pris au fil des ans, ainsi que la formidable équipe de Penguin. Et aussi, tout spécialement : Rosanne Lauer,

Deborah Kaplan, Liza Kaplan, Steve Meltzer, Nova Ren Suma et Irene Vandervoort.

Ilene Cooper, mon mentor et ma bonne fée.

Mon agent, Jodi Reamer, dont les sages conseils m'ont sauvé d'innombrables désastres.

Les nerdfighters parce qu'ils sont géniaux.

Mon frère, Hank, qui se trouve être mon meilleur ami et mon plus proche collaborateur.

Ma femme, Sarah, qui ne se contente pas d'être le plus grand amour de ma vie, mais qui est aussi la lectrice en qui j'ai le plus confiance. Sans oublier notre bébé, Henry, ni mes parents, Mike et Sydney Green, ni mes beaux-parents, Connie et Marshall Urist.

Mes amis Chris et Marina Waters, qui m'ont aidé à des moments cruciaux de l'histoire, tout comme Joellen Hosler, Shannon James, Vi Hart, la reine du diagramme de Venn, Karen Kavett, Valerie Barr, Rosianna Halse Rojas et John Darnielle.

L'auteur

John Green est né en 1977. Il vit avec sa femme et son fils à Indianapolis, la capitale de l'État de l'Indiana, aux États-Unis. Il a reçu de nombreux prix pour ses romans, dont le Michael L. Printz Award, prestigieux prix américain, pour son premier roman *Qui es-tu Alaska ?*

Nos étoiles contraires a été élu « Meilleur roman 2012 » par le Time Magazine, il a reçu le Prix Jeunesse des libraires du Québec 2014, le Prix Plaisirs de lire 2014 (Yonne), le Prix Jury littéraire Giennois 2014, le Prix L'Échappée lecture 2014 (Nièvre), le Prix des

Embouquineurs 2014, le Prix Les goûts et les couleurs 2015 CANOPÉ (Académie de Rennes), le Prix Farniente 2015 (Belgique) et le Prix des Incorruptibles 2015.

John Green et son frère, Hank, sont les auteurs de Vlogbrothers (youtube.com/vlogbrothers), un des projets de vidéos en ligne les plus connus au monde.

John Green a également un site Internet très actif : http://johngreenbooks.com.

Il est très présent sur les réseaux sociaux comme Twitter (@realjohngreen) et tumblr (fishingboatproceeds.tumblr.com), et il est suivi par des millions d'internautes.

Du même auteur

Aux éditions Nathan
Le Théorème des Katherine

Aux éditions Gallimard
Qui es-tu Alaska ?
La Face cachée de Margo
et *Will & Will*,
en collaboration avec David Levithan

Aux éditions Hachette
Flocons d'amour,
en collaboration avec
Maureen Johnson et Lauren Myracle

Cet ouvrage a été imprimé en septembre 2015
sur les presses de SEPEC
(01960 Peronnas, France)
N° d'édition : 10216413
N° d'impression : 06601151001

FSC
www.fsc.org

MIXTE
Papier issu de
sources responsables
FSC® C022030

Dépôt légal : novembre 2015

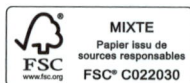